La memoria

558

Santo Piazzese

Il soffio della valanga

Sellerio editore
Palermo

Piazzese, Santo <1948>

Il soffio della valanga / Santo Piazzese. - Palermo : Sellerio, 2002.
(La memoria ; 558)
ISBN 88-389-1803-1
853.914 CDD-20 SBN Pal0197023

CIP - *Biblioteca centrale della Regione siciliana*

Il soffio della valanga

Capitolo I

Divagazioni (con delitto) sopra una macchia di catrame

Non c'è niente di meglio dell'olio d'oliva, quando pesti il catrame a piedi nudi. Strofini la macchia con un pezzo di màttola imbevuta d'olio, e la vedi disfarsi fino a scomparire. Suo padre lo avrebbe guardato storto se gli avesse sentito dire màttola. O parli in italiano o parli in dialetto, gli avrebbe intimato. Così era arrivato il compromesso, e nel breve percorso dal cervello alla lingua la màttola usciva nella forma di un irreprensibile batuffolo di cotone idrofilo. Gli sarebbe rimasto per sempre una specie di pudore a usare il dialetto puro; si sarebbe sentito nudo, senza difese. Ma quel pensiero sarebbe arrivato dopo, molto dopo.

In equilibrio sullo scoglio, su un piede solo, il ragazzo studiava la pianta dell'altro piede. La macchia era grande, spessa, vischiosa. Neanche a parlarne di infilarsi le scarpe da tennis di tela bianca, nuove, appena messe, per filare a casa e sistemare tutto. Gettò un'occhiata alle sue spalle, verso la strada. Pezzi di vetro sparpagliati dappertutto, tra la linea degli scogli e il terrapieno che sosteneva i binari. Neanche a parlarne nemmeno di andare a casa a piedi scalzi.

La sera prima i cacciatori avevano sfogato contro le bottiglie vuote la frustrazione per i troppi colpi non sparati alle allodole. I grandi stormi degli anni scorsi erano solo un ricordo. E se passavano, passavano sempre più lontano, al largo, e ci sarebbero volute le barche a motore per arrivarci. Lì c'erano solo barche a remi. Non aveva mai capito come riuscissero a caricare tutti quei cacciatori senza affondare, o almeno rovesciarsi. Il golfo ne era pieno, tra Sant'Erasmo ed Acqua dei Corsari, dal pomeriggio fino al crepuscolo.

All'inizio della passa alle allodole, qualche settimana prima, c'era stata una mezza tragedia. Avevano continuato a raccontarsela per giorni.

La barca nuova di don Angelino – ma tutti lo chiamavano Donnancilino, come se fosse stato tutto un nome – alla prima uscita era finita dritta sopra una chiazza di catrame. E fino lì niente di insolito. Ma la cosa che aveva scatenato la segreta ilarità degli altri proprietari, era che don Angelino aveva fatto decorare la barca da un pittore di carretti, che ci aveva buttato l'anima, perché era la prima volta che gliene affidavano una. Anzi, non aveva mai sentito parlare di barche pittate come i carretti. L'aveva dipinta tutta, compresa la carena, fino alla chiglia, come se l'avessero dovuta tenere per sempre a galleggiare sui cavalletti, nel limbo delle barche, senza mai farle vedere il mare.

Al ragazzo era rimasta impressa la fiancata destra, perché aveva riconosciuto la storia. L'aveva trovata qualche anno prima, dentro una rivista che sua nonna portava a casa la domenica, di ritorno dalla messa. Nelle figure si vedevano due paladini che combattevano in duello. Poi, uno veniva ferito a morte e l'altro gli toglieva l'elmo. E si scopriva che il ferito non era un uomo, ma una ragazza con i capelli biondi. E la ragazza chiedeva al paladino di essere battezzata, prima di morire, perché lei era turca, o qualcosa del genere. E il paladino riempiva l'elmo con l'acqua del ruscello e battezzava la donna, che poi moriva felice.

Si chiamava Clorinda. E che alcuni anni dopo avessero dato quel nome a un detersivo era sembrato al ragazzo una forma di sacrilegio da riscattare in qualche modo oscuro.

Gli era sfuggito una specie di singhiozzo, quando aveva finito la storia. E si era sorpreso a tirare dei respiri lunghi, perché gli tremava un po' il mento, e quando aveva visto la figura con i capelli della donna che uscivano dall'elmo aveva sentito qualcosa di salato che gli scivolava giù per la gola. Da allora le donne con i capelli biondi gli avrebbero sempre ispirato un sentimento ambiguo, disequamente ripartito tra diffidenza ed attrazione.

La barca era filata dritta sopra il catrame e Clorinda era stata sfregiata da una colata nera, crudele come la spada del paladino. E nera era diventata pure la faccia di don Angelino, che aveva speso un pozzo di soldi per fare dipingere in quel modo la barca.

Se non hai l'olio sottomano, per togliere il catrame ti puoi accontentare della pomice. Non dissolve la macchia, però, se strofini forte, la pietra assorbe a poco a poco tutto l'unto, e alla fine ti lascia solo un alone che almeno ti permette di infilarti le scarpe senza rischiare molto.

Le pietre di pomice si arenavano ogni tanto con la bassa marea. Ma dopo le mareggiate di grecale se ne potevano raccogliere a mucchi, in mezzo alle ostriche spiaggiate. Le ostriche le metteva dentro una cesta di vimini, da panettiere. Quand'era piena non riusciva più a sollevarla da solo. Per questo andavano a raccoglierle in tre, sempre gli stessi.

La signorina Lo Giudice diceva che sembravano la bandiera di un esercito per sempre destinato alla sconfitta, perché Rosario era di pelo rosso e Diego biondo, non dello stesso biondo di Clorinda, ma di un colore molto più chiaro, quasi albino.

Il ragazzo invece era nero, più nero di quel catrame maledetto.

Nella borgata non si era mai persa l'abitudine di chiamare signorina le maestre, anche se erano madri di famiglia, o vedove come la signorina Lo Giudice. Ed ai maestri maschi spettava il titolo di professore. Chi sa perché. Al nord invece era un'altra cosa. Il ragazzo ricordava ancora i sorrisetti di superiorità dei compagni, alla Sanzio, quando lo avevano sentito chiamare per la prima volta professore il maestro Dorigatti. Non era mai riuscito ad abituarsi a dire signor maestro e signora maestra, all'uso locale. Non che avesse fatto chi sa quale sforzo. Gli sarebbe sembrato di commettere quasi un tradimento.

Per fortuna, dopo un anno la sua famiglia si era trasferita nuovamente a casa, e tutto era tornato come doveva. Signorina e professore.

La signorina Lo Giudice andava pazza per le ostriche. Le raccoglievano per lei, dopo le prime burrasche che segnavano la fine dell'estate, quando la risacca era ancora forte, al mattino presto, prima che il sole cominciasse a cuocerle.

Raccoglievano quelle con le valve serrate, e quando il cesto era pieno le coprivano con uno strato di lattuga di mare che strappavano solo dagli scogli, per evitare che la sabbia si infiltrasse dentro le conchiglie. Ogni tanto ne aprivano una con il coltello, e il mollusco pulsava e si contraeva, come in attesa dello spruzzo di limone che preannunciava una morte non dignitosa, una morte per corrosione gastrica. Al ragazzo non piacevano le ostriche. Non gli sarebbero piaciute mai.

La cesta era piena per un terzo. E così sarebbe rimasta. Avevano smesso di raccogliere ostriche, per quel giorno. Forse non ne avrebbero raccolte mai più, pensò in un lampo. D'altra parte, il banco era destinato ad estinguersi presto, ucciso dagli scarichi mefitici che di lì a poco avrebbero saturato le acque del golfo con sozzure di ogni sorta e poi sepolto sotto una montagna di terra di risulta, scaricata in mare.

Ma questo il ragazzo non poteva saperlo. Non ancora.

Mise giù anche l'altro piede e guardò verso levante, alla sua destra, verso l'altro capo dell'insenatura, controluce. Un bagliore rugginoso, i capelli di Rosario, chino a cercare qualcosa. Cartucce vuote, probabilmente. Quelle sparate da poco mantenevano un odore di cuoio usato, un odore che ti dilatava i polmoni, ti rallentava i battiti, ti concedeva un acconto di adolescenza. Un piacere quasi doloroso.

Diego era fuori vista. La sagoma bianca del postale era sparita da un pezzo dentro il porto, dopo avere attraversato tutto il golfo in diagonale, sollevando le solite ondate che tagliavano la risacca. Il Saturnia invece sarebbe partito a sera, sul finire del crepuscolo, con il gran pavese tutto illuminato, quasi a bilanciare di falsa gioia la tristezza autentica che sembrava trasudare persino dai boccaporti.

Le onde del Saturnia erano più basse e più lunghe di quelle del postale, nonostante la nave fosse enorme, pesante, scura. Entrava in porto già semipiena degli emigranti imbarcati a Genova, a Napoli, o chi sa dove. E ripartiva dal pontile Vittorio Veneto, dopo avere caricato i paesani da sbarcare a Nuova York, con gli altri paesani imbarcati altrove, che parlavano dialetti ignoti. Poi si sarebbero dispersi per l'America.

Ogni tanto il ragazzo ci pensava.

Saltò giù dallo scoglio e raccolse un paio di grosse pietre di pomice ancora umide. Seduto su uno scoglio basso, cominciò a strofinare la macchia, cambiando lato via via che la superficie si impregnava di catrame. Ogni tanto si voltava e guardava dietro di sé, oltre la spalla sinistra, verso la casa di assi con la copertura di coppi colore ocra spento. Le assi mantenevano ancora la pittura originaria, ma il colore era ormai sbiadito, specie il celeste, che si alternava al blu e al bianco. Somigliava ad una immensa cabina da stabilimento balneare, quella casa. Ma era solidissima: le assi erano di abete stagionato, gli aveva detto una volta il nonno, altrimenti sarebbe volata via alla prima botta di tramontana della stagione.

Il furgone era ancora sullo spiazzo in terra battuta tra la casa e i binari della ferrovia a scartamento ridotto. Pure le macchine erano ancora lì. Alcune grosse Alfa Romeo nere con il fanale sul tetto. I fanali, ora, erano tutti spenti.

Il ragazzo aveva sentito in anticipo i passi che si avvicinavano, e non trasalì quando fu sovrastato dall'ombra pesante dell'uomo. L'ombra gli passò sopra per qualche istante, perché l'uomo camminò fino al bordo dell'insenatura, facendo scricchiolare la ghiaia con grande soddisfazione. Così almeno parve al ragazzo. L'uomo guardò a lungo l'acqua, che ad ogni colpo di risacca gli lambiva la punta delle scarpe bicolore. Infine si avvicinò di nuovo al ragazzo, che aveva lasciato cadere le pietre di pomice dal lato opposto.

Ci vuole l'olio, disse, per togliere il catrame. O almeno la pomice.

Il ragazzo raccolse le pietre e le mostrò all'uomo. Gli sembrava immenso, a guardarlo dal basso verso l'alto, tutto vestito di bianco, e con un cappello di paglia col nastro avana. Immenso e incongruo, tra gli scogli e le chiazze di catrame.

L'uomo annuì e non disse niente. Aveva il viso del colore della terracotta. Il ragazzo si voltò ancora verso la casa di assi. Un uomo giovane apriva i due portelloni posteriori del furgone; altri due uomini uscivano dalla casa, trasportando una barella coperta da un lenzuolo bianco, i cui orli arrivavano quasi fino a terra. La superficie del lenzuolo sembrava appena increspata dalla sagoma sottile che si indovinava sotto. La signorina Lo Giudice si era come prosciugata, dopo la pensione. Gli uomini caricarono la barella sul furgone, poi chiusero i portelloni e presero tutti posto nell'abitacolo. Anche loro erano vestiti di bianco, ma per via dei camici. Il furgone partì piano.

Altri uomini vennero fuori dalla casa. Uno aveva in mano una macchina fotografica con un grande flash. Un giovane con un vestito grigio e la cravatta allentata si avvicinò a portata di voce, prima di fermarsi sul bordo della massicciata di pietre chiare, proprio sopra l'edicola incastonata tra i massi, con la lampada votiva perennemente accesa.

Commissario, disse, noi qui abbiamo finito.

L'uomo fece un gesto col braccio. Poi guardò il ragazzo.

Come ti chiami?, disse.

Spotorno mi chiamo, disse il ragazzo.

Spotorno e poi?

Vittorio. Vittorio Spotorno.

Ah, Vittorio, come Vittorio Emanuele. E che vuoi fare da grande, Vittorio Spotorno?

Il ragazzo guardò l'orizzonte. Poi si voltò verso l'uomo col vestito bianco. L'uomo aveva un piccolo distintivo appuntato al bavero della giacca, qualcosa che aveva a che fare con un re in esilio. Il ragazzo lo sapeva, perché il nonno di Diego ne aveva uno uguale, e parlava spesso dei re. Gli faceva molta simpatia, il nonno di Diego. L'uomo lo guardava ancora, come se al filo della sua risposta avesse appeso il destino del mondo.

Voglio fare il commissario, disse il ragazzo, il commissario di polizia.

Capitolo II

Via degli Emiri, troppi anni dopo

Gli era parso di rivivere un vecchio documentario televisivo. Un chirurgo stimolava con una sonda il cervello di un uomo, in anestesia parziale, e appena toccava un certo punto della corteccia, l'uomo diceva di vedere un prato verde, e lui e sua madre vi camminavano sopra, e la voce dell'uomo, monocorde, spezzata, ma intensa, sembrava provenire da un'entità distante, da altrove. Ma era un altrove temporale, perché la sonda aveva fatto affiorare ricordi di cui l'uomo aveva perso coscienza.

L'agente scelto Puleo aveva usato quasi le stesse parole pronunciate dal giovane col vestito grigio, il giorno dell'assassinio della signorina Lo Giudice, troppi anni prima, e per Spotorno era stato come se qualcuno gli avesse affondato una sonda nel cervello.

Dottore, noi qui abbiamo finito, gli aveva detto Puleo.

Si troveranno ancora le pietre di pomice?, si era chiesto istantaneamente Spotorno, in un riflesso inesorabile e feroce. Gli era sembrato persino di dovere fare un certo sforzo per non abbassare gli occhi, a controllare che non ci fosse il catrame appiccicato sotto il piede. La cosa più strana era che il riflesso non fosse partito un'ora prima, quando aveva riconosciuto Rosario Alamia in uno dei due morti ammazzati dentro la 127 celestina, in una traversa di via degli Emiri, alle spalle della Zisa.

Forse doveva ringraziare la sua lunga pratica di morti ammazzati, se dai lineamenti sconvolti dell'uomo, dalla sua faccia devastata, da tutto quel macello, era riuscita a farsi strada l'immagine di un ragazzo dai capelli rossi, la cui memoria era per Spotorno solo un bagliore crepuscolare dell'infanzia.

Ringraziare, ma non serbare gratitudine. Ne aveva viste tante, il commissario Spotorno. Troppe. E la duplice ammazzatina di quel giorno se la sarebbe risparmiata volentieri. Un caso di saturnismo calibro dodici, l'avrebbe definito il suo amico Lorenzo: un avvelenamento da piombo. Lorenzo, il falso cinico.

Non era un caso che avesse pensato a La Marca. Erano insieme, poco più di un'ora prima, quando, via radio, era arrivata la notizia dell'ammazzatina della Zisa. E non si trovavano insieme per una scampagnata. Quelli della Zisa, per Spotorno, non erano i primi morti di quel sabato di fine giugno. E il giorno prima un metronotte aveva scaricato la pistola d'ordinanza addosso alla moglie, sorpresa al telefono con l'amante.

È sempre così, pensava, c'erano settimane in cui non succedeva niente, e poi, di colpo, il relè del delitto scattava contemporaneamente nel cervello dei suoi concittadini, e allora non sarebbero bastate giornate di quarantotto ore.

Aveva abbandonato con un certo rimpianto il primo morto della mattinata, un tale che avevano trovato dentro la vasca delle ninfee, ai Giardini Botanici di via Medina-Sidonia. Morte per annegamento, presumibilmente.

Assassinio, neanche a dirlo, anche se con La Marca si era rifiutato di ammetterlo. Erano quasi arrivati a litigare, al solito loro, quando gli avevano passato la chiamata radio con la notizia delle ammazzatine alla Zisa. L'annegato l'aveva scoperto La Marca. E un paio di settimane prima aveva trovato un altro morto, impiccato a uno dei ficus dei Giardini. Lorenzo lavorava al dipartimento universitario, e la finestra della sua stanza si affacciava sui Giardini.*

Due morti collegate, non ci pioveva, su quello. Un bel pasticcio ingarbugliato, di quelli che intrigavano Spotorno, e a lui sarebbe piaciuto scavarci a fondo. Ma se lo poteva scordare, con una probabile guerra di mafia in arrivo.

Puleo credeva che il suo capo non l'avesse sentito. Dottore Spotorno, aveva ripetuto avvicinandosi ancora di più, noi abbiamo finito. Spotorno annuì.

Un bravo guaglione, l'agente scelto Puleo. Napoletano fino al midollo, cortese, distinto, sensibile, pochi l'avrebbero preso per uno sbirro. Si era accorto subito che qualcosa non andava nella testa del suo capo, uno stato di assenza meditativa, di sospensione attiva, che ormai aveva imparato a riconoscere. Ancora una volta gli venne il pensiero irriverente che il com-

* Cfr. *I delitti di via Medina-Sidonia*, Palermo, Sellerio, 1996 (n.d.r.).

missario Spotorno non sembrava fatto per quel mestiere. E ciò che gli appariva irresistibile, era la consapevolezza che Spotorno pensava lo stesso di lui. Per questo si stimavano, decise.

Spotorno, in effetti, aveva una sorta di sorvegliata predilezione per l'agente Puleo, che aveva privatamente eletto al rango di suo collaboratore più fidato. Avvertiva in lui un eccesso di serenità, una preoccupante mancanza di inquietudine che, se non controllata in tempo, rischiava prima o poi di esporlo ad un guaio di quelli seri. Diagnosi ovvia, perché nel suo giovane agente il commissario riconosceva tracce del giovane Spotorno.

Prese posto sul sedile posteriore dell'alfetta marrone, casualmente intonata al colore del suo vestito di lino. Puleo sedette accanto all'agente che faceva da autista, e che partì subito facendo stridere le gomme.

Alla Mobile tutti si muovevano sempre come se avessero avuto un'idea precisa di dove andare e cosa fare. L'esibizione di efficienza era vista come un'opzione morale, anche se aveva i suoi bravi costi energetici, specie in estate. Un'altra variante della discussa dicotomia tra l'essere e l'apparire. Spotorno non ci cascava. Sopra tutto quando capitavano giornate come quella. Ed era miracoloso che, proprio in giornate come quella, l'entropia riuscisse così spesso a materializzarsi nella forma di un rapporto, di una prima sommaria informativa, già in attesa sul tavolo del funzionario responsabile dell'indagine.

Prese i fogli prima ancora di sedersi.

La vita di Rosario Alamia, da quando Spotorno l'aveva perso di vista, non doveva essere stata un gran che. Niente titolo di studio, a parte la licenza media; il tecnico commerciale abbandonato dopo un paio di bocciature consecutive, al Duca degli Abruzzi. Ma questo non risultava dal rapporto.

D'altra parte non serviva. Erano cose note, notizie che giravano tra i vecchi amici di un tempo, che Spotorno aveva saltuariamente continuato a frequentare anche dopo che la sua famiglia si era trasferita in città, nell'appartamento di via Venezia. E una volta la madre di Rosario lo aveva convocato al laboratorio, per parlare – per capire, aveva detto – ma non era riuscita a parlare molto, e si era fatta un pianto lungo e silenzioso, e lui si era sentito un peso sul diaframma, come se qualcuno gli si fosse seduto sul torace, e se ne era andato senza riuscire a dirle due parole che avessero un filo di senso comune.

Allora frequentava ancora il liceo, il Vittorio Emanuele, ma anche ora reagiva allo stesso modo al pianto delle donne, quale che fosse la loro età. Sua moglie una volta gli aveva detto che era per questo che a loro erano toccati in sorte due figli maschi. Ma era una di quelle smaccate recriminazioni trasversali che di tanto in tanto attraversano anche i matrimoni meno smaliziati.

Doveva esser ancora viva la madre di Rosario, la signora Rosa Brancato Alamia.

Il resto invece era scritto nell'informativa. Roba di poco conto: un'emissione di assegni a vuoto per qualche centinaio di migliaia di lire, che risaliva a cinque anni prima, e una denuncia per lesioni, molto più lontana nel tempo. Anche quella gliela aveva raccontata qualcuno.

Era andata così: Rosario stava camminando per i fatti suoi in via Maqueda, con la sigaretta tra i denti. Era reduce da una delle infruttuose messe a punto che suo padre gli infliggeva periodicamente, come penitenze da confessionale; e come sempre ne era uscito torvo, rabbioso, risentito. Un tizio gli si era avvicinato e gli aveva chiesto se avesse da accendere. Rosario gli aveva spaccato il naso con un solo pugno. A freddo. Senza dire una parola. All'epoca aveva diciott'anni. Il tizio ne aveva qualcuno di più ed era molto più robusto di lui. Però era vestito tutto pulitino, con le scarpe lucide, la cravatta, e tutto quanto. Sopra tutto era sprovvisto di spirito di osservazione.

Spotorno non si era stupito, quando gliel'avevano detto. Rosario era sempre stato così. Imprevedibile. Impulsivo. E generoso. La persona più generosa che lui avesse mai conosciuto. Ma anche la più ingenua. Di quel tipo di ingenuità così dettagliata da sconfinare virtualmente nella santità. O nella balordaggine, più spesso.

Dopo il pugno Rosario aveva tamponato il sangue dell'altro con il suo fazzoletto, e lo aveva accompagnato di persona al pronto soccorso di via Roma, a piedi. Mesi dopo, il tizio aveva rimesso la querela.

Non sapeva altro, Spotorno. Lui e Rosario si erano persi di vista senza che niente lo facesse presagire, dopo l'estate della prima media. Da allora, si erano incontrati una sola volta. Più che incontrati, anzi, si erano quasi scontrati.

Spotorno era uscito in ritardo dal Vittorio Emanuele, alla fine delle lezioni, perché il professore di filosofia lo aveva trattenuto a parlare. Nonostante mancasse ancora più di un anno alla maturità, voleva a tutti i costi convincerlo ad abbandonare l'idea di fare giurisprudenza e ad iscriversi in lettere classiche.

Dopo si era ritrovato a camminare da solo, verso casa. Aveva tagliato piazza Sett'Angeli, con l'intenzione di continuare per linee interne fino alla via Candelai, che l'avrebbe portato dritto a casa.

Non gli dispiaceva essere solo. Spesso si ritrovava a camminare in gruppo, e ogni tanto c'era qualcuno che proponeva di attraversare il Gran Cancelliere, per guardare le puttane.

Qualche mese prima avevano massacrato a coltellate una di quelle poverette – una giovanissima mondana, avevano scritto con ipocrita pudicizia i giornali – insieme con un marinaio yemenita. Li avevano trovati ancora avvinti, sopra il materasso intriso del loro sangue, come se non si fossero accorti di niente. Con grande scandalo degli ambienti curiali, il «Sicilia» aveva persino pubblicato un disegno della scena del delitto, con le sagome dei corpi.

Lui si sentiva avvampare all'idea che Li Vigni, il professore di filosofia, potesse prima o poi avvistarli da quelle parti.

Il giovane Spotorno veniva considerato uno studente modello da tutti i professori, compreso quello di educazione fisica. E poi, passare per il Gran Cancelliere gli procurava sempre uno scombussolamento duraturo, anche se nient'affatto spiacevole. E lui quel giorno si sentiva addosso un umore ipocondriaco nel quale intendeva crogiolarsi fino a sera.

Per questo non aveva badato alla motocicletta che era sbucata dal nulla, con una curva secca a risalire, e per poco non l'aveva steso sulle balàte della via Sant'Isidoro. Era una moto argentea, snella, veloce, grintosa, e aveva piantato i freni subito dopo averlo sfiorato, superandolo.

A momenti non ammazzavo il mio amico Vittorio, aveva detto una voce profonda, che gli risultava sconosciuta, a parte una pronuncia lievemente blesa che gli aveva acceso una minuscola lampadina nella memoria. Poi, voltandosi, aveva visto i capelli rossi. Lunghi, lisci, con la frangia. La minuscola lampadina era diventata un faro.

Gli ormoni avevano cambiato la voce di Rosario, ma gli avevano lasciato una specie di eco, come un prolungamento di infanzia. Lingua di pezza. Così lo chiamavano i compagni. Ma solo quando lui non c'era. Altrimenti sarebbero stati dolori, come avevano sperimentato quelli che ci avevano provato. Spotorno no. Lui l'aveva sempre chiamato col nome giusto pure in sua assenza. D'altra parte aveva anche lui un principio di erre moscia che, in seguito, con un grande sforzo di volontà, sarebbe riuscito quasi sempre a dominare. Non esistevano sbirri con la erre moscia. Almeno, non avrebbero dovuto esistere, pensava.

Rosario non era nemmeno sceso dalla moto. Né lo aveva presentato alla ragazza seduta dietro, abbarbicata alla sua schiena nell'evidente continuazione di un riflesso. Era bella. Bionda, con gli occhi grandi, castani, e le gambe lunghe. Le gambe uscivano dall'orlo di una minigonna nera, e finivano dentro un paio di stivali dello stesso colore. La ragazza non aveva mai aperto bocca. Sembrava respirare solo in funzione di Rosario. Più che bella era vistosa, aveva deciso Spotorno alla seconda occhiata.

Era il periodo della moda beat che, arrivata in ritardo in città, nella variante più edulcorata, tardava pure ad abbandonarla, come sempre accade nelle periferie degli imperi. Anche Rosario e la ragazza sfoggiavano un look tardo beat, che cominciava appena ad avvertire la recessione hippy. Ma era un finto hippy, un hippy da boutique di moda, con quei colori pastello che sapevano troppo di cachemire.

Il giovane Spotorno invece si vestiva sempre in modo convenzionale.

Avevano scambiato qualche frase. Niente di impegnativo, le solite banalità, parole in libera uscita sul cosa facevano e sul cosa non facevano. E l'unica verità deducibile dalle parole in libera uscita di Rosario, tolta loro la cosmesi, era che lui non faceva niente. A parte spremere dalla vita tutto ciò che poteva.

Quando la moto era ripartita a Spotorno era rimasta una forma confusa di rimpianto per se stesso, una percezione ambigua, di cui aveva stentato a capire il significato, e che aveva rimosso con un senso di disagio. Come l'accettazione di un definitivo abbandono dell'adolescenza.

Eravamo più maturi dei ragazzi di oggi, pensava, con quell'informativa sotto gli occhi. Lo pensava spesso. Ma senza compiacersene. Ora, anzi, provava qualcosa di simile ad allora. Un rimpianto per ciò che non era stato, un rimprovero tardivo per i pensieri eccessivi di quel vecchio se stesso diciassettenne.

Ripensò pure a tutte le volte che qualcuno aveva profetizzato – e talvolta persino augurato – una brutta fine per Rosario: finirà al Malaspina. E poi all'Ucciardone. Gli romperanno le corna. Finirà sparato.

Ma non era per qualcosa che aveva fatto, che era stato ucciso, alla fine. Né per qualcosa che non aveva fatto. Quella, almeno, era la certezza del sostituto procuratore subito accorso alla Zisa. Ed era pure la sua opinione, ammise a malincuore Spotorno, perché non gli piaceva essere d'accordo con il dottor De Vecchi.

D'altra parte, bastava un'occhiata alla seconda informativa, che non aggiungeva molto di più a quanto gli uomini della omicidi avevano richiamato alla memoria già sul luogo della sparatoria, una volta accertata l'identità dell'altro morto: Mancuso Gaspare, detto Asparino. Il vero bersaglio dell'agguato.

In trentaquattro anni di poco onorabile esistenza, Asparino aveva dato modo di rimpolpare l'informativa, fino a darle la consistenza di un piccolo fascicolo. Una prima condanna per tentata estorsione, quando aveva vent'anni, seguita da immediata scarcerazione. Condanna poi scontata con gli interessi, perché sorpreso in macchina a un posto di blocco, con una pistola addosso.

Tutto il resto erano solo illazioni, deduzioni, sospetti. Cioè, materiale da informativa, certezze di sbirri, che nessuno era mai riuscito a convertire in evidenze giudiziarie. Di che giustificare, al massimo, le classiche misure di prevenzione che non si negano a nessuno: residenza obbligata in un paesino del nord, e poi ritorno nel seno oculato della famiglia, con relativa uccisione del vitello grasso.

Spotorno, al posto del padre di Mancuso, non avrebbe giustiziato neanche un pollastro. Ma il problema, lui lo sapeva bene, non erano i padri, ma le madri, le sorelle, le mogli, le figlie.

Da allora Mancuso, all'apparenza, aveva sempre rigato dritto: niente bravate, ma nemmeno uno straccio di lavoro ufficiale, a parte presidiare la bottega di alimentari che apparteneva al padre. Passava buona parte della giornata sul pezzo di marciapiede davanti alla porta della bottega, o nel retro, se c'era cattivo tempo. In un caso o nell'altro aveva sempre qualcuno attorno, suoi coetanei o ragazzi più giovani.

L'essere un uomo libero da vincoli di qualsiasi natura, tranne, a tempo debito, quelli matrimoniali, non aveva impedito a Mancuso e alla sua famiglia di esibire un tenore di vita non disprezzabile, anche se non troppo appariscente.

I controlli occasionali non avevano mai portato a galla niente di interessante. E c'erano troppe situazioni simili, distribuite in tutta la città, per poterle mettere tutte sotto sorveglianza costante o per tentare un'operazione con un infiltrato. Le memorie storiche della Mobile avrebbero potuto citare decine di casi del genere, nel corso degli anni: Mancuso era il classico picciotto in ascesa e con grandi aspirazioni, che nessuno poteva toccare per mancanza di prove.

Però, quelli che gli hanno sparato le prove le avevano, pensò Spotorno. Studiò a lungo le foto dell'agguato. Puleo gliele aveva appena messe davanti, appena sfornate.

Nonostante gli anni di mestiere in una città prodiga di morti ammazzati, Spotorno non era mai riuscito a vincere del tutto la repulsione per il sangue dal vivo. Con le foto riusciva sempre a recuperare tutto il distacco necessario.

Rosario era al posto di guida della 127. Il corpo aveva mantenuto una postura abbastanza composta, con il capo rovesciato all'indietro, oltre la spalliera bassa del sedile, lievemente ruotato verso l'esterno, come se avesse voluto conservare un'ultima immagine del cielo sopra la Zisa.

Studiando i lineamenti contratti del viso, a Spotorno non fu difficile distinguere i segni di contratture più antiche, preesistenti all'agguato. Cicatrici dell'anima, le chiamava tra sé, con una delle sue rare concessioni al mélo.

Pure i vestiti fornivano indizi. L'agente Puleo l'aveva definito un abbigliamento dignitoso. Rosario indossava calzoni di tela azzurra, un po' gualciti, scoloriti, ma di ottima qualità, e una camicia blu, di lino, con le maniche lunghe e il colletto con i pizzi larghi che, lo sapeva persino Spotorno, erano fuori moda da una vita. Le scarpe erano mocassini marrone, un po' sformati ma di marca. L'orologio era un Casio digitale, col cinturino di maglie metalliche.

L'abbigliamento di uno che fatica un po' con la vita, ma che cerca di tenersi su.

Una pallottola gli era entrata dalla tempia destra e dopo avergli attraversato tutta la testa era uscita dalla tempia sinistra. A prima vista, non sembravano esserci altre ferite. Anche la sommaria ricognizione sul cadavere, effettuata sul posto, le aveva provvisoriamente escluse.

Mancuso invece era ridotto un colabrodo. Gliene avevano scaricate in corpo un bel po', e ciascuna, da sola, sarebbe stata sufficiente allo scopo; ma quelle che avevano fatto più danno, da un punto di vista coreografico, erano le due che gli avevano sparato in testa, sopra tutto la pallottola che gli era entrata dalla fronte e uscita dalla nuca. Doveva essere stato il primo colpo, e lui si era girato verso l'esterno a guardare il killer, nel momento in cui il tizio premeva il grilletto. Gli era rimasta appiccicata sulla faccia un'espressione di stupore, più che di paura, accentuata dalla ricaduta della mandibola, che lo aveva lasciato a bocca aperta, come la statuetta dello spaventato del presepe che Spotorno, da ragazzo, aveva comprato all'Olivella. Il corpo era messo di traverso, scomposto, come se avesse continuato a sussultare e a contrarsi a lungo con violenza, prima di immobilizzarsi.

Non era quella, l'unica differenza tra i due uomini. Mancuso era vestito bene, senza ricercatezza, ma con roba tutta firmata, dalla polo gialla, ai mocassini portati senza calze. Ed era cinto d'oro, nelle sue geometrie più circolari: braccialetto intorno al polso destro, orologio a sinistra, catena intorno al collo, oculatamente massiccia, anello con opale, sovrapposto alla vera matrimoniale.

Spotorno ricordò di aver sentito dire ad Amalia che l'opale portava un attasso fermo. Quasi una prova provata. Il vero attasso però sembrava averlo portato a Rosario, che era morto solo perché si era trovato sulla macchina sbagliata, nel momento sbagliato, con la persona sbagliata.

Che ci faceva su quella 127, con uno come Mancuso?

Capitolo III
La signorina Lo Giudice

Rosario si avvicinò solo dopo che l'ultima delle macchine, l'Alfa con il commissario a bordo, fu completamente fuori vista. Osservò per qualche istante i maneggi che il ragazzo Spotorno aveva ripreso con le pietre di pomice.

Ci vuole l'olio per togliere la catrame, disse.

Il ragazzo alzò la testa e lo guardò fisso. Non avevano bisogno di molte parole, per capirsi a fondo.

Che voleva quello?, aggiunse Rosario.

Il ragazzo non rispose subito. Rosario aveva riesumato il suo tono aggressivo, come se gli attribuisse la colpa delle scarne frasi scambiate con il commissario. Vittorio però fu grato all'amico per avergli risparmiato il tradizionale: Te la fai con gli sbirri?, che nei loro codici esigeva un obbligo di rappresaglia per lo meno formale. Il ragazzo non pensava al commissario come a uno sbirro.

Voleva sapere se abbiamo visto qualcosa, si decise a mormorare a malincuore.

E tu che gli hai detto?

Vittorio alzò le spalle:

E che gli dovevo dire? Niente gli ho detto.

D'altra parte, non aveva davvero niente da raccontare. Tranne l'avere visto la signorina Lo Giudice messa di traverso sul letto, in camicia da notte e con gli occhi di fuori. Che fosse morta si capiva a prima vista, anche a guardarla dall'esterno, attraverso le scalette della persiana che lei di solito in estate lasciava aperte. Rosario l'aveva raggiunto quasi subito. Così la cesta con le ostriche era rimasta semivuota, per quel giorno e per sempre.

Diego dov'è?, domandò Rosario.

I tre si davano appuntamento ogni mattina presto, in mezzo alle barche tirate a secco tra gli scogli della piccola baia che qualcuno aveva battezzato il Sacramento, forse per via dell'edicola votiva incastrata in una nicchia scavata tra i massi.

Toccare per la prima volta il fondo del Sacramento segnava il passaggio dall'infanzia all'adolescenza. Gli altri poi ti guardavano con rispetto. Era profondo, il Sacramento. Di loro tre, solo Diego c'era già riuscito, proprio quell'estate, e aveva portato in superficie un pugno di sabbia verdastra, a documentare l'impresa.

Diego quel giorno era in ritardo, e Rosario e il ragazzo avevano cominciato a raccogliere le ostriche da soli. Poi l'avevano intravisto di spalle, che si allontanava dalla casa di assi, dopo che loro due avevano scoperto il cadavere della signorina Lo Giudice. Non era nemmeno più a tiro di voce, e l'avevano riconosciuto solo per via dei capelli, che visti da lontano accentuavano l'impressione di una testa di vecchio malamente attaccata al corpo di un ragazzo robusto.

Poi era cominciato il vivamaria.

Cosa state facendo?, aveva scandito una voce profonda, mentre erano tornati a guardare attraverso le scalette della persiana. Dopo tanto tempo non era ancora riuscito a spiegarsi quella sorta di fascinazione che li aveva agganciati, lui e Rosario, e che impediva loro di staccare gli occhi dal cadavere della signorina Lo Giudice.

La voce apparteneva al padre di un loro compagno di giochi che tutti chiamavano il Turco, nonostante fosse nato in una baracca alla periferia di Francoforte. Quando era tornato dalla Germania l'uomo era stato assunto dalla Vaselli, e ogni mattina vuotava dentro un sacco di tela impermeabile il contenuto delle pattumiere che tutti nella borgata mettevano fuori di sera.

Il sacco lo portava in spalla, e quasi vi spariva sotto, perché aveva un fisico molto minuto, e non si capiva come riuscisse a contenere tutta quella voce senza esserne scardinato.

Li aveva scostati col braccio dalla finestra, lui e Rosario, e aveva lanciato un'occhiata dentro. Poi aveva posato il sacco. Non guardate, aveva intimato. E poi: Allontanatevi, tornate alle vostre case.

Loro erano scesi verso gli scogli. Dopo un poco erano arrivate tutte quelle macchine con le luci ruotanti e le sirene, e poi il furgone con i beccamorti vestiti di bianco. E anche Rosario si era allontanato, come Diego, ma dalla parte opposta. E lui, il ragazzo Spotorno, aveva pestato il catrame.

L'aveva vista in tempo la chiazza, un grumo enorme lasciato in secca dai cavalloni più forti, ma non aveva fatto niente per evitarla. Anzi avrebbe potuto giurare di averla pestata di proposito, anche se non sarebbe stato in grado di spiegare il perché.

Gli aveva fatto bene concentrarsi su quella macchia, cercare la pomice, strofinare la pianta del piede quasi fino a scorticarla.

Si era distratto a pensare a quelle pietre. Il nonno di Diego una volta gli aveva detto che venivano da un'isola chiamata Lipari, spinte dalla brezza di grecale, galleggiando sull'acqua. Un'isola tutta bianca di pomice, a guardarla dal mare.

Il nonno di Diego aveva fatto la guerra nei sommergibilisti, ma poi aveva navigato sulle barche che pescavano il pesce spada nel mare intorno a quell'isola e alle altre che formavano l'arcipelago. Ogni tanto dalla borgata se ne vedevano un paio, di quelle isole, un'impressione di viola lontano, tra cielo e mare, quando l'aria era molto tersa e la brezza disperdeva verso ponente il fumo nero delle ciminiere della Quattroventi, la centrale elettrica che bruciava carbone, tra il porto e i cantieri navali, di fronte all'Ucciardone.

Stava per rispondere che non lo sapeva, dove fosse Diego, ma Rosario alzò il braccio indicando un punto alle spalle del ragazzo. Diego camminava piano verso di loro, seguendo la linea della costa, al limite dell'acqua. Non guardò nemmeno una volta verso la casa della signorina Lo Giudice.

Così capirono che la signorina, da morta, lui l'aveva vista prima di loro.

D'altra parte era inevitabile, perché Diego, quando scendeva da casa verso il mare, passava davanti alla finestra sul retro della casa di assi. Era il percorso più breve. E lui era sempre il più sveglio dei tre, quello che avvistava per primo le stecche di Winston di cui qualche barca si disfaceva quando veniva puntata, di notte, da una motovedetta della finanza. Capitava ogni tanto, quando una portaerei si ancorava in rada. Di solito si fermavano per un paio di settimane, e portavano il cattivo tempo, e dal mare arrivava di tutto: latte piene di minestre in scatola, bottiglie di coca-cola vuote, confezioni di latte condensato. E stecche di sigarette. Una volta ne era arrivata una cassa piena, con la scritta U. S. Forrestal stampigliata sopra con il normografo, a grandi lettere azzurre.

Il ragazzo non aveva mai voluto toccarle, ma gli altri combattevano battaglie cruente per accaparrarsene quante più potevano. Poi facevano asciugare al sole i pacchetti fradici di acqua di mare, e li portavano a casa, ai loro padri. Diego una volta ne aveva fumata una, ma lui, il ragazzo Spotorno, non aveva voluto dare nemmeno una sospirata.

Diego li raggiunse. Era sudato e non riusciva a tenere fermi gli occhi su niente. Non guardava in faccia nemmeno loro. Il ragazzo Spotorno gli decifrò in viso un'espressione che riconobbe.

L'aveva già vista una volta, quando avevano trovato un teschio sulla spiaggia. Era stato Rosario ad avvistarlo per primo, e lo aveva subito nascosto sotto un pezzo di cartone. Poi aveva chiamato gli altri due.

Il teschio era grigiastro, tutto levigato, con le orbite vuote che sembravano buchi neri e senza la mandibola.

Il ragazzo Spotorno si era avvicinato con un misto di circospezione e di curiosità. Aveva paura di svenire. Invece era rimasto impassibile, come se stesse solo contemplando un sasso che il mare aveva scolpito in un modo bizzarro.

Diego aveva esaminato a lungo il teschio, senza toccarlo. Poi gli aveva fracassato l'osso frontale a colpi di tallone.

Aveva stampata in viso un'espressione ambivalente e tenace che, dopo anni di mestiere, il commissario Spotorno avrebbe imparato a decifrare sulla faccia di molti clienti della Mobile. Una sfrontatezza dissimulata, a metà strada tra soddisfazione e colpa.

Dopo avevano seppellito i frammenti del teschio, scavando una buca nella sabbia umida. Diego ci aveva messo l'anima, a scavare. Poi col dito aveva tracciato una croce sulla sabbia ricompattata.

Spotorno non aveva mai raccontato a nessuno di quel teschio.

Ora Diego si era chinato a slacciare i sandali, che poi scalciò via.

L'hai vista?, gli chiese Rosario.

No, rispose Diego.

Dismise lo sguardo elusivo e fissò brevemente negli occhi i due amici, l'uno dopo l'altro. E poiché non aveva aggiunto la domanda naturale sul chi o che cosa avrebbe dovuto vedere, gli altri due ne dedussero che sapeva davvero tutto. Poi si accostò alla cesta, la trascinò fino allo scoglio più vicino e la inclinò fino a capovolgerla.

Le ostriche sembrarono fluttuare tutte insieme per un lungo momento, creando l'illusione di un'unica massa, di un unico organismo riluttante, che poi precipitava e si frammentava a contatto dell'acqua.

Una volta il ragazzo Spotorno aveva visto un film con le scene di un funerale in mare. Qualcosa in quel gesto di Diego gli riportò quell'atmosfera. E all'immagine dei molluschi che cadevano dalla cesta e sparivano sott'acqua, sovrappose quella del cadavere della signorina Lo Giudice che scivolava lentamente lungo una passerella di legno e si inabissava.

Capitolo IV
I silenzi difficili del commissario Spotorno

E invece aveva il senso di un epitaffio, pensò Spotorno.

Quasi mezzanotte, ma erano ancora a tavola. Con il mestiere che si era scelto non erano infrequenti quelle cene notturne. I ragazzi dormivano da poco. In estate accordavano loro una dilatazione dei soliti orari.

Amalia accese una Merit. Se ne concedeva solo una al giorno, di solito alla fine della cena, una specie di chiusura in gloria della giornata, in memoria dei bei tempi andati, i tempi da un pacchetto al giorno. Spotorno aveva sempre il panico che quell'unica sigaretta non fosse che la scintilla che covava sotto la cenere dopo il rogo. Una specie di promemoria del vizio.

Amalia lo guardava da dietro le sue spire grigio perla. Erano spesso silenziosi, a tavola, durante quelle loro cene senza i ragazzi. Quella sera, però, c'era stato un silenzio speciale. Almeno dalla parte di Vittorio. Amalia pensò che se ci fosse stato Lorenzo, con la sua mania degli ossimori, avrebbe parlato di un silenzio denso ma rarefatto, un silenzio difficile. Doveva entrarci il lavoro. Non ne parlavano quasi mai. Ma non certo perché il commissario Spotorno fosse il tipo che si lasciava tutto alle spalle, dopo le durissime ore regolamentari. Lui era uno sbirro a ciclo continuo. L'unico possibile. L'unico tollerabile. Altrimenti tanto sarebbe valso accettare il posto in banca che gli era stato offerto dopo la laurea. I suoi, erano piuttosto dei silenzi sedimentari, pause di quiete apparente, che gli servivano per archiviare nelle caselle mentali giuste gli eventi della giornata.

Il giovane agente Puleo una volta l'aveva sorpreso tirando fuori da chi sa dove il vocabolo organicare, per descrivere il processo, cui forse anche lui era soggetto. Poi gli aveva confessato che era una specie di contagio lessicale, una contaminazione gergale che gli proveniva dal fratello Gaetano, perito agrario, e che nel mestiere di Gaetano lo usavano per descrivere quello che succede quando gli elementi chimici passano dallo stato inorganico a quello di materia organica.

Lui ora stava organicando la morte di Rosario, ammise con se stesso a malincuore, Spotorno. Ma era una organicazione riottosa. E gli elementi inorganici, le pallottole, l'agguato, e tutto il contorno, prendevano strade insolite, riconducendolo alla mattinata di quel settembre di tanti anni prima (quanti?) il giorno in cui Santo Li Pani aveva soffocato la signorina Lo Giudice premendole un cuscino sul viso.

Era l'altro morto, Mancuso, quello che avrebbe dovuto organicare, non Rosario, che sembrava una vittima casuale. Mancuso però non era mai stato un pezzo della vita di Spotorno.

Presse coscienza dello sguardo persistente di Amalia, che lo osservava da dietro la barriera di fumo. Lei tirò un'altra lunga boccata e a Spotorno scattò un altro spasmo di memoria. Pensava a quella Winston impregnata di sale fumata da Diego. Doveva avere un sapore orribile. E chi sa perché da ragazzi dicevano una sospirata, invece che una boccata. A posteriori, gli sembrava l'inconscia materializzazione di un desiderio. O una prefigurazione del vizio futuro. Per un lungo momento ebbe la sensazione che Amalia potesse seguire il corso dei suoi pensieri, e quasi desiderò che lei fosse davvero in grado di farlo. Fu questo desiderio, che lo spinse a parlare.

Le raccontò i morti del giorno. Il vecchio delitto Lo Giudice, Amalia, lo conosceva già. Era stato uno dei pezzi forti del lungo corteggiamento che, per quanto la riguardava, Vittorio avrebbe anche potuto saltare di netto, dato che fin dal loro secondo incontro, a distanza di un paio d'anni dal primo, lei aveva silenziosamente stabilito che lui sarebbe stato l'unico padre che avrebbe mai potuto accettare per i propri futuri figli.

Ce ne aveva messo, Spotorno, a persuadersi che quegli sguardi castani e canzonatori non esprimevano sopportazione ma attesa. Attesa che quel ragazzo troppo serio e démodé si decidesse a capire una volta e per tutte come stavano le cose. E cioè che alla signorina Amalia Nisticò, occasionale fumatrice di marijuana e temporaneo look finto zingaresco, studentessa di lingue e famiglia moderatamente borghese alle spalle, a lei, tutti quei mosconi senza qualità che le ronzavano intorno in Facoltà, e che intasavano gli incubi notturni e diurni di Spotorno, sembravano tanti manichini patetici e sottosviluppati.

Poi si era stufata di aspettare. E così una mattina di fine novembre aveva pilotato Vittorio verso Punta Raisi, alla villetta al mare dei propri genitori, deserta ma non ancora del tutto in disarmo, dopo la fine della stagione, e con i materassi già inguainati nei fogli di plastica antiumido sulle reti dei letti. E per un tempo ridicolmente lungo Vittorio aveva creduto che lei lo avesse trascinato fino là per fumare la marijuana, e pensava con un senso di quieto sgomento che non gliene importava niente, e che lui l'avrebbe persino fumata la marijuana, perché lei era così languida, e fino ad allora non aveva immaginato che da una ragazza così giovane potesse trasudare tutto quel languore, quel senso di anticipato sfinimento.

Poi era successo di tutto. Meno che la marijuana. E anche ora, tra i Pothos, la Yucca e le Monstera della verandina dove si consumavano tutte le cene estive di casa Spotorno, ripensando a quella mattina di novembre, Vittorio avvertiva l'identico rimescolio di certi suoi passaggi giovanili per il Gran Cancelliere, con i compagni del liceo.

Quando finì di parlare, Amalia lo sorprese con l'unica domanda che lui non si aspettava:

Sei stato a trovare la madre?

Ancora una volta Spotorno si ritrovò a considerare che qualche secolo prima sua moglie avrebbe rischiato il rogo. Ma aveva il sospetto che la cosa valesse per tutte le donne.

Il pensiero della mamma di Rosario gli era passato per la testa più di una volta, fin dal momento in cui aveva riconosciuto il figlio in uno dei morti del mattino. Si era chiesto se andare di persona a darle la notizia, ma poi le regole non scritte della professione avevano preso il sopravvento. Questo almeno si era detto. Ma era solo un alibi, ammise ora. E non riusciva a liberarsi del tutto da un senso di colpa dalla memoria troppo selettiva.

Nessun membro della famiglia Alamia era stato avvistato in via degli Emiri.

Il clan Mancuso, invece, si era presentato compatto solo qualche minuto dopo l'arrivo in grande stile degli sbirri, e aveva imbastito una sceneggiata di vecchia scuola, a base di grida inarticolate, invocazioni del nome del defunto, e pretesa di istantanea e sovrabbondante punizione divina a carico dei responsabili.

Poi avevano tentato di portarsi via il loro morto, pur sapendo che gli sbirri gliel'avrebbero impedito. Il rituale però lo richiedeva, ed andava fatto. Sembrava un set cinematografico per un film scadente sulla mafia degli anni '60.

Spotorno non si era stupito troppo dell'assenza dei familiari di Rosario intorno alla 127 celeste. Non ne erano sopravvissuti molti, dei familiari di Rosario. Il padre, impiegato in un'agenzia di viaggi, era morto poco dopo la pensione, per una epatite malcurata. E l'unica sorella di Rosario doveva essere accorsa a casa della madre, per cercare di tamponare la situazione.

Spotorno ne aveva un ricordo preciso. Doveva avere tre o quattro anni più di loro. Un'adolescente magra, in transito verso una giovinezza nervosa, con i capelli lisci, rossi come quelli del fratello. E un nome che a lui era piaciuto al punto che lo avrebbe imposto a una figlia femmina se mai ne fosse arrivata una: Maddalena.

Ogni tanto, da ragazzo, si era sorpreso a ritrovarla nei propri sogni tardivi, i più inquieti, quelli che precedono l'alba. Ed erano sogni che mai avrebbe osato raccontare a qualcuno.

Sapeva che, superati i trenta, lei si era sposata con uno del nord e che avevano un paio di figli. Per quello che ricordava, non c'erano altri parenti: niente zii, né cugini, né altro. Rifletté che almeno il cognato di Rosario avrebbe dovuto spuntare, in via degli Emiri. Cercò inutilmente di ricordare che mestiere facesse. Magari era in giro per lavoro.

A rigore, c'era pure una ex moglie. Un semplice episodio, un inciso nella vita di Rosario, a volere essere cinici.

Spotorno l'aveva saputo nel solito modo, quando la cosa era successa da poco, durante un rito del caffè con qualcuno dei vecchi amici di un tempo. Uno di quegli eventi da manuale del predestinato al peggio, categoria cui Rosario era stato iscritto d'ufficio, all'atto della nascita, dall'impiegato dell'anagrafe. Un evento previsto – e augurato – da molti: una ragazza di sedici anni, un figlio non voluto in arrivo, matrimonio d'urgenza.

Il bambino, nato con una grave malformazione che Spotorno non aveva mai voluto conoscere in dettaglio, era sopravvissuto solo per poche settimane. Era stata la ragazza a mollare Rosario alla vigilia del loro primo anniversario di nozze, che non avrebbero festeggiato in ogni caso, perché le cose fra loro si erano subito messe in modo disastroso. Rosario aveva vent'anni. La ragazza poi era sparita dalla circolazione, e nessuno sapeva dove fosse finita.

Decise che il giorno dopo sarebbe andato a trovare la signora Rosa. Lo disse ad Amalia, che annuì sobriamente. Il cerimoniale della sigaretta si era esaurito da un pezzo. Ora toccava ai gelsomini.

Il cerimoniale dei gelsomini chiudeva tutte le loro serate estive, sempre che non fosse in corso una delle loro sporadiche situazioni di tensione. Se ne concedevano poche, giusto per il principio, aveva confidato una volta Amalia alla sua amica Maruzza La Marca.

Le due piante di gelsomino si erano espanse fino a ricoprire buona parte della parete del balcone esposto a sud. Impiegarono una decina di minuti a raccogliere tutti i fiori a portata di mano, che andavano mettendo in un piccolo canestro di rafia, che poi Amalia posò sul piano della console, nella loro camera.

Quando Spotorno era bambino gli capitava ogni tanto di vedere le ragazze che si mettevano i fiori di gelsomino in petto. Lo facevano senza badare a quelli della sua età, come se non ci fosse stato nessuno a guardare, impigliate – quanto in buona fede? – nel luogo comune di una pretesa innocenza infantile.

Anche Amalia ogni tanto si metteva i fiori di gelsomino in petto. Quella sera non lo fece, forse perché non vi sarebbero rimasti a lungo.

Al largo passava una portaerei. Anzi, non tanto al largo, perché si accorse di poter leggere agevolmente le scritte sui berretti dei marinai: U. S. Forrestal. La portaerei puntava dritto su di lui, che stava in piedi, con le scarpe da tennis bianche affondate quasi per intero dentro la ghiaia della battigia, al centro del Sacramento.

Tentò di fuggire, ma non ci riuscì, sentiva le gambe pesantissime.

Per fortuna la nave virò di colpo, a pochi metri dalla riva, e lui vide sfilare la fiancata davanti a sé, mentre i marinai lanciavano in mare le casse con le Winston. Diego si buttò in acqua, verso le casse.

Poi Spotorno avvistò l'onda della portaerei, enorme, tutta verde e trasparente, silenziosissima. Avanzando verso la riva si era incurvata ai lati, a formare un ghigno, animata da una volontà propria e malvagia, con la spuma bianca sulla cresta. Avrebbe voluto gridare, avvisare Diego, ma gli uscì una strana voce, una specie di rantolo basso e roco, che lui stesso avvertiva solo come una vibrazione dentro la testa. Poi l'onda colpì Diego, che sparì sott'acqua. Ricomparve oltre l'onda, verso il largo. Ma fu preso dalla seconda ondata, ancora più grossa della prima. Spotorno vide i capelli chiarissimi sparire e ricomparire, poi lo perse definitivamente di vista.

Ora riusciva di nuovo a muovere le gambe in modo normale. Camminò verso levante, verso l'insenatura vicina, con gli scogli colore arenaria ricoperti di alghe, e aspettò. Sapeva che il corpo sarebbe tornato a riva proprio in quel punto. Non aspettò molto, e lo avvistò quasi subito. Il mare era ridiventato liscio, a parte una lieve risacca che sospingeva il corpo di Diego verso terra, e anche la Forrestal era sparita.

Devo avvisare sua madre, pensava Spotorno. E pure il nonno di Diego, che era stato marinaio e sapeva sempre cosa bisognava fare. Il corpo si arenò sulla ghiaia con un suono smorzato, un debole sfregamento, come il rumore di fine corsa del pick up sul disco; Spotorno si avvicinò e lo trascinò all'asciutto, sui ciottoli levigati e roventi. Era prono, e lui provò a distenderlo sul dorso.

Quando lo girò si accorse che non era il cadavere di Diego, quello che aveva tra le mani, ma il corpo adulto di Rosario. Un colpo di pistola gli aveva attraversato la testa da una tempia all'altra.

Spotorno si svegliò sudato. Amalia dormiva placida accanto a lui.

Le raccontò il sogno mentre facevano colazione, perché ne avvertiva ancora l'influsso. Lei rimase ad ascoltarlo fino in fondo, senza commenti, limitandosi ad annuire ogni tanto. Poi si svegliarono i ragazzi, e non ci fu spazio che per loro.

Mentre si radeva pensò a un libro che Amalia gli aveva regalato all'epoca delle loro prime schermaglie, *L'onda dell'incrociatore*. Ricordò che Amalia si era raccomandata molto perché lo leggesse subito, e poi ne avevano parlato a lungo, perché a lui era piaciuto, e pensò che se non avesse fatto quel sogno così intenso ora forse gli sarebbe venuta voglia di rileggerlo. Una storia di ragazzi, il passaggio da un'adolescenza lancinante verso una giovinezza che si intuiva troppo breve.

Non ci sono più adolescenze lancinanti, pensò. Ma non era detto che fosse un male, anche se lui non ne era del tutto persuaso. Forse dipendeva da quel vocabolo, lancinante, che lo aveva sempre affascinato, tanto che lo usava spesso nei temi, al liceo, e l'aveva usato due volte pure nel tema della maturità, e il commissario di italiano glielo aveva fatto osservare agli orali, e lui si era convinto di avere compromesso l'esame per quello. Però alla fine aveva preso il voto più alto di tutta la classe.

Ora ci sono solo adolescenze pianificate, pensò. Pianificate e mediocri. E poiché non gli mancavano gli spunti autocritici, si augurò di riuscire a non interferire in modo ossessivo nell'evoluzione spontanea delle future adolescenze dei figli.

Le ultime pagine di quel libro raccontavano di un uomo che finiva annegato dentro una specie di contenitore galleggiante, travolto e affondato dalle grosse ondate degli incrociatori in uscita dal porto di Trieste.

C'era un regista francese che piaceva ad Amalia, e quand'era morto lei aveva detto che era un peccato che nessuno mai gli avesse sottoposto quel libro, perché secondo lei ne avrebbe tirato fuori un gran film, e solo lui avrebbe potuto farlo. A Spotorno il cinema non dispiaceva, però, come gli diceva sempre Amalia, lui arrivava solo alla fine degli anni '50, all'epoca dei film con la pellicola tutta rigata, proiettati in estate nei cinema all'aperto, che in città ormai erano estinti da un pezzo.

Lui detestava i film hollywoodiani delle ultime generazioni, pieni di effetti speciali e con un sonoro insopportabile. A lui piacevano i film di Totò. E i vecchi noir americani in bianco e nero, oppure quelli francesi, con quell'attore morto anche lui – sapeva il cielo quando – sopra tutto in un film che lui aveva registrato, e che rivedeva ogni tanto, nonostante fosse pieno di spot. *Alba tragica*, si chiamava quel film.

Spotorno non era mai riuscito a ricordare i nomi dei registi, e confondeva quelli degli attori, a parte Johnny Weissmuller, perché i film di Tarzan erano in assoluto i primi che avesse visto da ragazzo.

Imprecò a bassa voce. Tutte quelle divagazioni così inconsuete per lui l'avevano distratto, e si era tagliato sotto il mento con il rasoio. Fu costretto a usare la matita emostatica. Poi si rese conto che era domenica, e lui la domenica non si radeva.

Maledisse ancora quel sogno che l'aveva sbalestrato.

Capitolo V

Maddalena e il prezzo del cotone

Nessuno avrebbe preso quel giorno per una domenica d'estate, dopo un'escursione per gli uffici della Mobile. Lo stesso viavai di tutti i giorni, estivi o invernali, lavorativi o festivi che fossero, a parte una maggiore densità di tossici, giù alla notturna. Il crimine, si sa, non va in ferie. Spotorno l'aveva sentito dire per la prima volta da un questore dall'aria tragica, che credeva di avere ammannito chi sa quale grande verità, durante il suo discorsetto di commiato verso lidi più tranquilli.

Nella sala agenti, Puleo batteva radi colpi sulla tastiera di un computer con lo schermo sovraccarico di caratteri verdi troppo luminosi. Salutò Spotorno col solito, rispettoso: Buon giorno, dottore. Poi si alzò, lo seguì nel suo ufficio e gli indicò alcuni fogli posati sul tavolo, come se ce ne fosse stato bisogno. Spotorno lasciava sempre libero il piano del tavolo, quando andava via, e non avrebbe potuto fare a meno di notarli in ogni caso. Era un primo rapporto informale sull'esito dell'autopsia.

Erano stati in due, a sparare. O, almeno, avevano usato due armi diverse. Di buchi in corpo, a Mancuso Gaspare detto Asparino, tra ingressi e uscite, ne avevano contati diciassette. E tra corpo, interno della 127, e luogo della sparatina, avevano recuperato dodici proiettili di due calibri differenti. Deduzione corroborata dal ritrovamento intorno alla macchina di quindici bossoli, sette espulsi da una trentotto e gli altri da una sette e sessantacinque.

Ciò che faceva spesso inarcare un sopracciglio a Spotorno erano tutti quei discorsi sulla causa della morte, come se avesse avuto chi sa quale importanza stabilire se era stata la palla che gli aveva annichilito il fegato a far fuori per prima Mancuso, o quella che gli aveva trapassato il polmone, o quell'altra che aveva leso l'aorta. Per non parlare degli sconquassi che doveva avere dentro la testa per via della palla che gli avevano sparato in fronte.

Spotorno non dubitava che queste cose avessero la loro importanza in un bel delitto di carta, nei casi da romanzo poliziesco. Ma nella maggior parte delle ammazzatine nelle quali si imbattevano i poliziotti come lui era lampante che la causa della morte era che qualcuno aveva innaffiato di piombo qualcun altro, senza andare troppo per il sottile. E in un contesto come quello gli sembrava miracoloso che Rosario, di tutte quelle pallottole che non erano destinate a lui, si fosse limitato a buscarsene solo una. Magra consolazione, dato che se l'era buscata nel posto sbagliato.

Non era stato ancora possibile accertare se tra i proiettili recuperati ci fosse pure quello che lo aveva attraversato da tempia a tempia, ma dai primi riscontri lui sembrava essere stato colpito dalla sette e sessantacinque.

Il sabato pomeriggio c'era stata la riunione con il dirigente della Mobile.

Era ancora troppo presto per arrischiare ipotesi sull'ammazzatina. Se si trattava di un singolo, occasionale episodio, come per esempio una punizione per uno sgarro, o se invece era il primo segnale di qualcosa di più grosso. Le ore e i giorni successivi avrebbero fornito risposte. O per carenza o per eccesso di eventi. Nel frattempo bisognava spremere gli informatori. E continuare la trafila senza speranza con i testimoni. E i frustranti interrogatori dei familiari.

Spotorno tentò di rimettere ordine, a mente fresca, nella ricostruzione che avevano azzardato il giorno prima. Puleo uscì e dopo qualche minuto ritornò con due bicchierini di plastica in mano. Spotorno assaporò a piccoli sorsi il caffè bollente, senza zucchero, come piaceva a lui. Puleo gli si piazzò di fronte, con le lunghe gambe accavallate.

La 127 celeste apparteneva a Rosario Alamia. L'avevano accertato subito, controllando i documenti di bordo. Ma non era il proprietario originario. L'auto in precedenza era appartenuta a una tale Manfredi Anna, residente a Monreale, in piazzale dei Martiri della Resistenza 12. O almeno lì abitava nove anni prima, all'epoca dell'immatricolazione. Il cambio di proprietà risaliva a quattro anni dopo.

Spotorno pensava che la macchina si inseriva bene nel quadro, sembrava un perfetto complemento all'aspetto generale di Rosario. A Mancuso avevano ritirato la patente per ordine del prefetto, su richiesta della sezione per le misure di prevenzione del tribunale. Forse Rosario gli faceva da autista.

Spotorno tirò fuori le foto dell'agguato e le sparpagliò sul tavolo. Quando era cominciata la sparatoria la macchina doveva essere quasi ferma. Le volanti l'avevano trovata all'angolo tra la via degli Emiri e la via Damasco, con la prima innestata, la chiavetta dell'avviamento ruotata nella posizione di marcia, e la freccia di sinistra che lampeggiava.

Rosario non aveva ancora cominciato a sterzare per fare la svolta, e dopo essere stato colpito aveva mollato la frizione e la macchina aveva fatto un balzo in avanti di quasi un metro verso la linea spartitraffico di via degli Emiri, prima che si spegnesse il motore. Data la posizione dei fori di ingresso e di uscita sulle tempie, doveva avere la testa ruotata verso sinistra, per controllare le macchine in arrivo dalla via degli Emiri. Quindi la pallottola che l'aveva preso era stata una delle prime, altrimenti avrebbe avuto il tempo di ruotare la testa dalla parte opposta, in direzione degli spari, e il proiettile l'avrebbe colpito in una zona del capo più frontale.

I colpi erano stati tutti esplosi da destra, alcuni attraverso il finestrino di lato al sedile del passeggero, e gli altri attraverso il parabrezza, a maggiore evidenza che l'unico destinatario di tutto quel ben di dio era Mancuso Gaspare detto Asparino.

Ricostruire gli ultimi movimenti dei due morti ammazzati non era stato difficile. Avevano trovato il pesce posato sul sedile posteriore della macchina, sigillato in una busta di cellofan trasparente, a sua volta infilata in un normale sacchetto di plastica con i manici.

In via Damasco, un paio di centinaia di metri più a monte, c'era una pescheria. Il nome e l'indirizzo della bottega erano stampigliati in rosso sui lati del sacchetto. Il gestore, all'inizio, aveva tentato un paio di tattiche defilatorie. Puleo gli aveva piazzato sotto il naso il sacchetto con i pesci e con il nome della ditta stampato sopra. E allora l'altro aveva ammesso che forse sì, ora che ci pensava una 127 celeste si era fermata davanti alla bottega, e un tale era sceso a comprare un paio di chili di sgombri.

Sgombri freschissimi, eh, aveva tenuto a puntualizzare, ché lo sapevano tutti che pesce più fresco del suo non se ne trovava in circolazione, nemmeno se uno se lo andava a cercare sopra le banchine di Porticello. Anzi, se il dottore voleva favorire, era arrivata giusto giusto una cassetta di neonata ancora viva, che...

Puleo l'aveva guardato fisso. Poi gli aveva domandato se veniva spesso, il tipo della 127, a comprare il pesce da lui.

Dottore, io non ci ho testa per le facce. E nemmeno per i nomi. Mia moglie mi rimprovera sempre, dice che non riconosco nemmeno ai miei figli, quando li incontro in mezzo alla strada. E poi io non è che guardo ai clienti in faccia; io i pesci guardo. Se ci vanno le mosche, se vogliono ancora ghiaccio, se ci devo spruzzare acqua, perché, lo sa, pure l'occhio vuole la sua parte, e con certi clienti vale di più l'affaccio della sostanza. Certuni, basta che vedono quattro manciaracina fitusi alla Vucciria, però tutti azzizzati in mezzo all'alga fresca, li pagano pure per merluzzo. Ma no da me, eh; a me i miei clienti i manciaracina me li tirano in testa; io tengo solo robba di prima scelta, si figurasse che da me viene a comprare il pesce pure la negra del procuratore del tribunale, ce lo chieda a chi vuole lei: oggi a casa del procuratore si mangiano le triglie di Rotella Angelino... Taliassi che freschezza.

Puleo si era allontanato con sollievo, perché l'odore del pesce, associato alla concretezza di tutto quel sangue dentro la 127 e al ricordo del tonno in agrodolce consumato la sera prima, ma ancora tenace nella memoria, rischiava di produrre pubblici effetti devastanti. Le grosse triglie quasi scarlatte adagiate sopra un letto di ghiaccio tritato, sul bancone di marmo della pescheria, erano oggetti che avrebbe voluto tenere a lungo fuori dalla portata dei suoi pensieri. Forse non avrebbe più avuto il desiderio di mangiare pesce, pensò. Ma era, suo malgrado, un pensiero in bilico tra disgusto e rimpianto.

Un paio d'ore dopo l'agguato era arrivata la segnalazione di una moto in fiamme dalle parti di Sant'Erasmo. I killer l'avevano abbandonata al margine di una spianata polverosa e deserta, alle spalle di ruderi semicadenti di case disabitate, a pochi metri dal mare. Prima di salire sopra un altro mezzo, presumibilmente pulito, l'avevano incendiata. Vecchia prassi mafiosa, se ci fosse stato bisogno di conferme.

Alcuni testimoni avevano parlato di una grossa moto ferma all'incrocio tra la via degli Emiri e la via Damasco, pochi minuti prima dell'agguato. Però nessuno aveva badato ai due uomini vestiti in modo convenzionale e con i caschi in testa. L'incrocio sembrava il luogo ideale per un agguato: le macchine erano costrette a fermarsi prima di svoltare e le case erano piuttosto lontane, perché le due strade erano ampie e in più c'erano gli alberi che ostacolavano la vista.

I testimoni erano un docente universitario di mezz'età e la moglie, affacciati al balcone di casa. Avevano affermato di essere rientrati prima che cominciasse la sparatoria. Quindi, niente dettagli. Gli inquirenti non se ne aspettavano. Erano già sopra la media, per un evento del genere.

Spotorno si sorprese a guardarsi intorno, come alla ricerca di qualcosa che lo costringesse a rimanere in ufficio. Ce n'erano fin troppe, lo sapeva bene. Scartoffie che in tempi normali avrebbero giustificato il sacrificio di una domenica d'estate, con la testa ai figli in perenne carenza di attenzioni paterne. E figurarsi il giorno dopo un duplice omicidio di mafia. Ma sapeva pure che, in realtà, quello che cercava era un alibi per non andare dalla signora Rosa.

Alla fine si risolse. Mezz'ora di visita di lutto, pensò, e ci leviamo il pensiero.

Ripassò dalla sala agenti e guardò verso Puleo. Anche lui, forse, se il giorno prima non ci fosse stato il duplice omicidio, e se non avesse avuto la fidanzata a Torre del Greco, non sarebbe rimasto a lungo negli uffici della Mobile, in una mattinata come quella e nel suo giorno libero.

Accanto alla tastiera era in agguato un volume dall'aria intimidatoria: il manuale di Diritto fallimentare, contro il quale gli slanci dell'agente scelto Puleo si arenavano spesso come sargassi. Gli mancavano pochi esami, ormai, e all'inizio del nuovo anno accademico avrebbero dovuto assegnargli pure la tesi. Preferiva non forzare troppo i tempi per non rischiare di compromettere la buona media che era riuscito a mantenere nonostante il duro lavoro alla Mobile, praticato con un impegno che finora era riuscito a non convertire in zelo.

Spotorno, come ogni bravo sbirro di sani principi, diffidava dello zelo; lui aveva molta considerazione per il ragazzo, che trattava spesso con familiare rudezza. Puleo aveva solo la terza media, quando era entrato in polizia. Poi, nel giro di tre anni, si era preso il suo bravo diploma al tecnico commerciale, presentandosi da esterno. A tempo debito, Spotorno non aveva dubbi, la laurea in legge. E sapeva il cielo se avrebbe deciso di continuare la carriera di questurino, o tentare invece il colpo grosso del praticantato in qualche studio legale dalle parti di casa. Spotorno pensava, non senza qualche ragione, che l'avvenire del ragazzo era quasi tutto nelle mani sconosciute della futura signora Puleo.

Si decise a mettersi in moto per uscire, ma prima si fermò in piedi davanti a Puleo:

Save', perché non ti vai a fare una bella camminata? Anzi, fai così, ti prendi il costume e te ne vai a farti una nuotata a Mondello; e lascialo lì, quel libro, per oggi, è inutile che te lo porti appresso. Poi stasera te ne vai a vedere un bel film all'arena, così domani ritorni come nuovo. Lo potessi fare io...

Non credeva che Puleo avrebbe seguito il suo consiglio. Sarebbe andato a casa, un appartamentino che divideva con altri due colleghi, dalle parti di corso Pisani, e avrebbe studiato fino a rincoglionirsi.

Fuori rimase per un momento accanto alla macchina, una 131 bianca che lui si sforzava di tenere in ordine, indeciso se salire a bordo o andare a piedi. Il sole aveva già cominciato a cuocergli la testa, ma in macchina sarebbe stato ancora peggio, perché non era riuscito a trovare un posto all'ombra. La vista del giardino lussureggiante di Villa Bonanno gli dette la spinta decisiva. La più bella piazza della città, secondo lui, specialmente con quella luce. E dire che gli urbanisti, una volta, avevano tirato fuori chi sa da dove l'idea di estirpare le palme altissime e i grandi platani, per ricavare una specie di piazza d'armi desolata e spoglia. Decise però di non attraversare la villa, preferendo l'ombra dei vicoli.

Costeggiò la facciata con il rosone vuoto, unica struttura resistente dell'ex chiesa di Sant'Annunziata dello Scutino, seminascosta da un giovane ficus abusivo che prima o poi avrebbe completato l'opera buttando giù anche quell'ultimo rudere, attraversò la piazza San Giovanni Decollato, passò sotto l'arco oltre palazzo Sclafani, e imboccò la via Biscottari. Rallentò subito il passo, assumendo una lenta andatura da crociera della quale nessuno dei suoi collaboratori e colleghi l'avrebbe ritenuto capace. Normalmente Spotorno praticava il passo regolamentare da sbirro che non aggira gli ostacoli ma li travolge. Ogni tanto però si concedeva una tregua. Le balàte che pavimentavano i vicoli dei Quattro Mandamenti sembravano fatte apposta per l'indugio, per la camminata riflessiva, scandita dal rumore secco e ritmato del tacco che batte sulla pietra. Scacciò l'idea che l'indugio, stavolta, non fosse che il prolungamento del riflesso di tutta la mattina, una dilazione del momento della visita di lutto. No, pensò, è piacere puro.

Continuò per la via Puglia e attraversò piazza Santa Chiara. Nel quartiere andava crescendo il numero di famiglie sudanesi, nigeriane, ghanesi, ivoriane, mauriziane, senegalesi, capoverdine, che da qualche anno si erano insediate, pagando spesso affitti esagerati, nelle case fatiscenti abbandonate dai locali. I nord africani invece si erano concentrati sopra tutto nella zona a valle di via Maqueda, distribuiti tra il mandamento Tribunali e il Castellammare. I singalesi erano sparsi un po' intorno al Borgo Vecchio, un po' dalle parti del Policlinico, un po' intorno alla Zisa.

Attraverso l'imposta spalancata di un basso intravide un nero in caftano bianco, intento a tagliare i capelli di un altro nero anch'egli in caftano bianco, seduto sopra una poltrona da barbiere tutta sconquassata.

Quella vista gli infiltrò sotto pelle minuscole stille di un inspiegabile buon umore. Accelerò il passo. Ormai non vedeva l'ora di sbrigare quella che in un angolo della mente, con una punta di rimorso, aveva catalogato come La pratica Brancato.

Svoltò per la salita Raffadali, scese fino a Casa Professa e continuò per la via Ponticello. Le plumerie i cui rami sinuosi come serpenti si allungavano dai balconi verso il centro delle stradine, a caccia della luce, erano tutte fiorite. Spotorno afferrò al volo un fiore cadente e ne aspirò il profumo ancora intenso. C'erano poche persone in giro, per lo più uomini, in maggioranza neri.

Fu sopra tutto per questo che notò la donna. Spiccava come una bandiera di resa sullo sfondo arso di una fortezza caduta. Spotorno si ritrovò a declamare tra sé l'inizio di una vecchia poesia:

Viva Venezia feroce e altera...

Forzò il ricordo, ma riesumò solo un altro paio di quei versi:

... il morbo infuria, il pan ci manca,
sul ponte sventola bandiera bianca.

Bianca era il vocabolo che in un gioco di libera associazione sarebbe affiorato nella mente di coloro i quali si fossero imbattuti nella donna. Aveva la carnagione più candida mai sfiorata dagli occhi di Spotorno. Su quel bianco si era innestato un pallore aggiuntivo, probabile effetto momentaneo di un'emozione intensa che la donna sembrava padroneggiare a stento, a giudicare dagli occhi arrossati, come se avesse appena finito di piangere tutte le lacrime in dotazione.

Spotorno se ne era accorto perché la donna, uscita da una delle case di via Ponticello, aveva camminato verso di lui e si erano incrociati prima che lei salisse a bordo di una Y10 blu notte, parcheggiata nella stradina. Da vicino quel candore spiccava ancora di più, per via dei capelli nerissimi, lisci, che le sfioravano gli omeri, e dell'abbigliamento dai colori un po' dimessi. Non era certo una bellezza. Un corpo da madre di famiglia, un po' angoloso, e lineamenti che uno sguardo superficiale avrebbe trovato scialbi. Amalia li avrebbe di sicuro definiti interessanti.

La donna mise in moto e partì, lasciando nel commissario solo una eco di moderata curiosità insoddisfatta. Le aveva attribuito un intorno di trentacinque anni. Per lui era quasi un riflesso: tutte le anomalie venivano automaticamente classificate e archiviate nella sua mente di sbirro.

Sbucò in via Maqueda e infilò una via Calderai insolitamente deserta, con le botteghe artigiane tutte chiuse, tranne una che vendeva casse da morto. Ne contò a colpo d'occhio una dozzina, di varie essenze e dimensioni, allineate l'una sull'altra, su due file, e ce n'erano persino un paio esposte fuori, davanti alla porta della bottega, posate sull'asfalto che avevano sovrapposto alla vecchia pavimentazione della stradina, alla ricerca di una modernità equivocata.

Lui, ai tempi del liceo si era sfogato per bene con le speculazioni filosofiche, e ora aveva acquisito una specie di immunità permanente contro le costruzioni abusive di allegorie che tanto sembravano appassionare gli intellettuali della sua regione. Così tirò dritto, limitandosi a qualche scongiuro equilibrato, ultimo residuo di un'accesa infatuazione giovanile per Croce. Il filosofo diceva di non credere al malocchio... ma che non si poteva mai sapere.

La signora Rosa Brancato Alamia teneva casa e bottega in via Zara. Una palazzina anonima, del primo novecento, con i soffitti belli alti. Da che Spotorno li aveva conosciuti, i Brancato Alamia avevano sempre abitato in quella palazzina, tranne che d'estate, quando andavano in villeggiatura in qualche casa presa in affitto nelle vecchie borgate marinare della costa est. Borgate ormai scomparse, inglobate dalla città nella sua espansione centrifuga, e con la costa ridotta da decenni in un'immensa spianata di terra che aspirava a tempi migliori.

Era stato durante una di queste villeggiature che il ragazzo Spotorno aveva conosciuto Rosario, Maddalena e i loro genitori. Poi Maddalena si era ammalata e il medico aveva ordinato un lunghissimo soggiorno in vicinanza del mare. Così per un paio d'anni i Brancato Alamia si erano trasferiti in una villetta sulla costa, e Rosario era diventato il compagno di banco di Vittorio.

La famiglia Spotorno, a parte la breve parentesi al nord, aveva abitato in pianta stabile in una di quelle borgate per tutta la durata dell'infanzia di Vittorio. Poi si erano trasferiti in città, nella casa di via Venezia.

Il portone della palazzina dei Brancato Alamia era spalancato e Spotorno, entrando, avvistò subito il tavolino coperto da un drappo nero, con il registro per le firme dei visitatori. Non più di una dozzina, fino a quel momento, eseguite nel modo più diligente, a testimonianza di un dovere assolto. Aggiunse la propria firma, calcando come al solito la V, quasi a bucare il foglio.

Non c'era nessuno, ma intuì che non sarebbe stato necessario annunciarsi col citofono e salì a piedi, ignorando l'ascensore decrepito, fermo al pianterreno. Trovò spalancata anche la porta dell'appartamento al secondo piano. L'intensità abbacinante della luce esterna si era convertita in una penombra densa già nell'atrio della palazzina. L'ingresso dell'appartamento era quasi buio. Una veglia funebre, di giorno, e senza il morto, pensò Spotorno. La salma non era ancora stata restituita alla famiglia, e in quel momento doveva trovarsi sopra un tavolo di marmo, all'istituto di Medicina legale.

Era incerto se bussare piano con le nocche o inoltrarsi nella piccola anticamera oscura. Intuì, più che sentire, i passi leggeri di qualcuno che veniva verso l'ingresso, e aspettò.

Alla luce scarsa dell'anticamera Maddalena sembrava essere cambiata poco, dall'ultima volta che Spotorno l'aveva vista. La sua figura si era appena un po' appesantita, e solo quando accese una delle applique e accostò il viso a quello di Spotorno, per il doppio bacio rituale sulle guance, lui si accorse che il rosso dei suoi capelli si era stemperato in un colore castano pallido, effetto di tinture da parrucchiere. La luce disvelò pure un piccolo reticolo di rughe sottili intorno alla bocca e agli occhi, infossati ma con le cornee non arrossate.

Le lacrime, lei, doveva averle esaurite il giorno prima, pensò Spotorno. Ma proprio mentre formulava il pensiero, quasi gli avesse letto nella mente, lei gli dedicò uno sguardo improvvisamente umido.

Anche Maddalena l'aveva riconosciuto a colpo sicuro, e non sembrava sorpresa per il suo arrivo. Spotorno ebbe quasi la sensazione di essere atteso. Lei lo imbarazzò prendendogli la mano, mentre lo guidava oltre l'anticamera, verso il grande salone dove si svolgeva quasi tutta la vita diurna della signora Rosa.

Non si erano mai nemmeno sfiorati, da ragazzi.

Anche il salone era in penombra, con le persiane accostate e le scalette inclinate a metà corsa, e la luce arrivava filtrata da tende beige, leggere, consunte, conosciute. La signora Rosa era seduta sopra una sedia col fondo in paglia di Vienna, con lo schienale dritto. La stessa di sempre. Spotorno avrebbe potuto descrivere tutto in anticipo. Ma non fu la ritrovata familiarità della scena a provocargli un senso di vertigine. Appena entrato nel salone gli era parso di avere posato il piede all'interno di un dipinto: la signora Rosa, vista in controluce, sembrava il ritratto della madre di Boccioni, eseguito dal figlio. Qualcuno aveva spedito ad Amalia una cartolina con la riproduzione dell'opera, e Spotorno l'aveva usata a lungo come segnalibro.

La signora Rosa teneva le mani intrecciate in grembo, come la donna del ritratto, e come lei aveva capelli sottili, quasi candidi, che le ricadevano intorno al viso, a ciocche sfuggenti, e un'impressione di marrone caldo nel colore degli abiti. E l'identica qualità di luce, che le creava intorno un alone debolmente colorato, sfumato, che finiva con l'offuscarne la figura.

L'impressione durò poco, il tempo che Spotorno si abituasse alla luminosità cremosa della stanza. Ciò che per effetto della luce gli era parso marrone erano abiti di lutto, di un nero stinto. Maddalena gli mollò la mano e lo sospinse dolcemente verso la vecchia, con una pressione sulla spalla:

Mamà, guarda chi c'è, Vittorio. Ti ricordi di Vittorio?

Spotorno si accostò a passi rapidi, si chinò a baciare le guance fredde della donna, e avvertì un lieve sentore di canfora emanare dai vestiti.

Lei annaspò per qualche momento, poi emise una voce flebile, lamentosa, da vecchia:

Vittorio, Vittorio, sei venuto anche tu, ti sei ricordato di Sasà.

Poi ripescò nella memoria la professione di Spotorno:

Tu l'hai visto come me l'hanno ridotto, a Sasà? A me non me l'hanno voluto fare vedere.

Spotorno annuì. Stava per aggiungere che Sasà non aveva sofferto, che se ne era andato senza capire quello che succedeva, ma gli parve una mancanza di rispetto alla memoria dell'amico defunto. Rosario, oltre tutto, detestava essere chiamato Sasà, almeno da ragazzo, e solo alla signora Rosa era permesso farlo.

Siediti qua, accanto a me, Vittorio, fammi un poco di compagnia.

Una donna di mezza età si alzò cedendogli la sedia, e prese posto sul coperchio di una cassapanca addossata a una parete. C'era ancora un'altra donna, seduta dall'altro lato della signora Rosa, e sembrava quasi la gemella della prima, anche se non erano nemmeno parenti.

Le signorine.

Spotorno le aveva sempre sentite chiamare così, collettivamente, anche se sapeva che una si chiamava Grazia e l'altra Nunzia. Le lavoranti che la signora Rosa aveva sempre avuto con sé da quando erano ragazze, affidate a lei dalle rispettive madri perché imparassero il mestiere. Il mestiere poi l'avevano imparato così bene che la signora le aveva impiegate in pianta stabile.

Spotorno baciò anche loro sulle guance.

Appena seduto liberò uno sguardo fluido tutto intorno, a rassicurare la memoria dell'esattezza del ricordo. Qualcosa era cambiato dal tempo delle sue visite giovanili in compagnia della madre. Le due Singer a pedale, meccaniche, con la scritta dorata sul corpo nero della macchina, erano state sostituite da due congegni elettrici, moderni, sui quali Spotorno non riuscì nemmeno a decifrare la marca. Poi l'armamentario di sempre: pezze di stoffa, scampoli, bottoni, aghi, forbici, ditali, stecche, gessetti da sartoria.

Cercò invano i rocchetti di legno con il filo di cotone, la cui rotazione vorticosa intorno al porta rocchetto delle vecchie Singer gli calamitava lo sguardo da bambino. La vista dei gessetti gli procurò una strana sensazione di eternità: erano piatti, del colore dell'avorio invecchiato, con una forma simile a quella delle saponette monouso che si trovano negli alberghi, sigillate nelle bustine di carta. Erano così da che lui aveva memoria. Anche la carta sulle pareti, un disegno a piccoli motivi rosa su fondo beige, sembrava non essere stata più toccata, e appariva staccata in diversi punti vicino al soffitto, dove l'intonaco si era rigonfiato per un'infiltrazione d'acqua. Sulla spalliera di una sedia, un metro da sarto, tutto consunto, con una intaccatura in corrispondenza del centimetro sessantotto.

Lo stesso metro di sempre, a meno che per qualche misterioso motivo tutti i metri della signora Rosa non si consumassero sopra tutto in corrispondenza del centimetro sessantotto. Al centro della parete opposta ai balconi, il crocifisso di legno con gli intarsi a forma di piccoli cuori lungo i bordi dell'asse verticale e gli inserti di avorio alle estremità.

Spotorno collezionava i ricordi con l'identica inflessibilità con la quale certi sfaccendati collezionavano hobby.

La signora Rosa notò il suo sguardo:

Ti ricordi, Vittorio, quando venivi con tua madre? Grazia ti comprava sempre la ines al forno, che ti piaceva assai. Ancora ti piace, la ines? Tua madre riusciva a trovare certi scampoli, in via Sant'Agostino, da Russo Pedone... A tuo padre le misure gliele ho prese una volta sola. Poi non è venuto più. Però le camicie gli riuscivano sempre perfette al primo colpo, mai un difetto, mai un'aggiustatina. Con i polsi e il colletto di ricambio. Taglia quaranta. Duravano una vita. Oramai siamo rimasti pochi a fare camicie così. Le comprano belle e fatte, cucite con il nailon. E pure certuni che fanno le camicie su misura ora usano il nailon. Tu lo sai quanto cotone ci vuole per cucire una camicia?

Spotorno non lo sapeva.

Tra imbastitura, prove e controprove ce ne vuole una spagnoletta sana: novanta metri. Solo per i bottoni se ne vanno più di cinque metri di filo. Io però non le uso più le spagnolette da novanta, compro quelle più grandi, che sono più pratiche. Lo sai quanto mi costa una di queste spagnolette?

Spotorno dovette ammettere di non essere aggiornato nemmeno sui prezzi correnti del filo di cotone.

Io le pago quattromila lire e non le compro nemmeno all'ingrosso. Il tipo Tre Cerchi Oro, della Cucirini e Cantoni, il migliore. Ora per la verità al posto di Cantoni ci hanno messo un altro nome, un nome straniero, ma io sono abituata al nome vecchio della ditta...

Spotorno rivide il pulviscolo dorato che danzava, sospeso dentro un raggio di sole, nel tinello della casa di via Venezia, mentre alla radio una voce maschile, una bella voce seria, dalla quale aspettarsi solo notizie non banali, leggeva il listino della Borsa Valori di Milano:

... Magneti Marelli... Edison... Cucirini e Cantoni, ricordò in ordine sparso.

Per tutta un'estate, la lettura del listino era coincisa con l'arrivo di quel raggio di sole con dentro il pulviscolo danzante, impalpabile e dorato. Era il tempo del miracolo economico.

La signora Rosa continuava nel suo quasi monologo:

... in una spagnoletta ce ne caricano mille yarde, che è una misura inglese, e vale novantuno centimetri. C'è quasi un chilometro di filo, in quella spagnoletta. Una sola basta per dieci camicie. Fatti il conto: per una camicia cucita con tutti i sentimenti se ne vanno sì e no quattrocento lire di cotone. Il nailon costerà un poco di meno. E allora, dico io, uno che fa, per risparmiare cento, duecento lire, va a cucire le camicie con il nailon, che alla prima stirata si arriccia tutto, ti punge, e ti fa venire le papole sul collo? E che sono cento lire di risparmio, se uno fa pagare trenta, quaranta, e persino sessantamila lire di sola manifattura, per una camicia? Senza contare i bottoni. Sai quanti bottoni ci vanno in una camicia?

Spotorno aveva cominciato a sudare. Si chiedeva se il crinale della patologia era già stato superato. Guardò Maddalena, che si era piazzata alle spalle della madre. Lei gli fece un segno che lui interpretò come un incoraggiamento a darle ancora filo. Arginare il dolore, almeno per un po'. Distogliere la vecchia signora dal pensiero della tragedia. Creare una zona di rispetto, uno stato-cuscinetto emozionale. La signora Rosa non perse tempo ad aspettare la sua risposta:

In una camicia fatta come si deve, ce ne vanno almeno dieci. Io ci attacco solo bottoni di madreperla. Tutti ora hanno cominciato a metterci i bottoni di plastica.

Allungò il braccio verso una scatola di cartone posata sul tavolino davanti a sé e ne tirò fuori un bottone:

Vedi questo quadratino tra i buchi dove passa il filo? È qui che cedono i bottoni di plastica: si spaccano, e non solo ti resta il bottone in mano, ma ti tocca pure scucire il filo che rimane bello attaccato al tessuto. Con i bottoni di madreperla non ti può capitare. Al massimo si staccano perché si rompe il filo. Infatti un bottone come questo lo paghi trecento lire, mentre uno di plastica ti costa solo cinquanta lire. Duemila e cinquecento lire di differenza per ogni camicia. Ma quei disonesti che fanno le camicie su misura con i bottoni di plastica non è che te la passano duemila e cinquecento lire meno. Te la fanno pagare lo stesso prezzo sia con i bottoni giusti che con quelli di plastica.

Sembrò rendersi conto di colpo dell'aspetto surreale di quella conversazione, e si accasciò. Fine della ricreazione e tragedia di nuovo alle porte.

Spotorno non sapeva che dire. In teoria ci sarebbero state molte domande da fare, interrogativi da sciogliere. Lui era un commissario di polizia, dopotutto. E proprio grazie all'antica conoscenza, quelle persone non diffidavano di lui. Circostanza inconsueta, in un delitto di mafia. E lui avrebbe dovuto approfittarne.

Però la signora Rosa aveva cominciato a piangere in silenzio, lacrime che le scendevano giù per le guance senza che l'espressione del viso cambiasse molto rispetto al sottofondo di dolore costante che l'aveva abbandonata solo durante la digressione sulle camicie. Proprio come l'ultima volta che Spotorno l'aveva vista ai tempi del liceo, quando la signora aveva telefonato a sua madre, pregandola di chiedere a Vittorio di passare a trovarla, per parlare di Sasà, che le dava solo dispiaceri. E lui era solo riuscito a contemplare quel metro consunto, con la tacca in corrispondenza del centimetro sessantotto.

Si agitò sulla sedia. Poi ci fu un rumore di passi, e un uomo sulla quarantina entrò nella stanza. Aveva un vestito blu, in misto lino, una camicia bianca di cotone con il colletto aperto, e sembrava avere indossato persino i baffi sale e pepe stratificati sul labbro. Nella tasca della giacca, il «Sicilia», piegato alla pagina dei necrologi. Spotorno gli aveva già dato una scorsa in ufficio: un solo necrologio per Rosario, quello della famiglia.

Maddalena gli presentò l'uomo:

Manlio, mio marito. E poi: Vittorio Spotorno, un amico d'infanzia di Rosario.

Beltramini, piacere, disse l'altro, con una stretta di mano svogliata e umida, in punta di polpastrelli.

A Spotorno scattò il riflesso di spiargli i bottoni e le cuciture della camicia. Madreperla e cotone, neanche a dirlo. Intuì che Maddalena aveva omesso l'apposizione «commissario» per non generare false interpretazioni sulla sua presenza in quella casa.

Era incerto se sedersi di nuovo o approfittare dell'arrivo dell'altro per andarsene. Maddalena lo prevenne:

Vieni, Vittorio, ti accompagno. Oggi è domenica e a casa a quest'ora ti aspettano. Hai due figli piccoli, vero?

Non si limitò ad accompagnarlo alla porta, e lo precedette giù per le scale fino al marciapiedi di via Zara.

Mi ci voleva una boccata d'aria, disse, ma non mi posso fermare molto.

Lo disse guardando verso l'alto, in direzione dei balconi del secondo piano, dove nel frattempo qualcuno (un riflesso sale e pepe?) aveva tirato via le tende beige del salone e spalancato le persiane. Spotorno ebbe la sensazione che volesse fargli capire qualcosa che non osava confidare esplicitamente a un quasi estraneo. Forse tra suocera e genero non scorrevano grandi cose, e non voleva lasciarli per troppo tempo con la sola compagnia delle signorine. Spotorno aveva percepito un lieve irrigidimento sul viso della signora Rosa, quando era arrivato il marito di Maddalena. E aveva pure smesso di piangere.

Nonostante la dichiarazione d'intenti Maddalena sembrava riluttante all'idea di congedarlo subito. Anzi gli aveva preso entrambe le mani, e lo tratteneva ormai da parecchi secondi, guardando un punto, in obliquo, oltre la spalla di lui. La luce viva aveva messo a nudo l'età sulla sua pelle di rossa, tesa sulle clavicole ossute che sbucavano dalla scollatura della maglietta turchese a girocollo.

Non era mai stata una bellezza, Maddalena, ma aveva mantenuto una grazia nervosa che rendeva piacevole guardarla. Spotorno forse l'avrebbe sognata quella notte.

Sai, gli disse di punto in bianco, quando è successa la cosa di Rosario eravamo solo io e la mamma. Manlio era in Calabria per lavoro. È arrivato stanotte tardi, con la macchina. Noi abbiamo una piccola agenzia di viaggi. Lui deve partire spesso, tiene i contatti con i tour operator, visita i villaggi dove noi mandiamo la gente. Sai qual è la cosa che ci chiedono più spesso, di questi tempi? Se c'è un posto dove parcheggiare i bambini, mentre i papà e le mamme se ne stanno belli tranquilli a prendere il sole, senza tante rotture di scatole. Io do una mano di tanto in tanto, per una mezza giornata, ora che i ragazzi sono grandetti e sono diventati un poco più autonomi. Loro c'erano attaccatissimi, a Rosario.

Fece una lunga pausa. Spotorno avrebbe voluto chiedere se anche Manlio era attaccatissimo al cognato defunto. Maddalena gli aveva lasciato le mani, rimanendo ancora per qualche attimo con le palme rivolte verso l'alto, e richiudendole poi con lenta amarezza.

Sai, riprese, gli affari non vanno tanto bene. Per carità, non voglio dire che ce la passiamo male, perché ringraziando a dio abbiamo la casa di proprietà e riusciamo pure a mettere qualcosa da parte per i ragazzi. Però ci sono troppi alti e bassi, e per ora il mercato non tira. Altrimenti avrei puntato i piedi per Rosario.

Aveva l'aria di un inizio di giustificazione. Spotorno aspettò che aggiungesse qualcos'altro e avvertì, come un ritorno di fiamma, il risveglio improvviso del proprio istinto sbirresco. Stava per farle una domanda diretta ma lei lo prevenne sussurrandogli qualcosa che lui aveva sentito solo negli sceneggiati alla tivvù:

Agguantali, Vittorio. Li voglio guardare bene in faccia a quelli che l'hanno ridotto così, a Rosario.

Poi lo baciò su una guancia sola, ruotò su se stessa e sparì oltre il portone, lasciando uno Spotorno sconcertato, perplesso, emozionato, frustrato.

Era vero, pensava, che i suoi concittadini parlavano più con i gesti che con le parole, specialmente quando i gesti li facevano scivolare nel silenzio.

Lui, però, avrebbe dovuto parlare. Lutto o non lutto, la frase di congedo di Maddalena sembrava fatta apposta per giustificare almeno una domanda precisa: che rapporto c'era stato tra Mancuso e Rosario? Qualcosa lei doveva saperne. E tutto sommato non era solo una banale visita di condoglianze, quella che Spotorno aveva messo in programma la sera prima.

Si ripromise di rimediare al più presto.

A casa, l'odore del tortino di filetti di spatola e gamberetti, con le mandorle e gli aromi, che Amalia aveva appena tirato fuori dal forno riuscì a cancellare il profumo di gelsomini che gli era rimasto attaccato alle narici dopo il saluto di Maddalena.

Ma sapeva che non c'era stato nessun profumo di gelsomini. E quella notte non fece sogni che sopravvissero al risveglio.

Capitolo VI
I sismografi della Mobile

Qualcuno, alla Mobile, cominciava a tirare il fiato. I sismografi ufficiali registravano una linea piatta. Nessuna scossa, nemmeno un fremito. Alla fine, anche il sismografo più sensibile, l'anziano commissario Schirosa, aveva rinfoderato il pennino. Schirosa annusava l'aria e scommetteva. La posta era sempre la stessa: un certo numero di tazze di caffè, variabile in funzione dell'intensità dei segnali che precedevano la scossa. Una volta era arrivato a scommetterne ventiquattro, e se li era scolati tutti, al ritmo di uno all'ora, nei due giorni successivi all'esito della scommessa. E non si poteva dire che non se li fosse meritati fino all'ultima stilla. Lui l'aveva annunciato: Sta per succedere qualcosa di grosso.

Il giorno dopo avevano steso tre picciotti, in tre agguati distinti, in tre punti diversi della città, con le stesse armi.

In verità, non tutti alla Mobile erano convinti delle speciali virtù sismologiche del commissario Schirosa. Molti sospettavano che fosse solo un gioco di informatori. Il commissario apparteneva alla vecchia guardia, era affezionato ai sistemi tradizionali. Chiudere un occhio – e talvolta anche due – su faccende di poco conto, sui piccoli reati commessi da qualche pregiudicato recidivo, aveva le sue brave ricadute in termini di informazioni su cose più grosse.

In certi casi Schirosa ne avrebbe chiusi anche più di due, occhi, se la natura non si fosse rivelata così misurata nella distribuzione dei talenti. Come la volta della soffiata che gli aveva permesso di risalire agli autori di una rapina alle poste cittadine, una di quelle in grande stile, tipo assalto alla diligenza.

Per alcuni era un mistero che Schirosa fosse rimasto commissario a vita, e ormai era alle soglie della pensione. Certi maligni insinuavano che era proprio per quello che non era arrivata l'ombra di una promozione. Schirosa, per le alte sfere, era una specie di residuato un po' imbarazzante, come un parente strambo che si manda ai giardinetti quando si riceve qualcuno nel salotto buono di casa. E tuttavia, a memoria dei più anziani, Schirosa rimaneva il miglior sismografo che la Mobile avesse mai avuto a disposizione. E quando Schirosa aveva detto che ormai non c'era da aspettarsi grandi cose, dopo i morti della Zisa, molti avevano tirato un sospiro di sollievo. Niente ammazzatine di risposta, niente ripresa di guerre vecchie e nemmeno inizio di nuove. E, sopra tutto, niente soluzione per il caso. Sì, le indagini sarebbero proseguite, ma con sempre minore impiego di tempo e di uomini, fino a lasciare scivolare via tutto in un limbo – parte cartaceo, parte elettronico – dal quale sarebbe uscito solo per merito di qualche improbabile e futuro accadimento.

Persino il «L'Ora», che ai vecchi tempi avrebbe sguinzagliato segugi sopra tutte le piste – specie se false, diceva Schirosa – e avrebbe campato di rendita per almeno una settimana sopra una duplice ammazzatina da piombo, persino il «L'Ora» aveva seppellito i due morti in trafiletti sempre più asciutti, relegati nella cronaca cittadina, pur non disponendo, per sostituirli in prima pagina, che delle tradizionali articolesse estive sulla mancanza d'acqua e sul traffico caotico delle borgate balneari, corredate dalle foto delle stangone di turno in topless. Era una questione di buon gusto. La gente si preparava alle vacanze, e sarebbe risultato anticlimax confinare le stangone nelle pagine interne.

Per la verità non tutti alla Mobile la pensavano allo stesso modo. Gli irriducibili della frangia sociologica non si stancavano di ripetere che quell'assenza di eventi non era un buon segno. E avrebbero anche potuto fare a meno di dirlo, dato che ormai pure i lampioni di piazza della Vittoria avevano imparato che quella calma così prolungata altro non era che una dissimulazione di potenza.

Per fortuna nessuno, nemmeno i nostalgici estremi, osava più enunciare in pubblico la solita tiritera sul «tanto si ammazzano tra loro», che per decenni era stata la sotterranea colonna sonora alle ammazzatine dei malacarne, alla cui soluzione, dopo un tempo ragionevole, tacitamente si rinunciava. Perché c'era un secondo tipo di sismografi, alla Mobile: quelli che invece di puntare i sensori verso l'esterno, verso il milieu, li orientavano verso l'interno del Palazzo, pronti a captare i più impercettibili sommovimenti di faglia, ondulatori o sussultori, che preannunciassero variazioni nello statu quo dell'apparato, dalle postazioni dei questurini di primo pelo, su fino agli scanni dei vertici della questura. I sussurri e le grida.

Spotorno era affezionato a Schirosa. Lo stimava, pure. I suoi personali sensori però non avevano ancora smesso di prudere. E i suoi, erano sensori selettivi.

C'era stato per esempio lo strano affare della moto usata per l'agguato.

Erano risaliti al proprietario – tale Scannariato Salvatore – subito dopo il ritrovamento, e non risultava avesse denunciato il furto. Così l'avevano messo sotto osservazione: telefono, pedinamenti, foto.

Dopo un paio di giorni Scannariato non si era ancora sognato di presentare alcuna denuncia. Però il lunedì mattina era passato da un'agenzia di viaggi a ritirare un biglietto per un volo in partenza quel giorno stesso per Linate.

Un'ora dopo gli sbirri lo avevano prelevato al bar sotto casa, al Villaggio Santa Rosalia, mentre stringeva una ravazzata con carne nella mano sinistra, una mezza birra nella destra, e la valigia tra le gambe, e lo avevano trascinato fino agli uffici della Mobile, con il bagaglio appresso e i resti della ravazzata ancora stretti in pugno.

Ciò che aveva preso tutti in contropiede era stata la faccia di Scannariato quando avevano fatto cenno alla sua Kawasaki bruciata viva a Sant'Erasmo: una indignazione verace che non era stato in grado di esibire neanche al momento del fermo, quando aveva sentito lo scatto delle manette intorno ai polsi: un rumore ostile, dall'intenso potere evocativo persino sulle coscienze più immacolate.

Quando si era ripreso dalla botta per l'uccisione della moto il tizio aveva tirato fuori una storia che era subito apparsa convincente, anche se gli sbirri avevano preferito impiegare ancora un paio di giorni, a convincersi del tutto, dopo avere controllato per bene ogni cosa.

Il venerdì precedente il giorno dell'agguato, Scannariato, dipendente di sesto livello dell'università, era andato via dall'istituto in cui lavorava, in viale delle Scienze, lasciando la moto ancorata a un tubo di ferro, nel garage sotterraneo del dipartimento. Era il suo ultimo giorno di lavoro, prima delle ferie, e aveva deciso di lasciare lì la moto, perché il lunedì successivo sarebbe partito per Brescia, dove viveva il fratello.

Il garage non aveva porte e non era sorvegliato, ma lui non disponeva di un posto migliore; e non era la prima volta che vi lasciava la moto per diversi giorni di fila; in quel garage non era mai successo niente, prima di allora, nemmeno il furto di un'autoradio.

Chi glielo doveva dire, egregio dottore, che nel frattempo gli avevano fregato il Kawasaki, comprato di seconda mano, ma che andava come una scheggia, e non era nemmeno assicurato, e ora i danni chi glieli pagava?

Così era sfumata una pista che era sembrata promettente a molti, ma non a Spotorno, i cui sensori troppo selettivi si erano sintonizzati sopra una lunghezza d'onda diversa, anomala e piena di interferenze. Come quando, da ragazzo, cercava di regolare una vecchia

Radioallocchiobacchini sulle onde corte, per intercettare i messaggi lanciati dalle navi in qualche punto del basso Tirreno, e sul più bello aumentava il rumore di fondo, fino alle scariche che rendevano tutto confuso e incomprensibile.

Mentre guardava Scannariato, che oltre alla moto aveva ormai perso anche i soldi del biglietto aereo, e chi sa, forse pure le ferie, mentre gli fissava il viso disfatto, Spotorno sentiva aumentare il ronzio di fondo. E più aumentava il ronzio, più Spotorno sentiva prudere i sensori.

Quella era una falsa pista, d'accordo. Ma falsa fino a che punto?, si chiedeva. Il tizio era troppo fesso per potere reggere un doppio gioco fino in fondo. Bastava guardarlo in faccia. E nei due giorni scarsi che erano serviti a controllare tutto quello che aveva raccontato agli sbirri, la sua faccia, Spotorno, se l'era studiata per bene, di fronte, di tre quarti e di profilo. Dalle carte, poi, non risultava niente. Nessun precedente, nemmeno una multa per eccesso di velocità. Famiglia pulita, costituita solo da un fratello maggiore, insegnante di educazione fisica in un istituto dell'interland bresciano, sposato con una brava ragazza padana. Informazioni rassicuranti pure dal fronte lavoro: ragazzo a posto, fidato, solo un po' lavativo, ma nei limiti della fisiologia.

Aveva fatto di più, Spotorno. Aveva sguinzagliato discretamente Puleo a fare il giro di tutti i suoi contatti. Puleo era un maestro nell'arte dei rapporti con gli umani di ogni estrazione, sesso, razza e religione. Era in parte merito del suo accento partenopeo, ma doveva entrarci pure il fatto che non aveva l'aria dello sbirro, anche se i suoi contatti sapevano chi fosse.

Puleo non faceva mai domande dirette. Si teneva sulle generali, divagava, insinuava con mano leggera. In cambio riceveva lo stesso tipo di merce. Disperso nelle divagazioni di ritorno c'era talvolta un piccolo cenno di capo, dall'alto verso il basso o viceversa. Una smorfia. Un ruotare di palme all'insù.

Puleo registrava, elaborava e riportava.

Anche nella circostanza il giovane agente era tornato con informazioni inattese, che però non avevano stupito del tutto Spotorno.

Il furto di quella moto era una cosa, per così dire, fuori sacco. Nessuno aveva chiesto alle persone giuste il permesso di compierlo. E nessuna delle persone giuste si era sognata di autorizzarlo. Visto che la moto non doveva servire per uno scippo di lecca lecca, ma per un agguato mafioso, quell'autorizzazione era irrinunciabile.

L'informazione, data in positivo, era da considerarsi attendibile. In caso contrario le insinuanti non-domande di Puleo non avrebbero semplicemente avuto risposta. Si poteva dedurre che l'autore del furto era un cane sciolto. Oppure, che aveva ubbidito agli ordini di avversari del reggente di zona.

Al garage sotterraneo Spotorno era andato di persona. C'erano poche auto, perché il personale degli istituti universitari e gli studenti trovavano più pratico parcheggiare sul grande spiazzo soprastante, fino a saturarlo, e solo chi non aveva trovato posto in alto si rassegnava a compiere un lungo giro per scendere fino al sotterraneo.

Chi aveva rubato la Kawasaki poteva averlo fatto in un qualsiasi momento tra le due del pomeriggio del venerdì, quando Scannariato era sceso per accarezzarla per l'ultima volta, prima di andare via a piedi, alla fine del lavoro, e le undici e mezza della mattina del sabato, una mezz'ora prima dell'agguato.

Il garage era un posto deserto, quasi buio anche in pieno giorno, dato che non c'era traccia di illuminazione artificiale. Le probabilità che qualcuno potesse badare agli armeggi di qualcun altro intorno a una moto sembravano davvero scarse. Però era difficile che avessero condotto l'operazione di notte. Viale delle Scienze non era una strada di passaggio, e la sera i cancelli di accesso alla cittadella universitaria rimanevano sempre sotto la sorveglianza dei vigilantes. Di giorno, invece, nessuno avrebbe badato a un tizio che usciva in moto. Persino il sabato mattina c'era sempre un discreto via vai di studenti, impiegati e professori, sopra tutto in un periodo come quello, in cui si concentravano le sessioni d'esame e la maggior parte delle sedute di laurea della sessione estiva, con le torme di parenti dei laureandi, con i gladioli cellofanati in braccio.

Se fossi un fumetto, pensò Spotorno, dopo avere studiato per bene i luoghi, sopra, sotto e di lato, le vie di accesso esterne e tutto il contesto intorno, se fossi un fumetto, a questo punto mi si accenderebbe una lampadina sopra la testa. Forse non una lampada da mille watt, magari solo una lucciola, ma ci sarebbe.

Lo disse a Puleo, quando l'agente ebbe finito il resoconto orale – e privatissimo – sui suoi contatti:

C'è un basista, disse Spotorno.

Di che, dottore?, disse Puleo.

Del furto della Kawasaki. Non è per un caso che sono capitati in quel garage. Non è un posto di passaggio. Sono andati a colpo sicuro perché sapevano che c'era quella moto, e sapevano pure che nessuno si sarebbe accorto tanto presto della sparizione, perché erano al corrente della partenza di Scannariato per le ferie.

Pensa a qualcuno dell'ambiente?

È una delle possibilità. Un'altra sono le amicizie di Scannariato. Ci serve la lista di tutto il personale docente e non docente degli istituti che gravitano su quel garage. Compresi i tesisti. E poi l'elenco delle persone che lui frequenta fuori dell'ambiente di lavoro: parenti, amici, dopolavoro, parrocchia, donne... Ah, e pure il suo meccanico. Sta' sicuro che ne ha uno di fiducia. Ci teneva tanto a quella motocicletta...

Un lavoraccio, dottore.

Lo so, ma tu sei bravo. È una possibilità. Minima, ma vale la pena di tentare. Se riusciamo a trovare un collegamento, un anello di congiunzione...

Puleo sospirò:

Ci vorrà tempo per mettere insieme tutti quei nomi. Con l'università sarà più facile, perché esisteranno dei tabulati già pronti con le generalità di tutto il personale. Però restano fuori i nomi degli studenti che fanno l'internato, gli assistenti volontari, che non sempre spuntano sulle carte...

Si dovrà pensare anche agli addetti alle pulizie: alcuni istituti danno il lavoro in appalto a ditte esterne, e i nomi non risultano tra quelli del personale universitario. Comunque vanno controllati anche loro, perché sono spesso in buoni rapporti con il personale ausiliario.

La parte più complicata è quella esterna al suo ambiente di lavoro. Lì non ci sono tabulati, lì ci vuole un'indagine vera e propria...

E che siamo noi, Save', non siamo sbirri? Avanti, prima ti metti in moto, prima finiamo. Tanto vale cominciare con le cose più facili. Procurati 'sti tabulati così ce li studiamo. Per l'altra lista bisogna spremere quel mezzo coglione di Scannariato. Continuiamo a tenerlo sotto pressione, senza fargli capire che abbiamo creduto alla sua storia, e facciamogli mettere per iscritto i nomi di tutte le persone con le quali ha a che fare, con indirizzi e tutto quanto. Magari ci capita una botta di scattìo.

Puleo non ci contava. E tutto sommato, intuì, non ci contava nemmeno il suo capo. Però, come diceva il dottore, era una di quelle cose che andavano fatte. Se davvero esisteva una piccola crepa, bisognava trasformarla in una voragine per chi c'era capitato sopra.

Nonostante tutti si fossero concentrati sulla storia della moto e di Scannariato, qualcos'altro, in quei due giorni, era saltato fuori lo stesso.

Si era scoperto che Mancuso Gaspare detto Asparino, ogni sabato, verso mezzogiorno, che piovesse o tirasse vento, andava a comprare il pesce per tutta la famiglia, alla pescheria Rotella. A patto, s'intende – avevano aggiunto le sorelle del morto – a patto che il giorno prima le condizioni del mare avessero consentito l'uscita delle barche. Perché se no il pesce poteva mai essere fresco?

Asparino aveva il naso fino, col pesce, dottore. Gli guardava l'occhio, le garge, lo ammaccava con l'unghio, e lo riconosceva a colpo se era o non era cosa per noi. Non ci aveva fiducia a nessuno per il pesce, neanche a nostra madre. Per questo ci voleva andare sempre lui a comprarlo. E se lo puliva pure da solo. Poi faceva il fuoco con la legna e il carbone, e l'arrostiva che nemmeno al ristorante... Ci passava e ripassava in continuazione un mazzetto di origano abbagnato nell'olio e limone, con l'aglio, l'alloro, il peperoncino... nemmeno fossero state carni di femmina, dottore...

Le sorelle Mancuso non avevano mostrato alcuna reticenza a fornire agli sbirri quel tipo di notizie, miscelate con informazioni altrettanto vitali sulla vera personalità del defunto. Che era troppo buono, e tutti gli volevano bene.

Beh, quasi tutti, avevano considerato mentalmente quelli che conducevano gli interrogatori. A Puleo tornarono in mente le dichiarazioni di Rotella, che aveva negato di conoscere Asparino, e gli venne voglia di tornare dal pescivendolo di via Damasco e vuotargli sulla testa il secchio con le frattaglie piscicole.

Sul conto di Rosario, i familiari di Mancuso non avevano detto gran che. Non era un amico proprio stretto di Asparino e la loro non era nemmeno una conoscenza di lunga data. Rosario si limitava ad accompagnarlo ogni tanto in macchina, non solo a comprare il pesce, ma pure a sbrigare gli affari suoi.

E quali erano gli affari suoi?, avevano chiesto premurosamente gli sbirri.

Niente. Andava a fare rifornimento per la salumeria paterna. Che ci doveva andare a piedi a comprare le forme di cannistrato ai Lattarini, dal grossista, dato che per colpa di qualche infame che aveva parlato assai avevano ritirato la patente al loro amato congiunto?

E poi?

E poi basta. Qualche giro per i fatti suoi. Che gli dovevano chiedere conto e ragione di quello che faceva e di quello che non faceva, al fratello, che era un uomo fatto, e che razza di uomo speciale, che uomini così le madri non ne facevano più?

Le sorelle Mancuso alla fine si erano rivelate come la componente loquace della famiglia. Dalla bocca del padre non c'era stato verso di ottenere nemmeno un monosillabo. Idem dalla madre, a parte qualche geremiade ossessivamente reiterata. La moglie, incinta al sesto mese, era stata ricoverata d'autorità nel letto domestico dalle cognate, e nessuno si era voluto prendere la responsabilità di sottoporla a un interrogatorio, anche blando, ché tanto non avrebbe portato a niente: la signora apparteneva alla frequentatissima categoria di spose, madri e sorelle che non si facevano mai domande sulle origini del sovrabbondante benessere familiare.

I Mancuso abitavano alla Noce, in una palazzina a due piani di inizio novecento, architettura minore di borgata, dalla facciata scrostata, mai più toccata dall'epoca della costruzione. L'interno invece era stato ristrutturato e «abbellito» senza parsimonia, in modo da farlo somigliare alla decorazione di una cassata siciliana eseguita da un pasticciere estroso. La famiglia di Asparino occupava l'appartamento superiore; il padre, la madre e le sorelle il primo piano. Al pianterreno la salumeria: grande, moderna, fornitissima, con un vasto retrobottega.

A Rosario, le sorelle di Asparino attribuivano la responsabilità della morte del fratello, che non aveva nemici e quindi era stato ammazzato solo per la fatalità di essersi trovato in macchina con lui. Perché Alamia sì, lui doveva essere un vero malacarne, e quindi a lui era destinata quella fleboclisi di piombo che aveva intossicato pure l'Innocente.

Spotorno aveva smorzato un sorriso amaro, perché gli era tornato alla memoria un episodio che gli aveva raccontato Amalia, dopo che in città si era sparsa la notizia di un attentato che aveva fatto quattro morti, tra i quali, oltre il destinatario eccellente, anche il portiere di uno stabile.

Amalia aveva sentito con le proprie orecchie la teoria enunciata dalla portinaia di un palazzo vicino alla scuola dove lei insegnava inglese:

Vogliono ammazzare a tutti i portieri, aveva affermato perentoria.

Rappresentazione veritiera e vivente dell'anima più autentica della città. Ammesso che questa città abbia un'anima, aveva aggiunto Amalia con un sospiro.

Capitolo VII
Il mestiere di Spotorno

Spotorno apparteneva alla scuola dei frequentatori di funerali dei morti ammazzati. Ma solo di quelli ammazzati da ignoti. I funerali offrivano un'occasione irripetibile per vedere riuniti tutti insieme i parenti e i conoscenti delle vittime. Spotorno, se appena gli era possibile, andava in chiesa e assisteva alla cerimonia in posizione defilata, piazzandosi in fondo alle navate laterali e cercava di decifrare il linguaggio del corpo dei presenti.

I cimiteri erano un punto d'osservazione ancora migliore, perché poteva studiare anche le facce. Non che si illudesse di individuare il colpevole. Gli era utile solo per avere un'idea più precisa delle dinamiche familiari ed extrafamiliari nella cerchia del defunto. Intuire i rapporti di potere, di dipendenza, ipotizzare equilibri. Quello sì, serviva. Aiutava a impostare nel modo giusto gli interrogatori. A indirizzare le indagini su Tizio, piuttosto che su Caio. A ottenere la conferma o almeno il rafforzamento di una percezione, di un sospetto, di un indizio, di una ipotesi.

I funerali di Asparino si sarebbero svolti nella chiesa di Maria SS. Assunta, in via Perpignano. Alla Mobile furono date disposizioni per organizzare un servizio di appostamento per le riprese fotografiche e con le telecamere.

Spotorno optò per i funerali di Rosario. A se stesso l'aveva spacciata per una scelta esclusivamente professionale. Ma più che una decisione meditata si era ritrovato ad assecondare una sorta di automatismo mentale che apparteneva piuttosto alla famiglia dei fatti compiuti. La vera scelta professionale sarebbe stata l'altro funerale.

Non c'erano molte persone dentro la chiesa di San Matteo, in corso Vittorio Emanuele. Spotorno era arrivato a cerimonia iniziata, come d'abitudine, e aveva occupato la solita postazione di retroguardia.

Individuò subito Maddalena, seduta sopra una delle panche della prima fila, accanto al marito. Due ragazzini dai capelli rossi, vestiti da chierichetti, con una fortissima somiglianza reciproca, affiancavano il prete officiante. Avevano entrambi i lineamenti del viso molto tirati. I figli di Maddalena e di quel tale Manlio Beltramini, senza dubbio. In seconda fila, una delle signorine. Spotorno credette di riconoscere Nunzia. Lei aveva sempre avuto una speciale predilezione per Rosario, e la signora Rosa Brancato Alamia la prendeva spesso in giro per questo, la chiamava la fidanzata di Rosario. Grazia, l'altra signorina, doveva essere rimasta in via Zara, a tenere compagnia alla signora Rosa, che Spotorno aveva cercato inutilmente nella prima fila. Maddalena aveva probabilmente convinto la madre a rimanere a casa, per paura che potesse non reggere l'emozione.

Passò in rassegna le poche altre persone presenti. Forse qualche coinquilino del palazzo di via Zara. Colleghi o dipendenti dell'agenzia di Beltramini. Alcune signore molto anziane, raggruppate tutte insieme, erano sedute sulle panche allineate di lato, lungo i bracci corti del transetto, e Spotorno si accorse che erano intente a passare grani di rosario tra le dita. I rosari erano tutti neri, notò. Forse le donne appartenevano a una congregazione o a qualche gruppo di preghiera di cui faceva parte la signora Rosa.

Qualcuno si schiarì la voce e Spotorno ricordò che una volta, quand'era ragazzo, la madre di Rosario gli aveva spiegato l'origine della denominazione popolare della chiesa: San Matteo dei catarrosi. In quella chiesa si celebrava la messa più mattutina della città, e vi partecipavano solo i vecchi, ed era tutto un raschiare di gole, a cominciare dal celebrante.

Spotorno era rimasto un po' schifato della cosa, e quella volta aveva rifiutato con garbo l'offerta della iris al forno da parte di Grazia. E poi aveva chiesto a sua madre di escludere la chiesa dal giro dei sepolcri che era di rigore durante la settimana santa.

Per un lungo momento ebbe la sensazione di percepire l'odore denso, dolciastro, sensuale, tipico dei sepolcri del Giovedì Santo: una miscela di profumo di gigli, di odore di cera fusa ed effluvio di incenso bruciato. I suoi corregionali riuscivano a rendere lugubre persino una ricorrenza che il resto della cristianità considerava gioiosa.

Smitizzò subito il ricordo, segnalando a se stesso i cuscini di fiori disposti intorno al feretro di Rosario, i ceri accesi ai lati, e l'incenso che fumigava dai turiboli.

Beltramini se ne stava tutto rigido, e rimaneva teso come un bastone di scopa, a braccia incrociate sul petto, anche quando era seduto. Spotorno si avvide che esitava prima di ogni movimento. Non aveva nessuna idea delle sequenze della liturgia e aveva l'aria di muoversi per imitazione, seguendo il comportamento degli altri. Quando il celebrante invitò i presenti a scambiare un segno di pace ebbe un momento di sospensione davanti al gesto di Maddalena, con le dita della destra tese verso di lui. Poi gliele strinse con ostentazione.

Spotorno si chiese se la manifesta a-religiosità di Beltramini non fosse una delle cause dello scarso feeling della signora Rosa per il genero. Maddalena si voltò e porse la mano anche a Nunzia e alle altre persone in seconda fila. Poi alzò gli occhi verso il fondo della chiesa e riconobbe la sagoma del commissario.

Così almeno lui dedusse, perché per un lungo istante le aveva visto distendere i lineamenti del viso. Ne ricavò una fitta di contentezza che gli sembrò subito fuori luogo.

Non aveva nessuno accanto a sé con il quale scambiare un segno di pace. Avrebbe partecipato solo per la forma, perché nemmeno lui era molto osservante. Anzi, non lo era per niente. Da quando era diventato adulto i suoi rapporti privati con la divinità si erano di molto rarefatti, e i funerali, i matrimoni, i battesimi e le prime comunioni, se proprio non riusciva a schivarli, erano le sole occasioni nelle quali metteva piede dentro una chiesa.

In fondo – aveva ammesso una volta con Amalia – aveva le sue personali opinioni sul chi siamo, da dove veniamo, dove andiamo. Tuttavia, non gli dispiaceva guardarsi intorno dentro una bella chiesa, se capitava. E, per le funzioni dell'Ufficio, conosceva alcuni preti che stimava e con i quali parlava volentieri, come don Pino, a Brancaccio. Ma la cosa si fermava lì.

Uscì dopo che il celebrante ebbe spruzzato il feretro con l'acqua santa, prima delle benedizioni finali. Voleva avere tempo a sufficienza per recuperare la macchina e piazzarsi dietro il furgone delle pompe funebri, a chiudere il corteo di macchine, che immaginava scarno.

Aveva lasciato la 131 in piazzetta delle Vergini, col muso che quasi toccava la fontanella pubblica a secco, appena dopo la fabbrica di cioccolato di salita Castellana, e si districò con difficoltà dai sensi unici, fino a imboccare il vicolo Paternò. Sbucò in corso Vittorio Emanuele e si ritrovò alle spalle del furgone mortuario e di poche altre auto, tutte parcheggiate con le ruote sul marciapiedi.

Subito dopo Maddalena uscì dalla chiesa, e prima di attraversare la strada e salire a bordo di una Regata bianca sembrò indugiare per qualche istante a cercare qualcuno con lo sguardo.

Spotorno provò ancora quella sensazione di contentezza colpevole che lo aveva sorpreso dentro la chiesa.

La Regata partì dietro al furgone, con Beltramini al volante. L'aria si era ispessita, era calato un umido che incollava le camicie alla pelle, e l'autista del furgone aveva fretta di arrivare in un luogo più fresco. Spotorno accelerò per non perdere la scia.

Ai Rotoli, le poche auto del corteo si infilarono tutte oltre i cancelli del cimitero, appresso al carro funebre.

Spotorno affidò la macchina al giovane africano che aveva in subappalto una concessione di posteggiatore abusivo, ed entrò a piedi. Chiese a uno dei custodi le coordinate degli Alamia, e trovò con qualche difficoltà la tomba, nella parte più prossima alle falde di monte Pellegrino.

Rimase indietro, alla periferia del gruppetto di uomini e donne che stavano intorno alla sepoltura. Solo Beltramini si accorse di lui e gli lanciò una breve occhiata curiosa. Maddalena restò per tutto il tempo con lo sguardo fisso sulla bara, finché la fossa non fu ricoperta dalla pesante lastra di marmo. Fu lei a sistemarvi sopra i fiori. Poi tutti si avvicinarono e baciarono in sequenza fissa Maddalena, i due ragazzi e il Beltramini. Si avvicinò anche Spotorno e si sottopose al rito. Maddalena gli strinse forte entrambe le mani e pronunciò sommessamente il suo nome: Vittorio.

Si era messa un paio di occhiali scurissimi, troppo grandi per il suo viso affilato.

Dobbiamo parlare, Maddalena, le disse Spotorno. Gli era uscito suo malgrado un tono troppo secco. Maddalena reagì come se non avesse aspettato altro. Si voltò verso il marito:

Manlio, tu vai con i ragazzi. A me mi accompagna il commissario Spotorno, vero Vittorio? Il commissario era un amico d'infanzia mio e di Rosario. Io vi raggiungo a casa di mamma. Ragazzi, voi fate compagnia a nonna finché non arrivo.

Nonostante il nuovo riferimento alla vecchia amicizia, rendere pubblico il mestiere di Spotorno ebbe l'effetto di spostare dall'amichevole al semiprofessionale il significato di quel passaggio in macchina. Beltramini non parve stupito della cosa. Ma nemmeno felice. Caricò i ragazzi sulla Regata e partì senza nemmeno offrire alla moglie e a Spotorno un passaggio fino alla macchina del commissario.

Nessuno dei due disse una parola, mentre camminavano verso l'uscita del cimitero. Spotorno disincagliò l'auto da un labirinto di doppie file, e solo quando ebbe puntata la prua in direzione dell'Addaura Maddalena sembrò risvegliarsi:

Cosa mi volevi chiedere?

Spotorno prese tempo per ritrovare il tono giusto:

Ricordi cosa mi hai detto l'altro giorno? Che l'attività di tuo marito non va tanto bene. Altrimenti avresti puntato i piedi per Rosario. Cosa volevi dire?

È l'amico che me lo chiede o è il commissario di polizia?

Cambia qualcosa?

Maddalena sospirò e anche lei sembrò prendere tempo.

No, disse alla fine, non cambia niente. Altro sospiro:

Rosario non è una persona facile. Tu l'hai conosciuto solo quando eravamo ragazzi però passavate le giornate insieme. Insomma, lo sai pure tu com'era. Si comportava sempre come se fosse convinto che il mondo intero ce l'aveva con lui. Queste cose ogni tanto passano, con l'età. Con lui però non è stato così. Anzi è andato sempre peggio. E se certe cose si possono perdonare a un ragazzo, se le fa un adulto non ci sono santi. Le colpe maggiori le ha nostra madre, che gli ha sempre fornito copertura totale, e si limitava a lamentarsi. Pure con te, lo so. Certo, lo coprivo pure io quando papà lo voleva sarcufiare di boffe. Papà si è sempre fatto gli affari suoi, in casa, e decideva di intervenire solo quando le cose con Rosario erano diventate irrecuperabili, e secondo lui l'unica era di riempirlo di legnate.

Fece una pausa, forse perché si era accorta che la voce le si stava incrinando.

Io non voglio fare pissicologia spicciola, riprese, però il dato di fatto è che Rosario si è chiuso sempre di più in se stesso, è diventato sempre più intrattabile, più aggressivo, più torvo. Però nel fondo è rimasto un buon ragazzo. Generoso. Leale a modo suo. Tu lo sai, basta prenderlo per il verso giusto, in questo non è cambiato. Il tipo che per gli amici è capace di vendersi la camicia. E di amici ne ha fin troppi. Tutti a senso unico. Quanti ce n'erano al funerale? Nessuno. Tu c'eri, ti ho visto in fondo alla chiesa. Ma gli altri?

Si interruppe di colpo. Spotorno decelerò perché erano già alle prime case di Mondello, e rischiava di arrivare troppo presto.

Lo vedi, riprese Maddalena, senza volerlo ne sto parlando come se fosse ancora vivo, Rosario, come se non avessi appena finito di seppellirlo. Il dolore, quello a carne viva, arriverà più tardi; stanotte; domani notte. Tu sei figlio unico e forse queste cose non le puoi capire.

Spotorno capiva anche troppo, ma non replicò.

Gli amici sono quelli che l'hanno fregato, a Rosario. Più lui era duro e scontroso di carattere, più diventava disponibile e arrendevole con le stesse persone alle quali magari aveva appena finito di fare una malaparte. Tutte persone sbagliate. Una volta, in un libro, ho trovato quattro parole che a Rosario lo pittavano per com'era: il male di vivere. Parevano fatte apposta per lui. La verità è che doveva capitare: Rosario, senza saperlo, inseguiva la morte. E non è mai riuscito a tenersi un lavoro per più di uno, due mesi: disk jockey nelle discoteche, intrattenitore nei villaggi turistici, venditore porta a porta, conduttore di una radio libera... Era entrato pure in società con un amico, per avviare una pizzeria; nostra madre, di nascosto a papà, gli aveva dato i soldi. Puoi immaginare com'è andata a finire. Pure Nunzia che, tu lo sai, per Rosario si sarebbe gettata da monte Pellegrino, persino Nunzia deve avergli dato qualcosa di tanto in tanto. Forse ha continuato fino all'ultimo. Ma chi glielo va a chiedere? E che importanza può avere, ormai?

E l'agenzia di tuo marito cosa c'entrava con Rosario?

L'agenzia in pratica è la stessa dove ha lavorato papà fino alla pensione. Mio padre teneva la contabilità. Sai, non aveva fatto grandi studi, però era pillicosissimo, e sopra tutto rigoroso. Pareva fatto apposta per quel tipo di lavoro. Un'agenzia medio-piccola, in corso Olivuzza. Oggi si chiama Beltramini Travel. È lì che ci siamo conosciuti con Manlio, quando a papà mancava poco alla pensione e io se pioveva lo andavo a prendere perché lui non guidava. Manlio è di un paesino in provincia di Milano, però aveva fatto il militare qui in città, e si era trovato bene. I primi tempi diceva sempre che questa città offre grandi possibilità a uno che ha voglia di fare. Ora forse ha cambiato idea, ma ormai è troppo tardi, ci sono i ragazzi, e pure io sarei contraria a trasferirci. Comunque, a suo tempo, quando ha letto l'offerta di lavoro che il vecchio titolare dell'agenzia aveva pubblicato sopra una rivista specializzata, ha mandato il curriculum e dopo un periodo di prova è stato assunto. Lui aveva già una certa esperienza di lavoro nel settore, pure all'estero. Infatti conosce bene l'inglese. Poi c'è stata una coincidenza fortunata. Il vecchio titolare non aveva eredi e Manlio gli faceva molta simpatia.

Esitò per qualche istante, prima di continuare:

Lui è uno che ci sa fare, quando vuole.

E quando lui vuole tu vorresti che non volesse, disse Spotorno.

Un colpo alla cieca del quale si pentì, perché Maddalena aveva abbassato tutte le barriere. Ci mancava solo che inducesse al pianto quella donna che non doveva avere ottenuto grandi cose dalla vita.

È così evidente?, disse lei. Alle lacrime c'era andata vicina, a giudicare dalla voce troppo controllata.

Però non pensare male: Manlio è un brav'uomo. Affettuoso, premuroso, un padre perfetto. E un grande lavoratore. Solo che ha quella mentalità. E non c'entra niente il fatto che è del nord, perché da noi succede di peggio.

Spotorno lo sapeva bene. Riportò il discorso a monte della diramazione laterale che avevano imboccato:

Quindi, il vecchio titolare ha passato la mano a tuo marito.

Sì. Gli ha ceduto l'attività a condizioni molto vantaggiose. Lui non ce la faceva più a stare al passo con il lavoro.

E Rosario come c'entra in tutto questo?

Tu pensi che con un fratello allo sbando non avrei fatto carte false per sistemarlo in qualche modo, nell'agenzia? A costo di fargli fare lo spicciafaccende, se lui l'avesse accettato. Com'è andata non c'è bisogno che te lo dico io. Come tutte le altre volte, è andata. Con me che cercavo di tenere a bada Manlio, che a Rosario lo avrebbe voluto 'mpiso e squartariato già dopo una settimana. Impegni non rispettati, clienti trattati come coppi di càlia, appuntamenti ignorati... Basta, è inutile che ti faccio il quadro completo. Magari le cose fossero andate bene, all'agenzia. Invece no, questa maledetta crisi che non finisce più, e arriviamo a fine anno che non sappiamo mai se faremo il botto o se saremo ancora in piedi. Poi ci ritroviamo all'anno nuovo, a tirarci su le maniche e ricominciare da capo a pedalare. Io queste cose le so da Manlio e per ora me la vedo da lontano, perché non sono dentro la gestione dell'agenzia. Ci vado una volta ogni tanto. Sai, i ragazzi ancora non si possono lasciare soli per troppo tempo... Comunque, se le cose fossero andate meglio, a Manlio l'avrei convinto io, a dargli uno stipendio a Rosario, a costo di pagarlo a vuoto. Per quello che poteva rendere. Ma con due bambini piccoli di mezzo... Questo volevo dire, l'altro giorno.

Ho capito. Quello che non ho capito è che ci faceva Rosario con quel malacarne. Sappiamo che l'aveva accompagnato a comprare il pesce, e che non era la prima volta. Risulta pure che di tanto in tanto si faceva scarrozzare in giro da Rosario, perché a lui avevano ritirato la patente. Ma il punto è: questo Mancuso da dove è spuntato fuori? Tu lo conoscevi? Rosario ne parlava con te, con tua madre, con qualcuno?

E ti pare tipo da confidarsi con sua madre o con sua sorella, Rosario? Si vede che l'hai dimenticato com'era fatto. È più facile che parlava con Nunzia che con noi. Ma lei non ti dirà niente. Lo sai che quando Rosario ha cominciato a crescere, c'è stato un momento che ho quasi creduto che Nunzia a lui... Ma che cosa vado a dire ora, mischina pure lei. È sola come una cane, non ha nessuno. Per lei Rosario era quasi un figlio. E ora che lui non c'è più...

Tirò un lungo respiro, quasi un singulto prolungato; l'introduzione a una frase ostica:

La verità è che lui non mi ha mai perdonato il matrimonio con Manlio. Sono come il diavolo e l'acqua santa, quei due. Come carattere, come mentalità, come tutto. Però, a modo suo, senza mai ammetterlo, Rosario stravedeva per i ragazzi. Diceva che hanno preso da me. E senza volere mancare di rispetto a Manlio, che non se lo merita, forse aveva ragione.

Spotorno fremeva. Se al posto di Maddalena ci fosse stata una persona qualunque, una sconosciuta, lui avrebbe cambiato già da un pezzo contenuto e forma – sopra tutto forma – a quella specie di interrogatorio non dichiarato. Ancora una volta optò per il compromesso:

Ricordi cosa mi hai detto prima di salutarci, in via Zara, domenica scorsa? Mi hai chiesto di prendere quelli che hanno sparato a Rosario. Lo sai meglio di me che, in questa città, identificare esecutori e mandanti di un delitto di mafia non è cosa facile. E ancora meno facile è riuscire a mettergli le mani addosso: al minimo segnale di pericolo spariscono o, peggio ancora, li fanno sparire. I nostri uffici sono pieni di spifferi. E figurarsi quelli giudiziari. Certe notizie segrete tanto varrebbe stamparle sopra i manifesti. Se tuo fratello fosse stata la vittima designata a quest'ora non saremmo qui: tu, tuo marito, e forse anche tua madre sareste alla Mobile, accerchiati da poliziotti che non vi lascerebbero neanche respirare prima di avervi rivoltato la testa come un calzino. E io non avrei potuto farci niente. È quello che è successo alla famiglia di Mancuso. Non sappiamo nemmeno se l'eliminazione di Mancuso è stata un'operazione chirurgica all'interno del suo stesso mandamento, se è l'inizio di una nuova guerra di mafia, o se invece si tratta di un episodio anomalo, legato a qualcosa di contingente. E allora, tutto quello che possiamo venire a sapere sui rapporti tra Mancuso e Rosario, e cioè come si sono conosciuti, se avevano frequentazioni comuni, su quali basi poggiava la loro conoscenza, e così via, tutte queste informazioni possono aiutarci a capire perché Mancuso è stato eliminato. E questo è il primo passo per arrivare al *chi*: chi può avere disposto o eseguito di persona la cosa.

Ed è per questo che ora io ti chiedo di fare uno sforzo e di rispondere con un sì o con un no: tu questo Mancuso l'hai visto mai? Sapevi che Rosario lo frequentava? Sapevi perché?

No. Prima di vedere sui giornali la sua fototessera, accanto a quella di Rosario, non sapevo neanche che faccia aveva. E non sapevo nemmeno che Rosario lo frequentava. E quindi figurati se so il perché...

... però?, incalzò Spotorno, che aveva colto una potenziale prosecuzione del discorso, subito abortita. Nella testa di Maddalena era in corso un combattimento tra la fazione dei legami di sangue e quella delle affinità. Vinse il sangue:

Se al tuo posto ci fosse uno qualunque dei tuoi colleghi non aggiungerei più niente. Però non credere che quello che ti dico ora sia chi sa quale segreto: è solo un'impressione. E lo dico all'amico Vittorio, non al commissario Spotorno.

Una richiesta, non un'affermazione. Il commissario Spotorno avrebbe potuto incalzare, ma l'amico Vittorio giudicò più saggio non aprire bocca.

Maddalena parlò con un certo sforzo:

È una cosa che forse non ha nessun significato, però mi ha colpito. Sai, dopo che era successa la cosa di Rosario, io per tutto il giorno non ci ho avuto testa. A parte il resto, dovevo anche badare a mia madre, che ha avuto un poco di problemi cardiaci. Senza contare i ragazzi. Non potevo stare appizzata in continuazione al telefono per cercare di rintracciare a Manlio, che era in Calabria. Ci ha pensato l'impiegata più anziana dell'agenzia, e quando è riuscita a parlare con lui non ha avuto il coraggio di dargli la notizia a botta di sangue. Gli ha detto solo che Rosario aveva avuto un incidente e che era gravissimo, ed era meglio se lui rientrava subito. Gliel'ho detto io quello che era successo, appena è arrivato. Quando ha saputo che Rosario era morto sparato, credimi, è rimasto sconvolto. Anche se con Rosario erano come cane e gatto, lui, a modo suo, gli era affezionato. È una persona buona Manlio, te l'ho detto. E poi era anche preoccupato per me, sapeva quanto gli ero attaccata, a mio fratello. Della mia famiglia di origine ormai mi resta solo mia madre: cent'anni di salute, ma la mazzata di Rosario non la recupera più. Però la cosa che mi ha colpito, tanto che l'ho notata, con tutti i pensieri che avevo in testa, è che quando ha saputo chi era l'altro morto, Manlio è passato dal dispiacere alla paura. Niente di concreto, eh, era tutta una cosa di faccia, un cambiamento di espressione. Però, dopo tanti anni di matrimonio e di conoscenza, se una non è capace di capire quello che passa per la testa del marito... Insomma, era scantato morto, Manlio. E per quello che ne sapevo io fino a quel momento, lui a questo Mancuso non lo conosceva neanche di striscio. Evidentemente mi sbagliavo. Ora scusami, ma devo salire, se no...

Da qualche minuto erano arrivati in via Zara e il commissario aveva fermato la macchina in piazza Cassa di Risparmio. Le frasi finali erano state pronunciate a motore spento.

Spotorno aveva ancora parecchie domande sullo stomaco. Però aveva bisogno di digerire per bene le ultime cose dette da Maddalena. Lei si tolse le lenti scure e Spotorno capì che non aveva chiuso occhio. Lasciò che un lieve rimorso filtrasse passivamente fino al margine della coscienza. Scese ad aprirle lo sportello e lei sembrò sorpresa da quel gesto in disuso. Si strinsero la mano.

Vuoi salire a salutare mia madre?

Spotorno fece segno di no con la testa.

Se hai bisogno possiamo parlare ancora. E pure se non hai bisogno. Telefonami. Il numero è sull'elenco: Beltramini Manlio ce n'è uno solo. Abitiamo in via Serradifalco. Mi piacerebbe conoscere a tua moglie e ai tuoi figli. Saranno dei belli picciotti, com'eri tu da ragazzo.

Fece per voltarsi e andare via, ma bloccò il movimento a mezzo:

Perché hai scelto questo mestiere, Vittorio?

Si allontanò verso il portone, senza aspettare una risposta che non sarebbe arrivata.

Capitolo VIII
La Dama Bianca del Ponticello

È squagliato un altro anno, pensò Spotorno. Fin da quando era ragazzo il suo personale capodanno biologico era tarato sul giorno in cui gli addetti del Comune cominciavano l'installazione delle luminarie del Festino. Un evento mobile, che lo coglieva sempre di sorpresa, perché non c'era mai un giorno preciso, e anno dopo anno la durata dei festeggiamenti veniva accorciata o allungata più in funzione della volatilità dei bilanci municipali che della volubilità degli umori popolari.

L'unica cosa certa era che la notte del 14 luglio centinaia di migliaia di suoi concittadini sarebbero rimasti come sempre con i nasi all'aria, a contemplare i Sacri Fuochi Rituali, mentre il succo di cocomero colava giù per i loro menti, dilavando le stratificazioni all'aglio e prezzemolo dei babbaluci già ammassati sui pilori meno previdenti.

Quella almeno era l'idea di Spotorno, al quale i babbaluci rimanevano sempre e cinicamente sullo stomaco. Insomma gli facevano danno, come insinuava presso terzi il suo amico e compare La Marca, a condizione che lo stesso Spotorno fosse a tiro di voce, altrimenti il suo umorismo da sottosviluppati sarebbe andato sprecato.

Decelerò per il tempo sufficiente a verificare la forma che quell'anno avevano scelto per le strutture di corso Vittorio Emanuele: semplici archi di luminaria, come piacevano a lui, ma accostati fitti fitti gli uni agli altri, fino a formare un lungo tunnel sfavillante che partiva da Porta Nuova e finiva in gloria un chilometro più a valle, nell'estuario di Porta Felice. Si ripromise di portare, la sera dopo, Amalia e i ragazzi a guardare l'illuminazione, come aveva sempre sentito chiamare le luminarie del Festino, dai propri concittadini. Un altro dei vecchi riti che Spotorno continuava ad onorare più che altro per una sorta di opzione scaramantica.

Quell'anno avrebbe anche dovuto onorare una promessa che si era fatto estorcere dai ragazzi: portarli a vedere i fuochi dal mare, poco al largo della Marina. Promessa avventata, già troppe volte elusa, ma ormai indifferibile, se voleva ancora mantenere un minimo di credibilità da padre di famiglia.

Puleo, che aveva la patente nautica, si era offerto di accompagnare lui tutta la compagnia, e aveva persino combinato per il noleggio di una piccola lancia a motore, una barca da pescatori, di stanza al porticciolo dell'Acquasanta. Da lì avrebbero raggiunto con un certo anticipo la zona del Foro Italico, in modo da garantirsi una buona postazione tra la miriade di barche che ogni anno, nella notte tra il 14 e il 15 luglio, affollavano quel tratto di mare.

Puleo era sempre pieno di risorse perché coltivava con giudizio i contatti giusti. Sul lavoro e fuori.

Non appena Spotorno ebbe dato fondo alla prima dose di caffè della mattinata – la prima dell'ufficio, ché se gli toglievano la sua mezza caffettiera domestica, di uscire da casa sulle proprie gambe se lo poteva scordare – appena ebbe cestinato il bicchierino di plastica vuoto, Puleo gli porse le buste con le foto scattate al funerale di Mancuso. Poi tornò a spulciare la lista del personale del dipartimento universitario dove lavorava l'ex motociclista felice Scannariato Salvatore, a caccia di nomi che facessero scattare un riflesso, un ricordo, una connessione. Avevano suddiviso i nomi in più liste, in modo da distribuire il lavoro, ma nessuno aveva ancora trovato niente di interessante.

Ai funerali di Mancuso la chiesa era piena: c'era mezza borgata. Spotorno passò velocemente in rassegna le foto, senza soffermarsi sui visi, cercando quelle scattate al cimitero. Di solito erano le più interessanti, perché all'aperto si formavano i gruppetti, la gente si guardava intorno, si muoveva, e controllava con minore vigilanza la mimica facciale.

Anche la residenza dei Mancuso estinti si trovava ai Rotoli, in una zona parecchio distante da quella degli Alamia. Si vedeva che era stata rinnovata da poco, perché i marmi apparivano nuovi, lucenti, ricchi di decorazioni dorate e di stucchi, con i vasi da fiori, anch'essi di marmo, che facevano corpo unico con la struttura. Una sepoltura che richiamava gli interni di casa Mancuso alla Noce, come se avessero fatto un'unica ordinazione per i vivi e per i morti, distribuendo in modo imparziale le decorazioni tra l'interno dell'una e l'esterno dell'altra.

Si sarebbe detto che i Mancuso avessero optato per un'ostentazione, da morti, di ciò che la prudenza aveva loro imposto da vivi.

Spotorno non aveva molta voglia di esaminare subito le foto. Le sparpagliò svogliatamente sul tavolo, poi le impilò e le riprese in mano, aprendole a ventaglio, come le carte dello scopone scientifico.

Fu così che notò la faccia, casualmente incastonata nell'angolo formato dai margini delle due foto adiacenti.

Sfilò via la foto con delicatezza, prendendola tra pollice e indice, e studiò quel viso con attenzione, mentre cominciava ad avvertire i prodromi di un brivido mediano, dalle parti della regione lombare.

Il viso non era messo bene a fuoco, perché il fotografo aveva mirato a un'altra persona, più in primo piano, un tipo che a Spotorno risultava del tutto insipido.

Cercò ancora quel viso sulle altre foto, finché non lo ritrovò in uno scatto meglio riuscito.

Il brivido uscì allo scoperto, tentò l'affondo, poi si trasformò in eccitazione pura. Spotorno però non era ancora sicuro al cento per cento.

Tuffò la mano e arraffò le foto scattate all'uscita dalla chiesa, che erano più nitide di quelle del cimitero. Fu fortunato, perché trovò subito un primo piano. Lo studiò per bene, prima di chiamare Puleo. Gli mise la foto sotto il naso:

Chi è?

Puleo verificò il numero d'ordine sulla foto, poi cercò in una carpetta che si era portato dietro, ne tirò fuori alcuni fogli e fece scorrere l'indice dall'alto in basso:

Ah, ecco: Caminiti Aurora, anni 34,...
Perché era al funerale?
... cugina del morto per parte di madre,...
Puleo continuava a leggere le sue note, ma Spotorno aveva innestato il pilota automatico e smise di ascoltarlo. Lui, un po' per principio, un po' per deformazione professionale, non credeva nelle coincidenze, ma in quel caso non vedeva come altrimenti definire l'evento. Se la domenica successiva all'agguato non gli fosse venuta la fantasia di andare a piedi fino alla casa di via Zara, quella faccia non avrebbe avuto su di lui un effetto diverso dalle altre facce sulle foto.

La Dama Bianca del Ponticello. Così aveva preso a chiamarla tra sé, e così sarebbe rimasta per sempre incasellata nel suo data base mentale.

Doveva avere casa in via Ponticello. O magari un parente stretto, un'amica, un amante, o qualcosa del genere. E doveva essere ben affezionata al cugino defunto, vista l'aria di desolazione che si trascinava dietro, e che aveva tanto colpito Spotorno, quando l'aveva incrociata sulle balàte della stradina.

Dove abita?, chiese a Puleo.

In via Nave. Non so dov'è, aspetti che la cerco sullo stradario.

Spotorno lo bloccò con un gesto. Lo sapeva lui, dov'era quella strada. Un po' fuori zona, rispetto al Ponticello. Per fortuna aveva badato al portone dal quale era uscita la donna, e non doveva essere molto difficile risalire fino all'appartamento giusto.

Non gli era rimasta traccia della svogliatezza iniziale. Fiutava l'aria come un leone nella savana. Era l'odore di una gazzella, quello che arrivava ai sensibilissimi sensori olfattivi del commissario?

Tra tutti quei nomi che hai sotto il naso c'è qualcuno che sta in via Ponticello?, chiese a Puleo.

L'agente lo guardò un po' stupito, ma non fece domande e scorse meticolosamente i fogli:

No, nessuno.

Il nuovo stato di euforia provocato dalla vista della foto gli innescò una reazione a catena, una specie di ritorno di fiamma della memoria. Cercò di ripescare a ritroso nella lunga litania che Puleo si era messo a recitare in seguito alle sue domande e ne isolò pochi frammenti che gli misero ancora di più i muscoli in fibrillazione:

Ripeti un po' quello che hai detto dopo Caminiti Aurora, di anni 34,...

... cugina del morto per parte di...

Questo l'ho sentito. Cos'hai detto dopo?

Niente. Solo il nome del marito: Sala Diego, di Sala Melchiorre e di Cirrincione Anna Maria, nato...

Spotorno staccò da capo i contatti e riprese in mano le foto. Ora le esaminava con attenzione, senza fretta.

Anni di mestiere lo avevano reso fisionomista, nonostante la pessima disposizione di base. Stavolta però, senza l'imbeccata casuale di Puleo, non sarebbe mai riuscito a riconoscere Diego in quei lineamenti massicci, appesantiti, in cui il naso aveva preso un netto predominio sul resto, e il mento aveva continuato a squadrarsi sempre di più. Ma la cosa che avrebbe messo fuori strada chiunque, erano i capelli. Della matassa di capelli biondi, quasi albini, del non ancora adolescente Diego Sala, era sopravvissuta solo una moquette grigiastra, diradata e tagliata ad alzo zero, che avrebbe ingannato persino sua madre, se non avesse avuto modo di seguire le trasformazioni del figlio nel corso degli anni.

Diego, dunque, era il marito della Dama Bianca del Ponticello. Quella era la giornata delle coincidenze. Spotorno isolò tutte le foto che ritraevano l'una o l'altro. In alcune istantanee scattate al cimitero i due apparivano insieme, fianco a fianco: impenetrabile la faccia di Diego, tiratissima quella della Dama Bianca. Sembrava reduce da una seduta di lifting particolarmente feroce, dalla quale non avesse tratto i benefici sperati. Eppure il suo viso esprimeva uno struggimento che quasi commosse Spotorno. E un senso di solitudine senza speranza.

Forse sbaglio tutto, pensò Spotorno. Come si fa a trarre conclusioni da qualche foto? Poi ripensò all'incontro del Ponticello. Se avesse tentato subito di appiccicare un'etichetta allo stato d'animo della donna, avrebbe usato gli stessi due vocaboli: struggimento e solitudine. Anzi, più che solitudine, isolamento.

Cosa abbiamo sul conto di questo Sala?

Niente, disse Puleo che si era già studiato giudiziosamente le carte, è pulito.

Spotorno non si stupì. L'aveva chiesto per scrupolo. Se ci fossero stati dei precedenti a carico di Diego, lui l'avrebbe saputo. Anche se si erano persi di vista più o meno nello stesso periodo in cui avevano smesso di vedersi con Rosario, difficilmente gli sarebbero sfuggite le generalità dell'ex amico, se le avesse ritrovate in un rapporto di polizia o in qualche atto giudiziario, o anche solo sui giornali, delle cui cronache non sottovalutava l'importanza.

La famiglia di Diego aveva continuato a vivere nella stessa borgata sulla costa a nord est che la famiglia del commissario aveva invece lasciato quando il ragazzo Spotorno era ancora alle medie. Ma a differenza di ciò che era accaduto con Rosario, che lui, bene o male, aveva continuato a seguire indirettamente e saltuariamente, la vita di Diego, dopo l'abbandono dei luoghi da parte della famiglia di Spotorno, gli era rimasta ignota.

In realtà non avevano mai legato a fondo, con Diego. Da ragazzo era troppo prepotente. E benché avesse solo un paio d'anni più di lui, sembrava molto più grande. Lui e Rosario, a intermittenza, ne subivano la personalità, ma per quanto ricordava Spotorno neanche Rosario faceva pane con lui.

Ripensando ai tempi andati e spogliando da ogni alone di romanticismo quelle che Amalia in tono sarcastico chiamava le stagioni felici dell'infanzia, Spotorno dovette riconoscere che la vera ragione dell'amicizia fra loro tre era la solitudine.

Quando erano ragazzi, prima dell'esplosione urbanistica che negli anni successivi avrebbe devastato le borgate marinare e cancellato la costa, le loro famiglie abitavano case isolate, circondate dalla campagna, e i loro coetanei erano concentrati dall'altro lato della borgata, e facevano gruppo a sé. Senza contare che molti di loro, nei momenti liberi, e talvolta persino in orario scolastico, davano una mano ai padri, per lo più braccianti agricoli o pescatori.

Ogni tanto Spotorno, colto da raptus educativo, riesumava per i figli un vecchio episodio delle elementari, quando un certo Ruisi si era addormentato in classe, con la testa appoggiata sulle braccia incrociate, perché si era alzato alle quattro del mattino per andare a tirare le reti in barca, col padre e i fratelli. E la severissima signorina Lo Giudice, con grande stupore di tutti, aveva fatto finta di niente, ma ognuno di loro aveva capito che se n'era accorta, perché aveva abbassato la voce per non svegliare Ruisi.

Il ragazzo Spotorno, Rosario e Diego venivano considerati dei privilegiati, perché i loro padri avevano un lavoro stabile, e loro tre per ragioni di censo erano gli unici in tutta la scuola a non avere diritto alla refezione.

Altri tempi, pensò Spotorno, consapevole di avere elaborato un pensiero mediocre. Ora le cose erano cambiate. Aveva incontrato Ruisi parecchi anni dopo, quando lui era agli inizi della sua carriera nella polizia e l'ex compagno delle elementari, già sposato e padre di figli, era diventato proprietario di un forno.

La mia laurea è il forno, gli aveva detto Ruisi, che dopo le medie avrebbe voluto continuare gli studi. E poi gli aveva parlato dei lavori di ristrutturazione di casa sua, e Spotorno si era ritrovato a calcolare oziosamente quante pagnotte di rimacinato, quanti sfilatini aveva dovuto sfornare Ruisi per mettere insieme i cinquanta milioni che a suo dire ci erano voluti per ricoprire i pavimenti di casa di marmi pregiati e di tappeti persiani scelti a metraggio.

Si accorse che stava partendo per la tangente e che rischiava di perdere il filo di un potenziale spunto d'indagine. Lui era così da sempre, aveva bisogno di sorvegliarsi. Nessuno avrebbe mai sospettato quel lato del suo carattere, che partendo da un pretesto di introspezione lo portava spesso alle soglie della malinconia. Nessuno a parte Amalia, ovvio. Anche se aveva la sensazione che Puleo, certe volte...

Si riscosse. Che altro sappiamo di questo Sala?, chiese a Puleo. Professione? Amicizie? Collegamenti?

Niente, dottore. Non abbiamo nient'altro. Ma ci stiamo lavorando. Quel Mancuso aveva una parentela ramificata: zii e cugini da tutte le parti. Ci vuole tempo. Dobbiamo dare la precedenza a questo signore?

Sì. Tutto quello che possiamo sapere.

Un altro scrupolo da soddisfare. Ma a Spotorno, a occhio e croce, sembrava più promettente la moglie, la Dama Bianca del Ponticello. Ma neanche stavolta si fece illusioni: la sua non era solo una opzione professionale. La cosa che più lo affascinava era la graduale messa a fuoco della personalità di una donna per la quale provava interesse. Gli capitava spesso. Perché avrebbe dovuto fare un'eccezione proprio per quella... com'è che si chiamava?, sì per quella Caminiti Aurora, anni 34, che per giunta era sposata con il suo antico compagno di giochi?

Nemmeno le foto riuscivano ad attenuare il biancore della sua carnagione che semmai, per contrasto, emergeva ancora di più su tutte quelle facce scure e sui vestiti a lutto. Chissà che a suo tempo non si fossero assortiti di proposito, lei e Diego, per attenuare i rispettivi biancori.

Si bacchettò mentalmente per quell'ennesimo, futile pensiero della giornata.

Prese una decisione subitanea: l'avrebbe riservata a sé, la Dama Bianca. Per prima cosa bisognava capire da dove era venuta fuori la donna e chi era andata a trovare quella domenica mattina, a meno di ventiquattr'ore dalla doppia ammazzatina della Zisa.

Sarebbe partito anche subito per il Ponticello, ma aveva una serie di pallosissime riunioni con il capo della Mobile e con i colleghi. In alto loco esigevano risultati. Bisognava agitarsi di più. Fare un po' di scena. Mostrare i muscoli. Quanto meno fermare i soliti sospetti. Tenere buoni i comunisti, se no quelli di Roma...

Le riunioni durarono più del previsto perché si era immischiato pure il questore, che faceva entra ed esci, e quindi bisognava aspettare che decidesse lui quando considerare chiusa la seduta.

Erano le due passate e Spotorno chiamò a casa per sentire come andavano le cose.

Amalia era appena tornata con un diavolo per capello. Era reduce anche lei da una riunione con gli Stati Maggiori, uno dei suoi estenuanti raduni di programmazione scolastica, una sorta di fideiussione ideologica, a garanzia dell'immutabilità gattopardesca del sistema educativo nazionale. Così almeno sosteneva lei.

Spotorno le annunciò che anche per quel giorno si sarebbe arrangiato in ufficio, per il pasto. Come se ci fosse stato bisogno di dirlo. Le volte che lui decideva di tornare a casa, a pranzo, erano così rare che Amalia finiva sempre con l'essere presa in contropiede, e così il signor commissario, come lei talvolta lo chiamava quando era in vena di polemiche, si doveva accontentare di una scatoletta di tonno e un'insalata di pomodoro, magari arricchita da una manciata di capperi e una pizzicata di origano o qualche foglia di basilico, o se andava bene, di un paio di uova a occhio.

Andiamo, disse a Puleo. Ogni tanto lo trascinava con sé a pranzo, senza nemmeno porsi il problema di un eventuale gradimento da parte del suo giovane sottoposto.

Puleo in effetti avrebbe preferito andare a casa, dove lo aspettavano i resti abbondanti della cena della sera prima: bucatini con l'anciova rossa, cioè con l'estratto di pomodoro, la passolina, i pinoli e la mollica atturrata, piatto che lo aveva conquistato al primo colpo, quando lo aveva assaggiato in quella città non sua, al punto che aveva assimilato persino la dizione locale degli ingredienti. Scaldata con un filo d'olio, la pasta con l'anciova era ancora più buona, specie se aveva la pazienza di lasciare abbrustolire al punto giusto i bucatini, fino a renderli quasi croccanti, seppure circonfusi dalla densa cremosità della salsa e rimescolati per bene con la paletta sul fondo della padella, e fatti rinvenire con l'aggiunta di una bella pizzicata di peperoncino fresco tritato. Ci pensava da metà mattinata, con un senso di anticipata gratificazione.

Tuttavia non volle contraddire il suo capo. Tutto sommato non gli dispiaceva spezzare la routine. Si lasciò condurre a piedi verso la nuova trattoria che, sotto la guida di un altro prete di quelli tosti, un gruppo di ragazzi del quartiere aveva aperto al pianterreno di un antico palazzo, in un vicolo dell'Albergheria che terminava quasi alle spalle della Mobile.

Spotorno ordinò per sé un piatto di pasta margherita con l'anciova rossa. E non riuscì a spiegarsi l'occhiata che Puleo gli dedicò, a metà tra risentimento e rimpianto.

Lui, l'agente scelto, assemblò un gran piatto di verdura lessa, che condì con olio abbondante e con il succo di un limone.

Il commissario fu loquace in modo inconsueto per tutta la durata del pasto. Disseppellì vecchi episodi della propria infanzia e per contiguità finì col parlare dei figli.

Di ritorno in ufficio rimase incastrato in un'altra serie di riunioni con le alte sfere, dalle quali riuscì a disincagliarsi solo nel tardo pomeriggio.

Uscì e si incamminò deciso giù per i Biscottari, in direzione del Ponticello. Stavolta tirò dritto senza guardarsi intorno, riesumando la sua camminata standard da sbirro in caccia. Arrivò tutto sudato davanti al portone dal quale aveva visto uscire la Dama Bianca.

Un portone di legno, a due ante strette, serrato e inespugnabile. Nessun citofono in vista, e nemmeno un semplice campanello, né un batacchio. Due fili elettrici con le estremità avvolte nel nastro isolante uscivano da un foro praticato di lato, sulla parete di destra, sotto la traccia di una targhetta asportata: ciò che rimaneva del pulsante di un campanello e del nome del titolare. A Spotorno parve di notare tracce di lavori in corso.

Non c'erano altre targhette né insegne e nemmeno biglietti da visita appiccicati da qualche parte.

Si allontanò di qualche passo e studiò i luoghi. Il portone, decorato con una serie di cornici che delimitavano dei quadrati di legno, era incastonato in una specie di portale che contrastava con l'aspetto dimesso del resto dell'edificio.

Notò che uno dei quadrati era costituito da una grata metallica sigillata all'interno da uno sportellino di legno. L'ingresso era sormontato da un arco sotto il quale sporgeva una decorazione a volute con inciso un disegno formato da un rombo centrale e due semirombi laterali. Sopra l'arco una finestra chiusa da una persiana, e ancora più in alto un balcone e un terrazzino con pochi vasi popolati da gerani asfittici.

A sinistra, distribuiti su tre piani, altri balconi, uno dei quali ospitava un singolo paio di calze da uomo e due piccoli asciugamani bicolore appesi ad asciugare sopra un filo. A destra i piani erano solo due. Al pianterreno, una copisteria con la saracinesca abbassata. A giro, altre botteghe, tutte chiuse.

Si guardò intorno, ma non c'era nessuno in vista alle finestre e ai balconi dell'edificio e delle case adiacenti. Solo alcuni passanti frettolosi, di etnia varia. Inutile chiedere a loro. E poi, chiedere cosa? L'edificio sembrava una delle tante palazzine dalla nobiltà meticcia, che facevano da spina dorsale al Ponticello.

I Quattro Mandamenti erano zeppi di strade e di palazzine simili a quella. Dentro avrebbero potuto viverci ex principi decaduti ed ex popolani in ascesa.

Si fermò per un po', per l'eventualità che qualcuno arrivasse o uscisse da quel portone. Scrutò ancora in alto, verso le persiane chiuse a difesa contro il caldo, sperando di intercettare un movimento, un palpito, il riflesso del vetro di un'anta spalancata. Niente.

Girò sui tacchi e tornò verso la Mobile. La cosa andava affrontata con metodo sbirresco.

Non fu necessario. A casa, Amalia lo sottopose a stringente interrogatorio. Non lo faceva quasi mai, ma ogni tanto le prendeva il capriccio di farsi raccontare per filo e per segno dal marito tutto quello che lui aveva fatto durante il giorno. Quando Spotorno le parlò della gita a vuoto in via Ponticello lei si fece descrivere il punto preciso in cui si trovava la palazzina. Poi lo guardò quasi incredula:

Vitto', non c'è la targhetta sopra perché ci sono lavori in corso e magari stanno rifacendo l'impianto elettrico: lì dentro c'è la Cappella delle Dame. Le signorine bene della città si sposano tutte lì. O almeno vorrebbero. Come fai a non saperlo?

E che sono una signorina bene, io?, disse livido Spotorno.

Già, come faceva a non saperlo?

Capitolo IX
Il tropico della signora Spotorno

Sh, sh, signo' lei.

Spotorno si voltò. Il richiamo sibilante proveniva dalla persiana scrostata al pianterreno di una casa, pochi metri più avanti. Dietro il battente appena socchiuso avvistò un naso a uncino e un mento aguzzo che convergevano verso un punto d'incontro mediano e ideale, sito davanti a una bocca a trappola. Un'architettura che rendeva impellente scoccare sibili di buona fattura.

Spotorno portò con fare interrogativo l'indice della destra al petto.

Sì, a lei. A chi cerca? L'ho visto pure ieri sera che si è fermato a guardare.

Una donnetta sulla settantina. Intrigante. Sola. Annoiata. Forse maligna.

Ma lei a chi appartiene? Che è forestiere? Che viene di Messina, di Catania? Mio marito, bonarma, era di Motta Sant'Anastasia.

Spotorno optò per un cenno d'assenso poco impegnativo, menzognero e cumulativo. La vecchia doveva passare la maggior parte del proprio tempo nascosta dietro le persiane accostate, a spiare i passanti e la vita di quel pezzo di stradina. Cercò di espungere ogni traccia d'accento cittadino dalla propria voce:

Mi hanno detto che qua c'è una chiesa antica, lei ne sa parlare?

La vecchia non aspettava altro. Un evento come quello, una persona nuova con la quale scambiare due chiacchiere non doveva capitarle spesso.

Lei deve sapere che è una cosa troppo importante. Una cosa di nobili. In questa chiesa, a tempi antichi, si è sposata la principessa di Tinchité. All'ebbica era più importante assai della regina.

Chi diamine era la principessa di Tinchité? Spotorno, di riflesso, passò rapidamente in rassegna le proprie conoscenze nel settore. Poca roba, quasi niente, gli unici casati che gli affioravano alla memoria erano per lo più nomi di palazzi a vario stato di putrefazione, nessuno dei quali somigliava a quello della nobildonna evocata.

La vecchia lo scrutava con aria maliziosa. Ovvio, decise Spotorno, se l'è inventata. Il portone dell'edificio di via Ponticello era sbarrato come il giorno prima. Nessuna traccia di vita all'interno.

Ma sempre chiuso è, questo portone? Se uno vuole visitare la chiesa che deve fare, domanda in carta da bollo al cardinale?

Ma lei che è, attìpo qualche barone? Che si deve sposare? Non mi pare tanto picciotto. E c'ha pure l'anello, perciò maritato è. Che c'ha, una figlia che si deve sposare? Oramai nessuno si marita più tanto giovane. Le spose che arrivano qua sono tutte mezze arripuddrute. Mia nonna, bonarma, diceva sempre: A quattordici anni, o la mariti o la scanni. Io c'avevo quindici anni. E mio marito, bonarma, ce n'aveva diciotto. Cominciò manovale e finì capomastro. Morì scafazzato sotto un'impastatrice, mentre la scarricavano dal 642. Era ancora picciotto, ancora poteva stare...

Spotorno fece per allontanarsi.

La domenica certe volte fanno la messa, disse in extremis la vecchia, quando lui era quasi fuori tiro di voce.

Spotorno si bloccò:

A che ora?

Quando capita. Certe volte alle 11, certe volte a menzogiorno, certe volte il pomeriggio, perché ai nobili non ci piace tant'assai alzarsi presto la mattina. Poi, dopo la messa allapazzano di nuovo tutte cose.

Spotorno annuì e riprese la marcia. Poi ci ripensò. Aveva con sé la busta con le foto della Dama Bianca e di Diego. Le aveva prese per l'evenienza di trovare la cappella aperta e qualcuno da spremere con discrezione. Tornò indietro verso la vecchia e tirò fuori le foto:

Questa signora l'ha vista mai da queste parti?

Biiii, che giarna, pare intonacata. Ma che è qualche principessa?

Sì, la nipote della principessa di Tinchité.

E a lei che ci viene? Che è la sua signora, putacaso?

È mia sorella, scappò detto a Spotorno, prima di riuscire a controllare la stizza.

Non può essere: questa qua è tutta bianca e lei invece è bello nivurinciolo.

Io la porto dentro, pensò Spotorno. Così vediamo se le passa la...

La vecchia si era stancata anche lei del gioco:

Viene ogni domenica se fanno la messa. E pure quando ci sono i matrimoni. Se li fa tutti, i matrimoni. Saranno qualche due mesi. La prima volta è spuntata dopo Pasqua.

E questo signore l'ha visto mai?

La vecchia studiò la foto di Diego:

Questo di qua sì che deve essere il fratello, no lei. Sono tutti e due giarni precisi.

Spotorno dominò l'impulso di agguantarla per il collo e scuoterla:

Ma a lui l'ha visto mai, qua, al Ponticello?

'Nnzz. La vecchia accompagnò il suono con uno scatto secco della testa all'indietro. Un diniego da manuale etno-antropologico.

Spotorno partì deciso.

L'ultima parola l'ebbe la vecchia:

Lei sbirro è. A chi voleva prendere per fessa?

I ragazzi erano a Punta Raisi, ospiti dei nonni materni. Amalia era appena tornata dal consiglio di classe pomeridiano, sconfinato come al solito oltre la sera. Si era sfilata le scarpe e allungata sul sofà, con la testa posata sopra un bracciolo, i talloni su una pila di cuscini e gli occhi chiusi:

Sono a pezzi, disse. Ho bisogno di una spiaggia deserta, immensa, di sabbia bianca finissima e tropicale, possibilmente cubana, e di stare distesa per tutto il giorno sotto le palme a rileggere Teresa Batista e Dona Flor. E di qualcuno che ogni venti minuti mi porti un daiquiri senza zucchero, come lo prendeva Hemingway. E manghi e papaye e latte di cocco. Voglio un mare con tutte le sfumature di blu e di verde che si vedono nei dépliant. E poi un massaggio di quattro ore, lento, indugiante, eseguito a regola d'arte, con essenze costosissime ed olii profumati. Con Ravel e Debussy in sottofondo, suonati da Benedetti Michelangeli in carne e ossa, ed è inutile che mi dici che è morto. E a mezzanotte mangiare i piccoli tuna sulla spiaggia, arrostiti sopra un fuoco di legna di cui si occupi qualcun altro, al limite persino tu che sei spratico. E per tutto il tempo la luna dovrà essere a falce e con la stella sul pizzo. Per motivi vetero-comunisti sono disposta a rinunciare solo agli schiavi che mi fanno vento con i flabelli di piume di struzzo. E tutto questo per settimane, fino a non poterne più. Tu in che rapporti sei con Fidel Castro?

Sorrise Spotorno, ripensando al comunismo trasfigurato di Amalia. Gli venne in mente la loro prima litigata seria, quando lui le aveva regalato un libro che lei si era rifiutata di accettare. Ne ricordava ancora il titolo: *Figlioli miei, marxisti immaginari*.

Amalia si era offesa. Lui, non essendo mai stato comunista, non aveva mai potuto smettere di esserlo. Era una condizione che talvolta gli pesava quasi come una carenza alimentare. Ma uno sbirro non poteva essere comunista, lo sapeva bene. Neanche nella Russia bolscevica.

Comunque Amalia non era una càlia. Arrivava alla fine dell'anno scolastico sempre sul bordo della crisi di nervi, e sapeva che prima della pensione di Spotorno nella sua vita non ci sarebbe stata nessuna spiaggia tropicale, se non come sfondo da poster nella stanza dei figli. Allora forse a lei non sarebbe più importato; e nel frattempo le spiagge tropicali si sarebbero magari estinte. Spotorno di sicuro non ne avrebbe avvertito la mancanza. Ed Amalia, c'era da scommettere, alla fine avrebbe optato per qualche incursione paraculturale nelle capitali della vecchia Europa.

Spotorno la guardò pensoso:

In attesa dei tropici, verresti a messa con me, domenica prossima?

Amalia spalancò gli occhi e lo fissò esterrefatta.

Lui le spiegò ogni cosa.

Ad Amalia, la prima volta che lui era entrato nel suo campo visivo, Spotorno aveva fatto un'antipatia appassionata.

Era stato al primo grande festival pop mai organizzato in città, dodici ore filate di musica al giorno, allo stadio di calcio, per tutta una settimana.

Si erano incrociati l'ultima sera, la sera del Duca. Anzi, l'ultima notte, perché erano le undici passate quando la grande orchestra si era dispiegata sul palco montato di fronte alla montagna, con il castello in cima illuminato dai riflettori.

Poi era uscito Ellington, e avevano attaccato un pezzo di musica, e ad Amalia erano venuti i brividi. E dato che non capiva niente di jazz non avrebbe saputo spiegarne il motivo, se non retroattivamente, dopo che Lorenzo aveva detto che quella era stata un'esecuzione di *Sophisticated Lady* da raccontare ai posteri. E poi quell'istrione di Ellington aveva fatto quel gran colpo di teatro, era andato verso le quinte ed era tornato sorreggendo per un braccio un cornettista nero, così vecchio che non riusciva a reggersi in piedi da solo, e il vecchio aveva soffiato gli ultimi refoli della sua anima dentro la cornetta, e a momenti gli applausi non facevano venire giù la montagna.

Quei due eventi, il suo primo sguardo su Spotorno e il cornettista nero, col tempo erano diventati per Amalia i catalizzatori di una ineludibile catena di associazioni mentali che le induceva un umore pendolare, che oscillava tra la serenità e un lieve senso di rimpianto sul quale si rifiutava di indagare.

Era stato La Marca a trascinare Vittorio allo stadio.

Allora Spotorno ascoltava solo musica classica e per tutti gli anni del liceo aveva mantenuto l'abbonamento agli Amici della Musica. Anno dopo anno non si era perso nessuno dei concerti di Rubinstein perché tutti dicevano che il pianista era troppo vecchio e non sarebbe sopravvissuto fino alla volta successiva, e il concerto di quell'anno sarebbe stato sicuramente l'ultimo. Lui però era meno fragile di quanto apparisse e Spotorno non ricordava più a quanti *ultimi* concerti di Rubinstein aveva assistito. Cinque? Sei? Sette di seguito, forse. Il jazz invece continuava a non fargli né caldo né freddo.

Amalia lo ricordava inamidato, sulle sue, con quell'improbabile vestito scuro da liceale in libera uscita e la cravatta a tinta unita, che se non fosse stato per l'età e per il colore della pelle l'avrebbero preso per uno dei musicisti del Duca, ma molto meno simpatico. Secondo Amalia proiettava un'intollerabile sensazione di puzza sotto il naso, di labbra arricciate e di presa di distanze dal gruppo in cui stava lei, semiadagiata sopra un plaid disteso sull'erba del campo, a fumare erba di tutt'altro genere. E Spotorno aveva solo l'aria di chiedersi che diamine fosse quella specie di forchetta sghemba, argentata, con i rebbi incapsulati dentro un cerchio, che Amalia portava appesa al collo, e che completava il suo look finto gitano, con la gonna di cotone stampato a colori vivaci, lunga fino alle caviglie.

Dopo le presentazioni di cui si era occupato Lorenzo si erano scambiati una lunga occhiata, e poi basta.

In pizzeria, dopo il concerto, alle tre del mattino, si erano piazzati ai capi opposti della lunga tavolata, mettendo tra loro la massima freddezza lineare possibile.

Lei aveva chiacchierato volubilmente con tutti. Vittorio non aveva spiccicato una sillaba.

Amalia l'aveva cancellato subito. Così almeno aveva creduto fino al momento del loro secondo incontro, un paio d'anni dopo.

Lei aveva fatto la spesa al Capo e non ricordava più dove aveva lasciato la macchina. A furia di girovagare era finita a piazza Sant'Onofrio. E lì, proprio al centro della piazza, nel poco spazio lasciato libero dalle bancarelle e dalle auto, se lo era ritrovato davanti, immobile, con gli occhi semichiusi e l'aria un po' spiritata.

Ma che fai?, le era scappato di chiedergli, prima di

rendersi conto che le parole erano sfuggite al controllo della mente. Era più che altro stupita di averlo riconosciuto a colpo sicuro e di essere stata riconosciuta a sua volta.

Il giovane Spotorno era rimasto immobile ancora per qualche istante, poi aveva scostato appena le braccia dal corpo, con le palme rivolte verso l'alto, quasi a giustificarsi per una mancanza che solo lui sapeva di aver commesso, e aveva sussurrato quella frase assurda:

Respiro la città.

Solo tre parole, ma pronunciate come se fossero stati gli ultimi tre vocaboli di una lingua in via di estinzione.

Poi doveva essersi reso conto del contesto ed era arrossito fino alle budella. E Amalia era rimasta in piedi davanti a lui, con il suo mazzo di finocchietti selvatici stretti sotto un braccio e il sacchetto con le sarde e le bustine di zafferano appeso all'altro, e si era sentita sciogliere tutta dentro, fino al midollo delle ossa, anche perché si era accorta che lui si era appoggiato alla fiancata di una macchina bianca un po' scassata: la sua Cinquecento perduta e ritrovata.

Gli offrì un passaggio che lui accettò, anche se era già quasi arrivato a casa e non sapeva dove lei fosse diretta. Poi gli toccò una lunga scarpinata a piedi dal quartiere Matteotti fino in via Venezia. Una marcia della quale non serbò memoria, una specie di stato di levitazione e di animazione sospesa, un piccolo terremoto emozionale che aveva per epicentro il suo portafoglio, dove palpitava uno scontrino fiscale con il numero di

Amalia scarabocchiato sopra. Era stata lei a consegnarglielo, sull'abbrivio di una frase che avrebbe accompagnato Spotorno per tutta la strada fino a casa e anche dopo:

Che fai stasera?

Ogni tanto Spotorno riesumava fotogrammi in ordine sparso di quel pezzo di film della sua vita. Ne possedeva un vasto repertorio, sopra tutto silente. Non aveva mai bisogno di mettere una zeppa, per bloccare un ricordo.

Quelli di Lorenzo La Marca, invece, sembravano archivi in prevalenza orali. E di sicuro sovrabbondanti, almeno per un osservatore neutrale.

Quella sera apparivano ancora più sovrabbondanti del solito, forse per via della ragazza americana che si era portato dietro, una tale Darline che Spotorno aveva già incontrata nel corso delle indagini sul caso dell'impiccato dei Giardini Botanici Comunali.

Evento quanto mai raro, la presenza di Lorenzo in casa Spotorno, data la sua idiosincrasia, troppo esibita per non essere sospetta, per le belle tavolate famigliari, con i mariti, le mogli e relativa prole umana e canina di contorno. Sosteneva che non era cosa per uomini veri. Tutta facciata. In realtà, secondo Amalia lo immalinconivano, perché lui era uno scapolo involontario. Non che gli fossero mancate le occasioni. Però doveva avere preso qualche mazzata memorabile, in passato, e ora recitava la parte del single felice e vaccinato. Figurarsi. Anche in quel momento, con l'americana, era tutto un florilegio di battute, battutine, citazioni di film, sfottò a carico del compare d'anello, padre e marito esemplare, sbirro tutto d'un pezzo, incorruttibile in tutti i settori, ma sopra tutto in quello della fedeltà coniugale...

Spotorno si concesse una risatella clandestina. Se Lorenzo avesse saputo. O anche solo immaginato. Se avesse sospettato che l'irreprensibile commissario, l'amorevole padre, lo sposo fedele ed esemplare, se avesse saputo che l'amico Vittorio una volta per poco non... che c'era mancato un soffio e... insomma, a momenti non si faceva un'amante.

O sarebbe stato semanticamente più peccaminoso considerarla una mancata relazione adulterina?

Lubrificato da qualche bicchierino di slivovitz che si era lasciato andare a bere e cullato da una musica di Boccherini in sottofondo, rivide come in una pellicola al rallentatore tutte le sequenze di quella sera (quanti anni prima? Quattro? Cinque, forse?).

Era stato a New York, dove l'avevano spedito per un corso sui nuovi metodi d'indagine sulle tecniche di riciclaggio delle narcomafie. Il primo della sua carriera, negli States, un raduno di sbirri provenienti da mezzo mondo.

Alla fine della prima settimana, alla chiusura della sessione pomeridiana del venerdì, si era ritrovato nell'ascensore in discesa, malinconico, depresso, imbozzolato in una nostalgia che rischiava di degenerare in angoscia.

Doveva avere un'aria davvero desolata, perché un'avvenente collega italo-americana che si muoveva mandando il seno in avanscoperta (ed era una missione che si spingeva molto in avanti, in un territorio che mai avrebbe saputo essergli nemico), gli aveva rivolto la parola in un misto di ottimo inglese e di presunto italiano infarcito di termini siciliani arcaici, ignoti a Spotorno.

Si chiamava Cathy Messana, ma ci teneva a che Spotorno la chiamasse Caterina, come la propria nonna materna, originaria di Joppolo Giancaxio. E ce n'era voluto perché dalla pronuncia composita e imbastardita della giovane investigatrice Spotorno riuscisse a decodificare il nome del paese in provincia di Girgenti (così aveva detto la ragazza), terra di emigranti.

Si sarà imbarcata anche lei sul Saturnia, questa nonna?, si era chiesto Spotorno, in una delle folgoranti trafitture della memoria cui andava soggetto.

Così, senza capire bene cosa stesse accadendo, si era ritrovato con lei a bordo di uno dei famosi taxi newyorchesi dal colore giallo-Hollywood, diretti verso un ristorantino di Little Italy scelto da lei, che a New York era nata e ci viveva.

Spotorno aveva ordinato una bottiglia di Corvo rosso e con un tono finto scandalizzato la ragazza aveva pronunciato quella frase senza capo né coda:

Ma io domani devo alzarmi presto.

E Spotorno non aveva capito che accidente avesse voluto dire, dato che prima lei aveva consigliato una bottiglia di Chianti della California, ed era stato lui a insistere per il Corvo. Forse che l'altro vino sarebbe risultato meno tossico?

Lei però, dopo avere pronunciato quella frase oscura, si era illanguidita. Non staccava gli occhi – occhi neri, enormi, da calabrese – da quelli di Spotorno. Lui nel frattempo parlava dei bambini, di Amalia, del suo lavoro, della sua città.

Poi, in taxi, prima di scendere sotto casa, Caterina aveva avvicinato il viso a quello di Spotorno, e lui aveva dovuto prendere atto di quella specie di maelstrom pronto a risucchiare dentro di sé tutte le malinconie e le nostalgie comprese tra la skyline di Manhattan e le labbra pelle d'angelo della ragazza.

Per un tempo che a Spotorno sembrò inestinguibile erano rimasti immobili in quella posizione. Uno stato stazionario apparente, perché aveva preso a girargli la testa, ma non per colpa del vino, e vedeva un altro se stesso, un doppione del valoroso commissario di polizia, soccombere in una lotta impari e accostare sempre di più le labbra a quelle della ragazza.

Ma non doveva essere successo niente del genere, perché alla fine Caterina aveva sospirato e, cambiando percettibilmente l'angolazione di lancio delle proprie labbra, gli aveva deposto un bacio umido e non troppo casto al centro della fronte, ed era scesa. Al corso, nei giorni successivi, Spotorno aveva spesso sorpreso su di sé gli sguardi della ragazza, sguardi densi di un'ironia affettuosa e partecipe.

In aereo, sulla rotta verso casa, c'era stata la rivelazione. Gli avevano servito una mezza bottiglia di Corvo con il vassoio del pranzo, e il collega milanese seduto accanto a lui gli aveva inflitto quella frase in tono casuale:

Sai che a New York, se vai a cena fuori con una ragazza e ordini una bottiglia di Corvo vuol dire che te la vuoi portare a letto? È una specie di codice. Per vedere come butta.

E per tutto il resto del viaggio Spotorno non era riuscito a togliersi dalla testa l'idea che la ragazza avesse raccontato a tutti la propria uscita con quel virtuoso collega italiano, marito inespugnabile e amante contumace.

Ebbe la tentazione di chiedere a quella Darline se era vera la storia del Corvo come codice di seduzione newyorchese. Ma sapeva che se l'avesse fatto Amalia gli avrebbe letto dentro. Anche se c'era poco da leggere.

Gli ricordava Cathy Messana, quella ragazza. Dovevano avere la stessa età, ventiquattro, venticinque anni. Si sorprese a guardare con approvazione lei e Lorenzo, e si accorse che anche Amalia aveva uno sguardo compiaciuto. Che fosse la volta buona, per l'amico La Marca?

No, meglio non farsi illusioni. E sopra tutto che non se ne facesse Lorenzo. La ragazza non sarebbe durata. Quella aveva tutta l'America sull'attenti in ogni fibra, in ogni cellula, in ogni interstizio del proprio corpo dalla magrezza ingannevole. E prima o poi sarebbe arrivato il richiamo della foresta. Che fosse fatta di alberi o di grattacieli. E non esistevano donne né altro, capaci di schiodare definitivamente La Marca da quella città di amore e di odio, e dai suoi residenti che così spesso esasperavano il commissario.

Sperava solo che a tempo debito il colpo non sarebbe stato troppo duro per Lorenzo.

Sai che dopodomani è festivo?, disse Amalia. È l'ultimo giorno del Festino.

E quindi?

E quindi alla Cappella delle Dame forse fanno la messa e non c'è bisogno di aspettare la domenica, se davvero vuoi che ti ci accompagni.

La Marca se ne era appena andato con la sua americana e Spotorno e Amalia finivano di sparecchiare. Il commissario si sentiva la gola un po' irritata. Forse aveva ecceduto con la slivovitz, e per una volta anche con lo scilinguagnolo, aveva sudato e non si era accorto di essere rimasto per tutta la sera sulla traiettoria di una siringata d'aria umida e tradimentosa. Gli ci mancava solo di beccarsi l'influenza o i dolori reumatici in pieno luglio, lui che non si ammalava mai.

Gli venne di colpo in mente l'impegno preso con Amalia e con i ragazzi, di portarli a vedere il gioco di fuoco dalla barca, con Puleo. Il colpo di grazia.

Fu qualcosa di peggio. Amalia aveva rinunciato a venire perché era troppo stanca e non vedeva l'ora di mettersi a letto, rinviando al giorno dopo persino l'esecuzione dell'attesissima pasta coi tenerumi. E il tratto di mare davanti alla Marina era così affollato che Puleo era stato costretto a un continuo slalom per evitare speronamenti, e probabilmente, dei fuochi, si era limitato a sentire i botti e vedere i riflessi. E a Spotorno, per colpa di quella maledetta aria di mare, avevano cominciato a dolere tutte le giunture e relative zone limitrofe.

A completare la serata, a un certo punto aveva visto spuntare dal nulla un grande panfilo bianco con la scritta Laurent impressa a prua in lettere d'oro, ed era passato così vicino che le onde sollevate avevano fatto ballare il loro guscio di noce, e il più piccolo dei ragazzi, Emanuele, aveva vomitato rumorosamente fuori bordo. Lui per poco non lo seguì a ruota. Maledisse il Laurent e tutti quelli che erano a bordo. Maledisse anche il Festino e accolse con vero sollievo lo sparo della bomba di chiusura dei fuochi.

A casa piombò subito in un sonno comatoso.

Capitolo x
Giorgio De Chirico e Salvador Dalì in via Siccheria Quattro Camere

Era aggrappato a una visione in bianco e nero. Qualcosa di instabile (e di inconoscibile?) che lui inseguiva per poterla inserire nel rapporto per il questore, al risveglio. Ora stava per scivolargli da sotto le dita e lui, mollata la presa, sarebbe atterrato sul materasso poco elastico del letto padronale.

Era forse la continuazione di un sogno che sapeva di aver fatto altre volte, una soap opera onirica (o forse un vortice?) in fondo alla quale – lo sapeva persino nel sogno – stava in attesa la sua prima tazza di caffè della giornata. Caffè nero in tazza bianca. Sentiva bene il gorgoglio della caffettiera. Quindi era sveglio. No, il rumore della caffettiera non era mai riuscito a infiltrarsi oltre la porta della stanza da letto. Allora era il telefono. Quello nuovo, a tastiera, con lo squillo liquido e bicolore. Bianco e nero.

Come accidenti faceva uno squillo a essere bicolore? E dove era finita Amalia?

Aprì gli occhi e cercò di mettere a fuoco i numeri verdi sul torace striminzito della radiosveglia. I numeri gli danzarono davanti agli occhi, poi si fusero insieme in unico grande cristallo liquido sfarfalleggiante. Cifre indecifrabili (è un ossimoro?, si chiese).

Trovò la soluzione: qualcuno gli aveva messo l'LSD nel dentifricio. Era o non era una deduzione da sbirro d'ingegno?

Apparve Amalia. Spotorno ne prese atto. Prese atto pure del nuovo, reticente silenzio del telefono. I due eventi erano forse collegati? Amalia parlò:

È per te, una voce di donna, tale Beltramini. Dice che è urgente.

Ma che ore sono?

Le nove. Stanotte hai avuto la febbre. Straparlavi di brutto nel sonno. Ho staccato la radiosveglia, tanto oggi è festivo.

Chi diamine era la tale Beltramini? Spotorno avrebbe giurato che si trattava di un cognome da maschio. Allungò faticosamente il braccio e agguantò il telefono:

Spotorno.

Vittorio? Ti disturbo, forse?

Una voce preoccupata, che Spotorno riconobbe nonostante la tonalità più acuta del solito. Sveglia istantanea, da iniezione di adrenalina, come al tempo dei primi appostamenti notturni a caccia di latitanti di mafia.

Nessun disturbo, Maddalena. Che succede?

Sono un po' in ansia e ho fatto la figura della cafona con tua moglie. Era tua moglie, vero? Non mi sono nemmeno presentata come si deve, chi sa che può avere pensato. Chiedile scusa da parte mia. Però, senti, è successa una cosa... anzi no, forse non è successo niente. Solo che... solo che sono due giorni che non abbiamo notizie di Nunzia.

Nunzia. La metà esatta di quella entità indivisibile che per Spotorno era quasi una definizione da parole crociate, un sessantotto orizzontale: Nunzia e Grazia. Le signorine. Le lavoranti della madre di Maddalena. E di Rosario.

Due giorni? Non è molto. Perché sei così in ansia?

Non è cosa sua. Lei è sempre così precisa. È andata via dal laboratorio giovedì all'una. Sai, da quando è successa la cosa di Rosario nessuno ha più messo mano a lavorare. Grazia e Nunzia però hanno continuato a venire, una di mattina e l'altra di pomeriggio. Sono troppo affezionate a mia madre, e lei per ora ha bisogno di compagnia. Più persone girano per la casa e meglio è. Manlio, mio marito, non può lasciare l'agenzia e io devo badare ai picciottelli, che sono ancora pigliati dalla botta. Mischini, alla nonna le vogliono bene, però c'è troppo odore di lutto in via Zara e io non voglio che lo respirano tant'assai.

Fai bene. La vita deve continuare anche per loro.

Spotorno avrebbe voluto richiamare indietro le parole. Perché in circostanze come quella gli uscivano delle banalità così compiute? Maddalena non raccolse:

Nunzia doveva tornare ieri mattina, ma non si è vista. Mia madre, lo sai, è il tipo che dice San Giovanni Battista prima ancora di vedere il lampo, e quando ha visto che non arrivava già se l'immaginava stesa sotto le ruote di un autobus. Al telefono non risponde...

Quando l'avete chiamata?

Ieri, per tutto il giorno. E pure stamattina, fino a fare cadere la linea. Ora mia madre si è messa in testa che le è successa qualche cosa. Che si è sentita male ed è buttata sopra un fondo di letto. Che magari si è rotta una gamba e non può arrivare al telefono... Le cose peggiori. Nunzia vive sola. E ti devo dire che pure io ora ho la testa squieta. Mi spavento che... Ricordi cosa ti avevo detto dopo il funerale? Che lei stravedeva a tal punto per Rosario, che io addirittura qualche volta ho fatto malipensieri. E ora non vorrei che avesse combinato qualche fesseria... Ci ho pure mandato a Manlio, stamattina presto. Lui ha bussato, ha suonato, ha chiamato. Niente. Nessuna risposta. Poi se n'è dovuto andare perché pure se oggi è festa aveva un appuntamento di lavoro.

Dove sta Nunzia?

In via Siccheria, in una casa antica, a due piani, piccolina e mezza sdirrubbata. Lei sta nell'appartamento al pianoterra. Al primo piano ci sta una vecchia che ha l'arteriosclerosi ed è pure mezza sorda. Sua figlia la va a trovare ogni giorno e le porta un poco di spesa. Se non avesse le chiavi per entrare, sua madre non le aprirebbe nemmeno a lei.

Nunzia non ha nessuno?

Ha qualche parente in alta Italia, cugini di secondo, di terzo grado, ma non c'ha tanta confidenza. Siamo noi i suoi parenti.

Può essere che è andata a trovare questi cugini?

Senza dire niente? Non è cosa di Nunzia... D'altra parte non so nemmeno come si chiamano e dove stanno. Forse Grazia lo sa. Ma io poi che faccio, piglio il telefono e gli dico: Non è che per caso Nunzia è lì da voi? Non so che fare, Vittorio, mia madre ha le smanie, e io sono così confusa...

Maddalena non osava essere più esplicita. Bastavano le sue reticenze a colmare i vuoti. Spotorno non aveva scelta. Avrebbe potuto limitarsi a mandare una volante in perlustrazione, ma sapeva che non sarebbe stata la decisione giusta. Non solo per non deludere Maddalena. I suoi sensori si erano ripresi dalla botta della febbre notturna e avevano ricominciato a funzionare. E da qualche minuto erano tutto un fremito continuo.

Facciamo così, Maddalena: tu mi spieghi esattamente dov'è questa casa e ora ci vado a dare un'occhiata io.

È meglio che vengo con te. Il numero non lo so ed è facile confondersi. Ci sono tante case che si assomigliano, in via Siccheria. Tu puoi passare a prendermi con la macchina? Non è che tua moglie si secca? Oggi è pure festa grande, avevate i vostri programmi e io vi sconzo tutte cose...

Non ci scombini niente, non ti preoccupare, ora ci passiamo e speriamo di trovare tutto in ordine così ce ne torniamo a casa. Dammi tre quarti d'ora e sono da te. Dove abiti esattamente?

Si fece spiegare tutto per bene e riattaccò.

Non puoi uscire, hai ancora la febbre, disse Amalia.

Ora sto bene. Se non ci sono problemi vado e torno in un'ora.

E se invece i problemi ci sono? Perché ci sono, vero, Vitto'? Te lo leggo in faccia. Non puoi mandare qualcuno della Centrale? Magari senza mettere in mezzo per una volta quel povero cristo di Puleo, oggi che è festa?

Spotorno si rase a sangue. Gli dolevano tutti i muscoli, ma si sentì meglio dopo una rapida doccia bollente. E dopo la solita mezza caffettiera. Caffè nero in tazza bianca. Per sicurezza mandò giù un pezzo di pane raffermo e vi stratificò sopra un paio di aspirine effervescenti.

Amalia rimase sulla soglia ad aspettare l'arrivo dell'ascensore. Spotorno le sollevò il mento con l'indice:

Sparlavo, stanotte? E che dicevo?

Amalia materializzò uno dei suoi sorrisi indecifrabili. Per fortuna erano rari, pensò Spotorno infilandosi in ascensore. A lui, per mestiere, non piacevano le cose indecifrabili.

Lo aspettava giù, sul marciapiedi, alle falde di uno dei nuovi falansteri di via Serradifalco. Pallida, Maddalena, inquieta, e con gli occhi infossati. Tuttavia sembrò a Spotorno che avesse in parte recuperato il colpo della morte di Rosario. Era meno consunta.

In macchina si scusò ancora per il disturbo, torcendosi le mani. Poi rimase assorta per tutto il tragitto.

Spotorno sbucò in piazza Principe di Camporeale. I giardinetti erano ancora sventrati per i lavori di scavo del nuovo adduttore fognario, fermi da troppo tempo. Proseguì per la via Guglielmo il Buono e contemplò la Zisa, intubata per i restauri. Aveva sentito dire da Amalia che volevano farne un museo islamico. Nello spiazzo prospiciente, che al tempo dei re normanni aveva ospitato un giardino arabo e giochi d'acqua, avevano da poco piantato un palmeto.

Solo in quel momento si rese conto che molti elementi topici dell'indagine erano in buona parte dispiegati in quella zona della città. Via degli Emiri era a poche centinaia di metri. Come pure l'abitazione dei Mancuso. E ora la casa di Nunzia.

A piazza Ingastone imboccò la via Cipressi. Una delle poche strade che avessero mantenuto una parvenza di memoria storica in una città usa ad applicare le più raffinate tecniche di rimozione.

Rimozione di tutto, pensò Spotorno, meno che di macchine dagli scivoli per i disabili e dai marciapiedi della città.

Sto diventando troppo disfattista, si disse; sarà colpa della febbre notturna.

Di là dal muro di cinta del giardino del convento, un filare di cipressi secolari forniva agli uomini di buona volontà una facile giustificazione al nome della via.

Più facile che siano stati i Cappuccini a piantare i cipressi dopo che la strada era stata battezzata in quel modo, rifletté Spotorno.

Una strada da agguati. A metà del muro lungo e alto, la lapide commemorativa dell'assassinio mai compreso di un procuratore capo. Mai compreso ma prontamente digerito. E punto di svolta delle nuove strategie mafiose, come spiegavano i cronisti di giudiziaria locali ai colleghi venuti da fuori e smaniosi «di capire».

Costeggiò l'ingresso alle catacombe dei Cappuccini e infilò la via Siccheria Quattro Camere.

Conosceva bene la zona. In via Siccheria aveva imparato a guidare sotto la sorveglianza di una cugina più grande. La strada era cambiata un bel po', da allora. Gli orti irrigui avevano cominciato a cedere il passo a palazzoni isolati che avevano l'aria di fare da battistrada a un ben più consistente numero di fratelli.

Qua e là erano sorte piccole discariche abusive. In una di queste, qualche mese prima, tra vecchi materassi sbudellati e carcasse di lavatrici e di frigoriferi, Spotorno aveva avvistato un cavallo morto.

Sullo sfondo, poche strutture ancora integre di un vecchio opificio con le ciminiere svettanti, forse una fabbrica di mattoni di fine ottocento, ora inglobate da nuovi padiglioni industriali dal design che un tempo avrebbero definito avveniristico. Sovrapposizioni di una nuova Troia postmoderna e probabile oggetto di futuri scavi di archeologia industriale.

Dal lato opposto, il vero pezzo forte della zona: una gibbosità della terra espulsa dal margine di una spianata desolata, una collinetta abusiva, a forma di dinosauro addormentato, sul cui crinale qualche buontempone aveva piazzato, a mo' di cresta, un filare di pini rigogliosi: una barriera artificiale, eretta dagli abitanti dei palazzi, a nascondere le lapidi del cimitero.

Per vedere il camposanto bisogna salire oltre il tredicesimo piano, gli aveva spiegato con un moto di orgoglio un anziano abitante dei luoghi.

Alla base, erba secca, cassonetti bruciati, materiali di risulta, scheletri d'auto. Tra la strada e il dinosauro, un pezzo di muro incongruo, che sembrava separare il niente dal nulla. Ai lati, case minime, a uno o due piani, dignitosa architettura di borgata in via di estinzione. Panni stesi sui balconi e coltivazioni di prezzemolo, menta e basilicò in vecchie latte di pelati o di sarde salate. E le immancabili plumerie in fiore, il marchio arboreo della città.

Una strada al limite della schizofrenia. Un pizzico di De Chirico e molto Dalì. Metafisica e surrealismo. Era solo una coincidenza che quasi un secolo prima, a pochi passi dalla Siccheria, ai confini con l'irrealtà, uomini lungimiranti avessero deciso di innalzare i padiglioni del manicomio?

Maddalena gli indicò la casa di Nunzia e Spotorno parcheggiò qualche decina di metri più avanti, sopra uno spiazzo in terra battuta, perché in quel punto la strada era poco più che un budello pieno di curve. La casa era una di quelle meno malmesse. Non proprio disastrata come aveva detto Maddalena, ma erano evidenti parecchi punti di infiltrazione di acqua piovana e la facciata aveva mantenuto poche tracce del colore ocra originario.

La porta d'ingresso era sopraelevata di un metro scarso sul livello della strada. Vi si arrivava salendo tre o quattro scalini di cemento sbreccato, l'ultimo dei quali si allungava a formare un pianerottolo primitivo. Ai lati, due finestre sigillate da persiane con tracce di vernice marrone.

Spotorno tentò la porta. Chiusa e resistente. Maddalena gli disse che all'interno c'era un minuscolo atrio allungato verso il retro, con la porta dell'appartamento di Nunzia e le scale che salivano al primo piano.

C'era un solo campanello, anonimo, che, disse Maddalena, avrebbe dovuto squillare al pianterreno. Spotorno premette più volte sul pulsante, ma non avvertì alcun suono. Bussò forte con la mano. Maddalena gridava il nome di Nunzia.

Niente. Neanche la vecchia al piano di sopra dava segni di vita. La persiana del balconcino, in alto, sembrava chiusa anche con gli scuri. Come quelle del pianterreno.

Spotorno studiò i luoghi. Un muro alto partiva da entrambi i lati della casa e si allungava seguendo l'andamento della strada. Lo costeggiò fino a una breccia che consentiva il passaggio di una persona. Dall'altro lato si estendevano orti ancora rigogliosi. Pomodoro incannato, zucchine, melanzane, peperoni, lattughe.

A dispetto delle circostanze Spotorno aspirò con voluttà il profumo dei pomodori. Un odore – l'aveva scoperto da ragazzo – che emanava da tutta la pianta, ma che si faceva più intenso in prossimità dei peduncoli.

Passò oltre la breccia e vide che non c'erano muri né recinzioni a sbarrare la via fino al retro della casa.

Tu è meglio se aspetti in macchina, disse a Maddalena che lo aveva raggiunto. Gli uscì un tono esageratamente gentile. Lei annuì.

Sul retro si aprivano due finestre simmetriche a quelle del prospetto. Una delle persiane era solo accostata e cedette subito alla pressione della mano. Prima di scavalcare il davanzale, per uno scrupolo estremo, tentò un ultimo richiamo:

C'è nessuno?

Niente. Inutile perdere ancora tempo.

Aveva già un'idea di quello che avrebbe trovato. Quanto meno in termini di referto. Lo intuì dall'odore. Non era la prima volta che scopriva qualcosa del genere. Tuttavia non era mai riuscito a farsi sedimentare addosso uno strato di cinismo sufficientemente spesso.

Nunzia, in camicia da notte bianca e la testa fracassata.

Il corpo era prono sul pavimento del corridoio, davanti alla porta della stanza da letto, con i piedi rivolti verso la camera.

Aveva una gamba piegata al ginocchio e la camicia le era risalita solo un po' verso l'alto, come se in un ultimo soprassalto di pudore preagonico se la fosse sistemata con le mani.

Già alla finestra, prima di entrare, Spotorno aveva annusato l'odore del sangue.

Trovò il telefono nella stanza da letto. Un apparecchio nero, a disco. Da lì chiamò la Centrale, facendo attenzione a non inquinare eventuali impronte.

La parte peggiore fu il ritorno alla macchina, per informare Maddalena.

Lei reagì come molti destinatari di notizie drammatiche. Spotorno l'aveva notato spesso. Alcuni relegano in un angolo del cervello il problema principale e lo sostituiscono con uno irrilevante. Ricordava il commento di una donna, alla notizia della morte del marito:

Ma io avevo finito ora ora di stirargli tutte le camicie.

Poi era svenuta.

Maddalena fu più sobria. E ora chi gliela porta questa notizia a mia madre?, disse. Poi si coprì gli occhi con le mani.

Le volanti arrivarono in pochi minuti. Poi la Scientifica e il magistrato. Li guidò verso l'interno della casa.

Per ultimo spuntò il medico legale. Un tipo giovane, ma con i capelli e i baffi precocemente stinti per colpa del mestiere. Con Spotorno si davano del tu.

Per fortuna non era venuta la Laurent. Non che Vittorio non la stimasse, anzi ne aveva un'opinione molto positiva, nonostante lui avesse un po' di prevenzione nei confronti delle donne che sceglievano quel mestiere. No, era perché stavolta avevano a che fare con il cadavere di una donna e Spotorno provava un certo imbarazzo all'idea di essere costretto a parlare di dettagli potenzialmente scabrosi con un'altra donna. Specie una gran femmina come la Laurent.

E poi – perché negarlo con se stesso? – c'era quella vecchia diceria sui rapporti di lei con La Marca, che un po' lo teneva sul chi vive. Antichi rapporti, bruscamente e misteriosamente troncati. Però si erano rivisti da poco, in presenza di Spotorno, quando La Marca aveva scoperto l'impiccato dei Giardini Botanici, e la tensione tra quei due si sarebbe potuta tagliare con l'affettatrice.

Pensò che se quella Darline, l'americana, avesse finito col tornarsene negli States, c'era il rischio che si aprisse quell'altro fronte interno. Gli sembrava che potesse venire poco di buono, per l'amico e compare d'anello, da una relazione amorosa con una donna sposata, e per giunta sposata con un pezzo da novanta della medicina. L'adulterio non entrava tra le opzioni di Spotorno. E i suoi amici, specie se erano anche suoi testimoni di nozze, avrebbero dovuto avere il buon gusto di non farlo entrare nemmeno tra le proprie.

Si accorse che c'era cascato anche lui: aveva perso di vista il problema principale, quello che giaceva sul pavimento, e si era disperso nelle sue divagazioni senza costrutto.

Cercò il magistrato e confabulò un po' con lui. Gli raccontò com'era arrivato fino a quel cadavere. Il magistrato, un ragazzino alle prime armi che non vedeva l'ora di tornare al paese suo, non sapeva niente delle procedure di indagine per i casi d'omicidio e fu ben lieto di lasciargli campo libero. Azzardò solo una domanda che fece sorridere il commissario: Zingari?, chiese, titubante.

Spotorno lasciò cadere la domanda e quello arrossì fino agli alluci.

Non fu necessario che Spotorno desse le direttive per attivare le procedure standard per i casi di omicidio. Ciascuno aveva già attivato i propri automatismi. Il resto era routine. Niente più Nunzia, da quel momento in poi, ma Ingrassia Nunzia, di Nicolò e di... Spotorno non aveva mai saputo come si chiamasse la madre di lei. Ricordava di averle sentito nominare il padre, da ragazzo, probabilmente perché era morto quando lei era bambina, ma non l'aveva mai sentita parlare della madre.

Si sforzò di analizzare tutto senza lasciarsi coinvolgere. Cercò di ignorare l'andirivieni intorno al cadavere di Nunzia. Una donna ancora piacente, notò per la prima volta e con un certo stupore, nonostante la sua carnagione avesse il colore della clausura. E quello della morte.

Un corpo sodo, ben modellato, a dispetto dei cinquantasei anni compiuti. Di che giustificare i malipensieri di Maddalena, sull'idea che la donna avesse fatto da nave scuola per Rosario adolescente.

Sentì un lieve rimorso per l'uso di quella immagine a carico di Rosario e di Nunzia. Prima di allora non aveva mai pensato alle signorine come a qualcosa di diverso dalla funzione di lavoranti della signora Rosa o di figure della propria infanzia e prima adolescenza. Neanche il giorno della sua visita di lutto in via Zara. Non era nemmeno sicuro di avere attribuito i nomi giusti alle due donne. D'altra parte erano tutte e due infagottate in abiti neri, mal confezionati, sicuro retaggio di lutti meno recenti. Cercò un'impressione retroattiva: forse Grazia era anche lei una donna ancora piacente? Pensieri persi, specie per uno sbirro.

Si aggirò per la casa. Già prima di trovare il cadavere aveva preso nota del caos sistematico. Cassetti aperti e rovistati, alcuni persino tirati fuori e capovolti sul pavimento. Un disordine che a Spotorno apparve troppo ordinato e che aveva per epicentro la stanza da letto. Avevano persino cercato sotto il materasso, poi rimasto in bilico tra la rete e il pavimento.

Chiunque fosse stato aveva accuratamente evitato di calpestare il sangue di Nunzia. Era ovvio che avevano messo tutto a soqquadro solo dopo avere colpito la donna. Gente dai nervi buoni. Professionisti. Altro che zingari.

Aveva fatto qualche domanda a Maddalena, prima di affidarla a una volante che la portasse in via Zara o dovunque avesse voluto. Nunzia teneva sempre un po' di contanti in casa, per le spese correnti. E un libretto al portatore con pochi risparmi. Tutto sparito, contanti e libretto. Come pure gli orecchini con le perle di fiume e i brillantini che la signora Rosa le aveva regalato per il quarantesimo compleanno. Niente di prezioso, aveva detto Maddalena. Possedeva qualche altro gioiellino da poco, paccottiglia da bigiotteria, per lo più ricevuti in regalo dai Brancato Alamia.

Sentì il richiamo (un po' morboso?) della stanza da letto. La sua mente aveva registrato, e sul momento seppellito, un controsenso. Qualcosa che ora gli appariva illogico al limite della sconvenienza.

Tutti i mobili della casa sembravano rimasugli da rigattiere. Un comò instabile, con le maniglie pendule, di ferro. Un armadio monovano, con l'anta costituita da un grande specchio che non sembrava in grado di riflettere alcun che, tanto era opaco e macchiato. Sedie di Bivona con le corde consunte. Una toletta con il ripiano di marmo butterato di crateri.

Mobili che, ne era certo, risalivano ai tempi del matrimonio dei genitori di Nunzia, che alla loro morte doveva averli ereditati. Tutti, tranne una Singer meccanica, a pedale, che probabilmente era una delle due vecchie macchine da cucire che la signora Rosa aveva sostituito con i modelli più recenti.

E tranne il letto.

Era un letto matrimoniale, di serie, ma senza dubbio moderno, con i due cuscini regolamentari e il materasso di gommapiuma. E le testiere in ferro battuto, di disegno recente, piene di circonvoluzioni leziose, la più sdolcinata delle quali, al centro esatto della struttura, rappresentava due piccoli cuori intrecciati.

Un oggetto fuori contesto. Una presenza resa ancora più anomala dai due comodini traballanti, ex compagni del vecchio letto parentale.

Come giustificare quel letto? Svenevolezze a parte, se pure lei avesse avuto la necessità di sostituire il vecchio letto, non sarebbe stato più pratico per una donna sola e avviata a un sereno zitellaggio, procurarsene uno singolo? Ma era proprio certo che Nunzia fosse stata sempre sola? Bisognava che parlasse ancora con Maddalena anche su quel punto. E magari pure con Grazia. Le signorine si conoscevano da una vita.

Il medico legale aveva completato la prima sommaria ricognizione sul cadavere e raggiunse Spotorno:

L'hanno colpita almeno due volte, da dietro, con un oggetto metallico, probabilmente una spranga o un pezzo di tubo. Colpi tremendi, uno solo sarebbe stato sufficiente ad ammazzarla. Ci sono tracce di una polvere biancastra, a grana grossa, tra i capelli. Potrebbe essere calce secca o intonaco. Ce n'è pure sul pavimento, intorno al cadavere.

Spotorno ricordò di avere visto un ammasso di tubi Innocenti semiarrugginiti e incrostati di calce in una delle discariche lungo la via Siccheria. Lo disse al medico.

Sì, è possibile che abbiano usato uno di quei tubi. Se ne fai prelevare un campione sarà facile controllare.

Secondo te a che ora è successo?

Bah, come sai, prima dell'autopsia non posso essere molto preciso. Con gli elementi di cui dispongo direi che è morta nella notte tra giovedì e venerdì.

Spotorno annuì. La domanda andava posta, ma era quasi superflua. Lui aveva già abbozzato una ricostruzione plausibile delle ultime ore di Nunzia.

Quelli che l'avevano ammazzata erano entrati in casa quando erano certi che lei si fosse già addormentata. Avevano forzato una finestra sul retro e si erano ritrovati nel bagno, separato dalla stanza da letto da un breve corridoio.

Un'operazione senza rischi, perché una bella estensione di orti separava la casa di Nunzia dalle altre di via Siccheria. Forse avevano cominciato a frugare nel resto della casa, oppure Nunzia li aveva sentiti subito. Si era alzata e appena si era affacciata sul corridoio qualcuno appostato di lato alla porta l'aveva colpita alla nuca. Una, due, o più volte. Poi avevano finito il lavoro, passando a pettine fitto pure la stanza da letto.

Avevano rubato anche un televisore che doveva trovarsi sopra un tavolino sotto il quale pendeva un filo da antenna. Un piccolo televisore, a giudicare dalle dimensioni del supporto. Forse avevano rubato altri oggetti di qualche valore, ma dato lo stato dei luoghi e il modesto tenore di vita di Nunzia, Spotorno ne dubitava. Ad ogni modo, anche per quello avrebbe chiesto l'aiuto di Maddalena.

Ora bisognava capire se erano davanti a un tentativo di furto degenerato in un omicidio casuale o ad un assassinio camuffato da furto. Difficile, in quel caso, non collegare il fatto al duplice omicidio della Zisa. A meno che Nunzia non avesse avuto un'improbabile doppia vita.

Anche quelli della Scientifica avevano finito con i loro rilievi. Via libera per i beccamorti. L'arma del delitto non era saltata fuori, ma gli uomini stavano ancora perlustrando i paraggi della casa, allargando sempre di più i loro giri.

Intanto era arrivata la figlia della vecchia del primo piano. Spotorno era persino ricorso all'aiuto di una giovane agente dalla voce filiale nel tentativo di farsi aprire, ma come aveva anticipato Maddalena, la tizia aveva ignorato anche lei. D'altra parte non si poteva scartare l'eventualità che avessero fatta secca pure la vecchia.

Erano riusciti a rintracciare la figlia, al Pisani, dove lavorava come infermiera. Una donna sulla quarantina, robusta e decisa, con i capelli tinti con il colore della stoppa e un'atmosfera da kapò che le aleggiava intorno. Non appena inserì la chiave nella serratura dell'appartamento al primo piano, si sentì una voce querula:

Cu è?

Io sugnu, mamà.

A Spotorno parve di entrare in una serra per colture idroponiche. Le imposte dell'appartamento avevano l'aria di essere rimaste sigillate dall'epoca della costruzione. Nonostante il caldo umido la vecchia, minuscola e rattrappita, senza un dente in bocca, era avvoltolata in una pesante vestaglia da ricovero ospedaliero, una vestaglia di un fucsia spietato, del tessuto che i cataloghi di vendita per corrispondenza definivano setoso poliestere cento per cento. La figlia spalancò tutte le imposte per fare cambiare l'aria e a Spotorno sembrò di essere appena rientrato da un'apnea.

Tentò di strappare qualche risposta alla vecchia, ma lei si limitò a guardarlo con un sorriso dolce e stolido, dal quale neanche la figlia riuscì a staccarla.

Alla Centrale si ritrovò con Schirosa davanti alla macchinetta del caffè. L'anziano commissario era in piena sindrome da festività. L'idea di consumare tutta una giornata tra i soverchianti affetti famigliari lo metteva in crisi e, che fosse o no di turno, erano più le mattinate domenicali che passava negli uffici della Mobile che quelle trascorse in famiglia. Nessuno ricordava che fosse mai andato in vacanza, a meno di non considerare come vacanza la decina di giorni di ricovero ospedaliero per l'operazione alla cistifellea.

Ora cercava di spremere al massimo il collega per cavargli fuori ogni dettaglio sulla faccenda di via Siccheria. Spotorno lo accontentò. Ma per ragioni che non riuscì a spiegarsi non fece alcun cenno al letto di Nunzia e alle proprie riflessioni di contorno.

L'altra anomalia la notò Schirosa:

Ragioniamo, Vitto'. Se come dici tu è stato un lavoro da professionisti, come mai si sono presi pure il libretto di risparmio? Anche se era un libretto al portatore, nessuna persona con il cervello a posto si sognerebbe di andare in banca a incassare.

Appunto. Hanno tentato di farla passare per una cosa da picciuttunazzi di mezza tacca, da scassapagghiara. Ma un paio di balordi, secondo te, avrebbero avuto la freddezza di buttare tutto all'aria, con una morta o una moribonda tra i piedi e dentro il cervello?

Ma se erano professionisti, cosa cercavano? Da quello che dici tu non si potevano aspettare grandi cose nell'appartamento della morta. E se non erano a caccia di soldi, gioielli e cose di valore, restano solo due ipotesi: o cercavano qualcosa di preciso, e forse di compromettente, o la volevano solo ammazzare. Ma in questo caso, perché non si sono limitati a strangolarla? Poteva passare più facilmente per un tentativo di furto andato a male: la vecchia sente i rumori, si sveglia e loro, presi dal panico o per non essere riconosciuti, la strangolano. Perché portarsi dietro un pezzo di tubo? È come se avessero voluto dimostrare che erano entrati già con l'intenzione di levarla di mezzo.

Invece no. Quel pezzo di tubo, nelle loro intenzioni, avrebbe dovuto suggerire la casualità della cosa: andavano a rubare in una casa, e all'ultimo minuto uno si abbassa, raccoglie un pezzo di tubo trovato per terra e se lo porta dietro per una forma di rassicurazione personale. Ma le cose non sono così ovvie. Tu hai presente la zona di via Siccheria? Chiunque ci sia passato anche una sola volta sa che in una qualsiasi di quelle discariche c'è solo l'imbarazzo della scelta. Quei tubi Innocenti saranno lì da mesi. E di sicuro, prima di fare il colpo, avranno fatto dei sopralluoghi.

Vitto', se hai ragione lo sai pure tu quello che vuol dire, no? Che se sono andati in quella casa solo per levarla di mezzo, lei doveva essere in qualche modo coinvolta nelle due ammazzatine di via degli Emiri.

Spotorno lo sapeva da un pezzo. Per questo aveva chiesto la comparazione delle impronte di Rosario e di Mancuso Gaspare detto Asparino, con quelle ritrovate nella casa di via Siccheria. Se avevano frequentato la casa prima di essere uccisi, sarebbe saltato fuori.

A lui intanto stava risalendo la febbre.

Capitolo XI

Ci sono delitti perché ci sono poliziotti

Dottore, disse Puleo, stamattina l'ha cercata Spicuzza, della Scientifica. Hanno riscontrato trentasette punti di corrispondenza tra un'impronta trovata in casa di Ingrassia Nunzia e quella dell'indice destro di Alamia Rosario.

Spotorno era arrivato tardi alla Mobile. La sera prima, dopo essere rincasato, era filato dritto a letto saltando il pasto. Amalia gli aveva cacciato a forza il termometro sotto il braccio e dopo dieci minuti, con una sentenza di febbre a trentanove in mano, aveva staccato di nuovo la radiosveglia. Ce n'era voluto, al mattino, per convincerla che non era proprio moribondo e che poteva uscire.

Trentasette punti corrispondevano a una identificazione certa. E i trentasette gradi centigradi mattutini di Spotorno a una febbriciattola dubbia. Gradi centrifughi, dato che non gli avevano negato l'habeas corpus da parte di Amalia, rifletté, con uno dei suoi scatti segreti di autoironia.

Dov'era messa quest'impronta?

Di Alamia ne hanno trovata una sola, abbastanza nitida, sul bordo dello specchio del bagno.

Altre impronte?

Solo quelle della Ingrassia, sparse per tutta la casa. Impronte fresche, perché dice Spicuzza che la donna doveva avere fatto da poco le pulizie generali. C'erano tracce di detergenti sulla testiera del letto, qualcosa tipo Sidol, uno di quei prodotti che si usano per pulire le superfici metalliche. Sulla testiera non hanno trovato neanche le impronte della Ingrassia, però è un tipo di materiale che non si presta perché ha una superficie porosa. Oltretutto, quando adoperano questi prodotti le donne si mettono spesso i guanti di gomma. La mia fidanzata non toglierebbe neanche il tappo del flacone, senza i guanti di gomma.

A giudicare dalla precisazione di Puleo, non richiesta esplicitamente da Spotorno, anche lui doveva avere notato l'incongruità di quel letto rispetto al contesto generale.

E sul telefono?

Niente di rilevabile, tracce confuse, sovrapposte. E doveva avere pulito anche i vetri e gli specchi: non c'era niente nemmeno lì, salvo l'impronta di Alamia Rosario. Ma era in una posizione marginale, all'angolo inferiore destro, probabilmente una porzione di specchio sfuggita per distrazione alla pulizia. Proprio sotto quell'angolo c'è un portasapone ed è facile lasciare casualmente un'impronta quando si allunga la mano per prendere la saponetta.

Coincideva. Spotorno aveva bene in mente la topografia della casa e la distribuzione degli oggetti, e aveva pure notato diverse confezioni di un prodotto a base di lisoformio, in via Siccheria. E un paio di guanti di gomma rosa a cavallo del rubinetto della cucina. Doveva essere una donna meticolosa, ordinata, una maniaca dell'igiene. Non l'aveva detto anche Maddalena che Nunzia era un tipo molto preciso?

L'assenza di altre impronte, a parte quelle della donna e la traccia dell'indice di Rosario, confermava anche un'altra cosa. Che quelli che avevano fatto il colpo erano dei veri professionisti travestiti da balordi. Anche loro dovevano avere usato i guanti.

Resistette fino a mezzogiorno prima di chiamare il medico legale. Il quale aveva appena finito l'autopsia sul cadavere di Nunzia.

Che mi puoi dire?

Due colpi devastanti, inferti dall'alto verso il basso. Frattura del parietale, con fuoriuscita di...

Risparmiami i dettagli. Ora della morte?

Un intorno delle due del mattino. Morte quasi istantanea.

Cosa hanno usato?

Direi che l'ipotesi del tubo Innocenti è la più verosimile. Basta aspettare i riscontri delle analisi tra le sostanze trovate in prossimità della ferita e quelle sui campioni prelevati dal mucchio di ferraglia e ne avremo conferma piena.

Altro di interessante?

Niente. A parte che la tua signorina non era affatto una signorina. Non so se mi spiego. Ma questo dettaglio, di questi tempi, che può mai significare? En passant, nonostante l'età non era affatto male. Biologicamente parlando, aveva una decina d'anni in meno della sua età cronologica. Capelli ancora neri, fino alla radice, seno sodo, gambe...

Ma a voi medici legali non vi prendono se non avete tendenze necrofile?

È il mestiere, Vitto'. Se non lo sei almeno un po' in partenza, o lo diventi in corso d'opera o non reggi la professione. Forse che voialtri sbirri per vocazione, sotto sotto, non avete per i grandi criminali una forma di ammirazione che talvolta si trasforma in vera e propria invidia? È lo stesso principio.

A Spotorno venne in mente la frase trovata in un libro che aveva letto durante il servizio militare:

... c'erano delitti perché c'erano poliziotti...

Un libro scritto da uno svizzero con un cognome che sembrava finto, un tale che era stato una delle più precoci passioni letterarie di Amalia. A lui era sembrata una di quelle frasi studiate a tavolino per mettere i cervelli in corto circuito:

È nato prima l'uovo o la gallina? Qual è il rumore di una sola mano, quando le batti l'una contro l'altra? Come si fa a tirare fuori un'oca da una bottiglia, senza uccidere l'oca e senza rompere la bottiglia?

Stupidi giochini Zen. Non aveva dimenticato la sua prima reazione di allora: Cosa ne possono mai capire, gli svizzeri, di delitti? Forse che esistevano gli assassini, nella Confederazione, fuori dai romanzi polizieschi?

Salutò il medico e mise giù.

Puleo aveva lasciato una pila di fogli accanto al computer. I tabulati con i nomi dei possibili contatti dell'ex motociclista Scannariato Salvatore. Alla fine aveva riunito in un'unica lista i nominativi, suddividendoli per categorie, ordinati alfabeticamente per cognome, e aveva stampato tutto su modulo continuo. Il tabulato degli universitari era il più lungo, poco meno di quattrocento persone, tra docenti, non docenti e avventizi vari, valutò a occhio Spotorno. Accanto alla maggior parte dei nomi era riportata la qualifica o la funzione. Parecchie righe riportavano solo cognome e nome, ma accanto ad alcuni di essi Puleo aveva aggiunto di suo pugno a matita gli altri elementi di identificazione che via via era riuscito a mettere insieme: studente interno, assistente volontario, tirocinante...

Spotorno si ripromise di dare anche lui una buona scorsa alla lista, appena possibile. Prima di posare i fogli notò che Puleo aveva sottolineato a matita uno dei nomi, aggiungendovi accanto un punto interrogativo. Basile Manfredi, assistente tecnico, livello 06.

Avvertì un nuovo calore alla base del collo. Mi sta tornando la febbre, pensò. Invece no. Continuava a contemplare quel nome. Anche lui l'avrebbe sottolineato. Ma perché?, si chiese. E dov'era finito Puleo?

Quasi avesse deciso di rispondere alla domanda non formulata, il giovane agente entrò sommessamente nella stanza stringendo tra pollice e indice un bicchierino di caffè bollente che porse al suo capo. Spotorno mandò giù, cestinò il bicchiere e batté con aria interrogativa l'indice sul nome sottolineato.

Puleo si schiarì la gola:

Dottore, ricorda il libretto di circolazione della 127 di Alamia?

Un istante prima che Puleo riprendesse a parlare Spotorno rivide mentalmente la pagina del documento con l'annotazione e approvò con la testa:

E bravo Saverio. La prima proprietaria si chiamava Manfredi Anna, residente a Monreale in via...

In piazzale dei Martiri della Resistenza 12.

Questo qui però si chiama Manfredi di nome, non di cognome: Basile Manfredi...

All'inizio c'ero cascato pure io, dottore. Se non fossi andato al dipartimento dove lavora Scannariato, quando abbiamo preso le prime informazioni su di lui, la cosa sarebbe passata liscia.

Perché, che è successo, al dipartimento?

È successo che mi è capitato di sentire un professore che parlava con uno, chiamandolo Basilio. Basilio, non Basile. Questo Basilio era uno sulla trentina, in camice azzurro, che lì da loro è una specie di divisa dei tecnici. Quindi uno che lavora dentro il dipartimento, non un visitatore occasionale. Ora, se prende i tabulati del personale universitario, i fogli che lei tiene sotto gli occhi, vede che non c'è nessun Basilio, ma in compenso c'è un Basile...

E..., incalzò Spotorno.

E in effetti l'inghippo c'era. Ho appena controllato con il loro centralinista, senza dire che ero la polizia, inventandomi una scusa per non mettere nessuno in allarme. Risultato: nessun Basile, ma un Manfredi Basilio.

Assistente tecnico, livello 06.

Appunto.

Un errore, pensò Spotorno. Un fottutissimo errore di trascrizione. Hanno invertito il nome con il cognome e l'hanno aggiustato strada facendo perché Basilio a qualcuno dei nostri gli sembrava troppo strambo. E noi per colpa di qualche piscialetto saccente abbiamo bruciato come minimo una settimana. Inutile andare a caccia del responsabile, pensò; anche qua dentro lo sport nazionale è lo scaricabarile. Bisognerebbe espellerli dal Corpo. E poi pure dall'anima.

Non si spiegava quell'accesso di rabbia muta che gli stava montando dentro. Dovette ammettere con se stesso che proprio lui ne era il bersaglio principale: al posto di Puleo, sarebbe stato in grado di cogliere la connessione, lui, il grande Investigatore della polizia di Stato? Dovrebbero espellere me dal Corpo, pensò. E al diavolo l'anima. Aveva commesso il peccato capitale per uno sbirro: lasciarsi coinvolgere personalmente e sul piano emotivo in un'indagine delicatissima. La verità è che questo mestiere mi sta logorando più in fretta del necessario, concluse.

Si riscosse. Puleo, che certe cose le capiva al volo, aveva distolto pudicamente lo sguardo, imbarazzato dallo strip-tease mentale del suo capo. Uno strip puramente indiziario.

Va bene, Save', abbiamo una traccia. La persona che ha venduto la macchina a Rosario, sì, insomma, ad Alamia, ha lo stesso cognome di un tizio che lavora nello stesso dipartimento del proprietario della motocicletta usata per l'agguato. Forse è una coincidenza, forse non c'è nessun rapporto.

Dottore, lo sa quanti Manfredi ci sono sull'elenco telefonico? Non più di una dozzina. Non è un cognome molto diffuso, né in città né in provincia. Mi sembra troppo per una coincidenza.

Meglio così. Se scopriamo che tra quella Manfredi e questo qua c'è una connessione, metti che siano parenti, qualcosa potrebbe significare. La traccia è labile, labilissima, ma se davvero salta fuori un legame, dobbiamo passarli tutti e due a pettine fitto. Parentele, amicizie, la solita roba. Come abbiamo fatto con Scannariato. Gli dobbiamo stare addosso senza perderli mai di vista, ma con discrezione. Senza avere fretta.

Non sapeva nemmeno lui perché l'aveva detto. Possibile che sentisse l'esigenza di sminuire il successo del suo giovane sottoposto?

Puleo stavolta non fece in tempo a dissimulare uno sguardo composito, mezzo punto di preoccupazione e uno di stupore, come un famoso aperitivo che a lui risultava molesto.

Spotorno aveva sempre teorizzato la regola dei tre giorni: tre giorni la durata di uno scirocco canonico, tre giorni per una marettata di ponente, tre giorni per risolvere una febbre forte, tre giorni al massimo per venire a capo di un omicidio.

Diceva sempre che il tempo è il nemico numero uno dell'indagine, e dentro una indagine per omicidio, da che Puleo lo conosceva, si era sempre buttato con una determinazione che rasentava la ferocia.

Lo so che cosa ti passa per la testa, Save': stai pensando che mi sono rincoglionito. Bloccò con un gesto della mano l'accenno di protesta di Puleo: forse mi sono rincoglionito per davvero. Però ascoltami bene: dimentica per una volta quello che ti hanno insegnato al corso, e pure quello che puoi avere sentito dire da me. Ci sono casi di omicidio che se non li risolvi in tre giorni non li recuperi più per la vita. Sono casi da fast food. Questo che abbiamo per le mani invece è come la scampagnata di Ferragosto alla Favorita, quando persino la nonna arteriosclerotica ha la pazienza di aspettare il suo turno per la pasta al forno, seduta sulla sedia, dentro il cassone della Lapa, con il mellone in braccio. Sono casi che se ti ci butti a corpo morto è come se ti tuffassi di testa dentro una piscina vuota. E quella che ora abbiamo per le mani è una di queste indagini lente. Ci puoi mettere la firma. In questo preciso momento ci sono persone che cercano di prevedere le nostre mosse. È una partita a scacchi, e loro lo sanno che qua dentro non siamo necessariamente tutti fessi. L'omicidio della signorina Ingrassia Nunzia, per loro, deve essere stata un'esigenza vitale, perché commettendolo sapevano di elevare, e di molto, il loro potenziale di rischio. E noi non dobbiamo fare passi falsi. Devi averlo intuito pure tu, perché sei stato attento a non fare capire al telefonista del dipartimento che c'era qualcuno interessato a Manfredi Basilio. E hai fatto bene. Detto questo, però, dobbiamo essere realisti. Cos'abbiamo di concreto in mano?

In mano teniamo quello che eravamo partiti a cercare, e cioè un collegamento tra un compagno di lavoro di Scannariato e una donna che avendo venduto la macchina ad Alamia potrebbe anche non essere del tutto estranea all'ambiente del morto. Un collegamento tutto da verificare, d'accordo. Ma senza volerle mancare di rispetto, dottore, le sembra poco?

Puleo aveva ascoltato il pistolotto senza lasciarsi smontare, notò con soddisfazione Spotorno. Era consapevole di avere inflitto una piccola doccia scozzese al giovane agente. Lasciò affiorare un sorriso che si sforzò di non rendere sardonico:

E chi lo dice che è poco, Save'? Il problema semmai è un altro: il problema è che noi cercavamo qualcuno da mettere in relazione con Mancuso, e quando questo qualcuno spunta per davvero, si scopre che non è con il morto principale che è in relazione, ma con quello, diciamo così, accessorio. La Manfredi Anna l'aveva venduta a Rosario, la 127, non a Mancuso. Comunque stiamo facendo discorsi persi. Prima di ragionare sulle ipotesi costruite su altre ipotesi è meglio verificare come stanno veramente le cose. Domanda numero uno: sono parenti Manfredi Anna e Manfredi Basilio? Al resto ci pensiamo dopo.

Puleo annuì e fece per uscire dalla stanza. Spotorno aspettò che fosse quasi sparito oltre la soglia, prima di bloccarlo:

Save'... Si avvicinò all'agente e gli batté con la mano sulla spalla:

Bravo, Save'. Bravo davvero.

Puleo arrossì. Spotorno si sentì esausto.

Arrivò a casa troppo presto, per i canoni del proprio super-Io da sbirro.

La luce era ancora intensa e Amalia sfogliava pigramente una rivista femminile, seduta sul balcone a sud. Faceva girare a basso volume un nastro di Guccini, sua passione giovanile mai rinnegata, e canticchiava qualche verso di una vecchia canzone il cui titolo persino Spotorno ammetteva ormai di ricordare: *Ophelia*.

In apparente contrasto con le leggi della fisica classica, gli ultimi raggi del sole, abbandonata la linea retta, aggiravano i colli di San Lorenzo, sui quali, di passaggio, depositavano una luminosità rosata. Dal viso di Amalia, invece, sembravano sopra tutto sottrarre tempo. Lei sorprese su di sé quello sguardo insolitamente prolungato e alzò la testa scrutandolo a sua volta con aria interrogativa.

Dove sono i ragazzi?, chiese Spotorno.

Nella loro stanza. Emanuele è stato una làstima per tutto il giorno.

Stefano, il grande, era sdraiato pancia a terra sulla stuoia di fibra di cocco, perduto dentro le pagine di un Asterix in inglese, che doveva avere sottratto alla collezione materna. Amalia li usava – con scarso successo, a suo dire – nel tentativo di interessare le menti riottose dei suoi alunni allo studio della lingua.

Emanuele stava in piedi, davanti alla scrivania in laminato plastico, intento a spiumare giudiziosamente un piccolo mazzo di fiori quasi appassiti, ma di un azzurro ancora intenso. Staccava i petali uno per uno e li metteva a mollo in una vaschetta piena d'acqua.

Cosa fai?

Metto i petali a bagno per una settimana, e poi uso l'acqua per innaffiare le rose bianche di mamma. Me l'ha detto lei che potevo prenderli io, i fiori. Erano da buttare.

Ma perché lo fai?

Poi, quando le rose fanno i semi li raccolgo e li metto nella terra. Spunteranno le rose blu.

Chi te l'ha detto?

Lorenzo, me l'ha detto.

E tu ci credi?

No, lui ci racconta sempre un mare di palle. Però non si sa mai, io che ci perdo? Lo sai che non esistono le rose blu? Chi le inventa diventa l'uomo più ricco del mondo.

E tu ci tieni?

Il ragazzo lo guardò sorpreso. Non si parlava mai di soldi, in casa Spotorno. Mai davanti ai ragazzi, almeno.

E se andassimo a prendere una pizza?, buttò lì Spotorno. Un'esca lanciata sopra tutto a se stesso.

Fu una cena silenziosa, nonostante la rumorosità dei ragazzi. Amalia era anche lei assorta e sembrava condividere solo meccanicamente l'allegria scatenata dei figli. Attraversava una di quelle fasi, per lei rare, nelle quali metteva a riposo il suo cordone ombelicale, solitamente bello teso e reattivo. Un cordone che lei sentiva invariabilmente tirare sopra tutto quando i ragazzi erano fuori dal suo controllo oculare o almeno auditivo. Ma anche in loro presenza, il cordone le notificava spesso la propria urgenza anelastica.

Seduto di fronte a lei, a un tavolo per otto di una pizzeria semideserta di Resuttana, incerto se dare fondo ai residui centimetri, ormai tiepidi, di una bionda alla spina, Spotorno ripensò agli ultimi sviluppi del pomeriggio, alle informazioni che Puleo, non senza soddisfazione, gli aveva messo sotto il naso poco prima che il commissario decidesse di considerare chiusa la propria giornata di lavoro.

Manfredi Anna era una sorella del padre di Manfredi Basilio. I due erano zia e nipote, anche se erano quasi coetanei.

Spotorno aveva raccomandato a Puleo di allargare il giro. Di considerare i due Manfredi come i poli di due spirali da ricostruire punto per punto: mogli, mariti, genitori, parentela allargata, amicizie...

Le stesse cose che gli aveva detto al mattino.

Lui, però, che era sempre così bravo a spiegare agli altri come dovevano lavorare, non era ancora riuscito a fare nessun progresso verso l'unico obbiettivo che si era posto personalmente in quell'indagine: l'incursione alla Cappella delle Dame. E la febbre c'entrava fino a un certo punto. Come pure l'assassinio di Nunzia.

Si sentì gradualmente invadere da un umore ipocondriaco, come non gli capitava dai tempi del liceo. Mi stanno cambiando gli ormoni?, si chiese con una punta di angoscia. Si trattava forse di un inizio di andropausa? È presto, rifletté, sono ancora troppo giovane. Aveva sentito dire che l'evento era accompagnato dalla caduta dei capelli. Però era stato Lorenzo a dirlo, e come aveva sentenziato poco prima Emanuele, La Marca non era proprio il massimo dell'attendibilità. In ogni caso, Spotorno i capelli li portava corti, ma erano ancora neri e belli folti.

Come quelli di Nunzia, a dire del medico legale.

Capitolo XII
Le ricette di Spotorno

L'interazione tra l'arte gastronomica e il commissario Spotorno – Amalia ne era convinta – ruotava tutta intorno a una relazione di causa-effetto: i suoi attacchi di irrequietezza del sabato sera lo pilotavano talvolta fino ai fornelli. Per la verità, dopo anni di assidua frequentazione coniugale, lei non era ancora riuscita a decifrare con sufficiente attendibilità l'esatta sequenza, e ogni tanto si chiedeva con una punta di rassegnazione se era davvero l'irrequietezza a spianare al consorte la strada verso la cucina, o se piuttosto non era l'esito, spesso frustrante, dell'esperimento gastronomico a renderlo irrequieto.

Ora, mentre avanzavano fianco a fianco sulle balàte della via Ponticello alla velocità di un paio di nodi, un'andatura comoda, da crociera domenicale, il commissario passava in rassegna tutte le tappe, alla caccia dell'indizio giusto, ovvero del passaggio sbagliato che aveva fatto da epicentro per il lieve attacco di dispepsia notturna: un quarto grado Mercalli gastrico, valutato a occhio.

Forse ho messo troppi pinoli e non ho ammollato a sufficienza la passolina, ipotizzò.

Per fortuna, nonostante l'azzardo del cumino insieme con il finocchio selvatico, a tavola lo spezzatino di pesce spada era passato liscio. Almeno così gli era parso, a giudicare dall'azzeramento delle scorte. Magari era solo fame. I ragazzi erano due idrovore. Loro però sembravano avere superato la notte senza problemi. Come pure Amalia.

Lui, invece... prima la febbre e poi la dispepsia... lui che non aveva mai perso un solo giorno di scuola o di lavoro per malattia.

È colpa di questa maledetta indagine, decise.

Nonostante l'aria umida e afosa c'erano in giro molte più persone, rispetto alla sua precedente visita domenicale. Comitive di turisti con i nasi all'aria, sparpagliati tra la cattedrale e i Quattro Canti, e gruppetti di africani che discorrevano in una lingua a tratti aspra, intorno al Santa Chiara, o si concedevano una birra ghiacciata in piazza Bologni, davanti all'osteria Carlo V.

Una volta Spotorno ci aveva pranzato con il vecchio Schirosa, durante una sciroccata memorabile, ed era rimasto piacevolmente stupito dalla temperatura fresca dell'interno del locale, neanche fosse stata una vera stanza dello scirocco. Una colazione ruvida, bagnata con un vino asprigno, figlio di un'annata bastarda: l'ideale per avventori assetati sopra tutto di lavoro.

Arrivarono in vista della cappella. Il portone era aperto, anche se solo a metà, e Spotorno prese atto con un certo disagio della propria reazione al limite del disappunto. Un alibi di meno. Cosa stava tentando di non sapere?

Gli partì il riflesso di cercare la vecchia del pianterreno, ma le persiane stavolta erano completamente serrate. L'ingresso della cappella era presidiato da un giovane in calzoni grigi, giacca blu, cravatta argentata e scarpe scintillanti. Alla prima occhiata Spotorno lo catalogò come il classico rappresentante del tipo di fauna che lo rendeva nervoso. Riavvertì un lieve spasmo, un ripasso della dispepsia notturna, come il richiamo di una vecchia vaccinazione. Il giovane li squadrò con aria di lieve censura, troppo a proprio agio, per la sensibilità del commissario:

Loro sono invitati?

Lo chiese con un tono eccessivamente garbato, nel quale Spotorno indovinò una sfumatura di sufficienza.

Notò che il giovane aveva un piccolo scudetto di stoffa cucito sul taschino della giacca. Uniforme standard, il tipico look da commesso di boutique maschile di lusso, pensò. I colori dello scudetto e del disegno arborescente ricamato sopra con un filo dorato gli ricordavano lo stemma di una squadra di calcio. Il Lecce, forse? Lui ci aveva fatto il CAR, a Lecce, e una volta lo avevano trascinato allo stadio per una partita tra militari.

Solo in quel momento avvistò la coda di un'auto presumibilmente lunga, nera, lucida di un lucido minaccioso, spuntare dall'angolo della piazza Ponticello, a valle, verso la via Maqueda. E altre auto eleganti parcheggiate intorno alla chiesa di Nostra Signora di Lourdes.

Ah, c'è un matrimonio, disse.

Loro sono invitati?, ripeté il giovane.

Siamo venuti a visitare la cappella, chiarì Spotorno. Più lo guardava, più il tipo gli risultava indigesto. Un potenziale untore di dispepsia. Il giovane si rilassò:

Ah, capisco, disse, dopo un'occhiata sobria all'abbigliamento a-matrimoniale dei coniugi Spotorno.

Il commissario aveva optato per un compromesso tra la tenuta professionale dei giorni di lavoro e quella informale dei festivi: una polo nera sotto la giacca del completo color senape. Amalia, in gonna jeans e blusa di lino greggio, non aveva l'aria di sentirsi fuori posto, e squadrava a sua volta il tizio con espressione dolcemente neutra, da madre di famiglia in contemplazione di figli fortunosamente altrui.

Devono aspettare che la cerimonia finisca, disse il giovane sussiegoso. Ci vorrà una mezz'ora. Poi potranno visitare la chiesa. Ma solo per pochi minuti. È una cappella privata, e per le visite occorre chiedere un'autorizzazione alla...

Spotorno immagazzinò un bel po' d'aria e si preparò a sibilare qualcosa di cui pentirsi in seguito.

Amalia gli posò una mano sul braccio:

Ho voglia di un caffè, disse.

Spotorno esibì al ragazzo la sua migliore faccia da ringrazia il cielo che ti è andata bene. Ciò che lo indisponeva di più era la consapevolezza di avere torto. Quello si limitava a svolgere le proprie mansioni. Solo era un po' troppo perfettino.

Pilotò Amalia su per la salita Raffadali e per vicolo Castelnuovo. Sbucarono in corso Vittorio e proseguirono verso la cattedrale, fino al bar preferito di Spotorno. Gli capitava di andarci se non aveva voglia di incontrare le solite facce al bar della Centrale; o quando doveva vedere persone alle quali, un po' per riguardo, un po' per convenienza, voleva evitare l'impatto con le stanze velatamente intimidatorie della Mobile. E talvolta si trattava persino di tipi sospettati di reati pesanti, ma dei sospetti atipici, da studiare con discrezione. E quando la discrezione era proprio indispensabile, gli capitava persino di convocarvi qualche malacarne che impiegava come confidente. Uomini quasi mai di buona volontà, che pure Spotorno si asteneva rigorosamente dal giudicare.

Il bar aveva una sala interna, spesso deserta, dov'era possibile parlare con una certa riservatezza. Il dubbio che avrebbero anche potuto piazzare una microspia nel locale, per ascoltare i suoi segreti, lo sfiorava solo come una mera ipotesi di lavoro. Si fidava troppo dei propri sensori per prendere seriamente in considerazione l'eventualità. Il titolare era un buon diavolo che indossava in permanenza una faccia da giorno festivo, e a lui sarebbe bastata un'occhiata a quella faccia per capire se c'era qualcosa che non andava. Uno sguardo e un po' della solita diffidenza.

D'altro canto, i confidenti erano spesso noti anche alla controparte. E non di rado venivano tollerati. Se non addirittura usati per fare arrivare in modo ambiguo messaggi che risultavano senza equivoci agli uomini capaci di decriptarli. Era tutto un equilibrio di dare e avere. Faceva parte del gioco, la parte non ufficiale, la parte non dichiarabile delle regole. Bastava capire quando fermarsi. Da entrambi i lati della vecchia, sottilissima linea rossa.

Il caffè lo rilassò.

Avevano perso più tempo del previsto, e accelerarono di un mezzo nodo la velocità di crociera verso la via Ponticello. Gli invitati cominciavano a uscire dalla cappella. La lunga macchina nera era stata completamente sguainata dalla piazzetta, e ora ronfava col motore al minimo, tenuto in vita dal giovane sussiegoso seduto dietro il volante, in attesa degli sposi, accanto al portone d'ingresso.

Il ragazzo si accorse di loro e fece un gesto cerimonioso con la mano, a segnalare che l'ingresso era libero. Amalia preferì aspettare l'uscita della sposa, per poterle dare una buona occhiata critica, un'occhiata da donna a donna, alla luce piena.

Uscì la sposa. Una ventenne dalla solita bellezza cerimoniale delle spose in bianco. Troppo scollata, pensò Amalia. Spotorno disperse gli occhi per troppi secondi dentro un décolleté sovraccarico, mentre una sinapsi beffarda sovrapponeva l'anatomia della vecchia impicciona di via Ponticello all'immagine mentale di una inesistente principessa di Tinchité annegata nelle crinoline.

Qualcuno lanciò il riso, ma senza strafare, come si addiceva ai luoghi.

Oltre il portone ci fu la sorpresa. Non c'era la cappella che Spotorno si era aspettato, ma un corridoio breve, seguito da un minuscolo porticato. A destra, una prima porta serrata e, poco oltre, una seconda porta che immetteva in un salone, cui seguivano altri due grandi locali, arredati con pochi mobili di molto nobile decrepitezza. Tre o quattro giovani asiatici – indiani o forse pakistani – si davano da fare a sistemare, a portare via gli addobbi floreali e parecchie sedie ricoperte di broccato color magenta, sotto le direttive di una donna anziana dal look contrastato: tailleur severo e disposizione materna. Una donna più giovane, alta, elegante, teneva d'occhio ogni cosa senza averne l'aria. Ad Amalia sembrò che emanasse aristocrazia persino dai sopratacchi.

A sinistra del porticato, un'oasi privata, piccolissima e inimmaginabile per qualsiasi passante che si fosse limitato a contemplare dall'esterno il fronte di case della via Ponticello: un grande ficus un po' malconcio, con intorno aspidistre, piccole palme, rosai, agrumi in fiore, philadelphus, pothos, philodendron, papiri, cycas, dracene, un giovane glicine, e persino un mandorlo con le foglie ipertrofiche e con pochi frutti ancora attaccati ai rami.

Ecco perché è sempre chiuso qui, disse Spotorno, se lo tengono bello stretto e tutto per loro. Vai a dargli torto. Io, se fosse mio, ci metterei pure il filo spinato.

Non lo sapevi?, disse Amalia, la chiamano informalmente La Cappella delle Dame, però il nome ufficiale è Congregazione delle Dame del Giardinello al Ponticello. Ed ecco qua il giardinello. Bel posto, no?

Attraversarono il giardino, calpestando una vecchia pavimentazione a mattonelle di maiolica con un disegno antico e arabeggiante, ed entrarono nella cappella.

Amalia notò subito la piccola lapide con la scritta: Viderunt eam filiae Sion.

Spotorno la donna in piedi.

Non c'erano panche, nella cappella, a parte gli stalli dall'aria preziosa, disposti lungo le pareti, protetti da lunghi cordoni che ne interdivano l'accesso. La donna aveva scelto l'angolo maggiormente in ombra, una collocazione estrema, laterale. Un tentativo di mimesi, uno staccarsi dal contesto presumibilmente gioioso di una cerimonia nuziale. Scelta che, al contrario, aveva avuto l'effetto di renderla ancora più visibile. Specie per quell'atteggiarsi del corpo, con il viso affondato nel palmo delle mani, quell'abbandono troppo avversato per non apparire insieme insopprimibile e straziato.

Suo malgrado, Spotorno si era immobilizzato a fissarla in una posizione da cane da punta, e a furia di guardarla gli sembrò di percepire un fremito, quasi un sussulto, muoverle le spalle e il velo scuro che portava sul capo, come se la donna si stesse sforzando di frenare il pianto.

Amalia ritirò gli occhi dalla contemplazione degli affreschi sul soffitto e intercettò lo sguardo di Spotorno. Fu sufficiente un cenno interrogativo, appena percettibile, in direzione della donna. Spotorno annuì.

Quasi in risposta a quel muto dialogo, la Dama Bianca sembrò riaffiorare al mondo sensibile, e dopo un ultimo sussulto staccò a malincuore le mani dal viso. Non aveva l'aria di notare niente intorno a sé, come se fosse sigillata dentro una bolla che lasciava passare la luce solo verso l'interno.

Si avviò verso una porta che forse immetteva in una delle sale, ma quando fu a un passo dalla soglia, un prete uscì dalla parte opposta, a piccoli passi nervosi, rischiando di finirle addosso.

Nonostante l'uomo portasse il clergyman e non la desueta veste talare dei gesuiti, Amalia lo classificò all'istante. I gesuiti non indossavano quasi mai la vecchia tonaca senza bottoni, tenuta insieme con la fascia nera in vita. Troppo emancipati. E da troppo tempo. Le stimmate dell'ordine erano tutte impresse negli occhi e nel linguaggio del corpo del prete. Elementi che Amalia non sarebbe mai riuscita a formulare in termini oggettivi, ma che pure non lasciavano spazio neanche al beneficio del dubbio.

Le capitava lo stesso con i gay occulti, persino con quelli che forse non erano arrivati ad ammettere il loro status nemmeno con se stessi. Amalia lo sapeva prima di loro.

Spotorno aveva imparato a non sottovalutare le diagnosi della consorte dopo essere diventato l'oggetto indignato di un'avance discreta e mai più ripetuta, da parte di un insospettabile vicequestore che Amalia aveva catalogato all'istante, la volta che tutti e tre si erano incrociati davanti alla cassa di un cinema all'aperto.

È un po' flessuoso, aveva commentato, a dispetto dell'appeal ferrigno dell'uomo.

Era la sua perifrasi usuale, il suo personale understatement per definire i gay. Le lesbiche, invece, erano «molto amichevoli con le signore». Echi di un vecchio perbenismo parentale, riesumato in chiave autoironica.

La Dama Bianca parlò al prete. Un mormorio di poche parole inintellegibili. Il prete fece un passo indietro, come se avesse voluto mettere meglio a fuoco il viso della donna. Poi abbozzò una protesta, ma cambiò idea in corso d'opera, e la interruppe a metà, facendo segno alla donna di seguirlo. Scomparvero tutti e due oltre la soglia, nella sala attigua.

Amalia si avvicinò a Spotorno:

È ancora più bianca di come l'avevi descritta. Mi pare una che ha bisogno di aiuto.

Spotorno ebbe un lungo momento di incertezza sul da farsi. Poi gli venne una vecchia idea sbirresca.

Andiamo, disse. Si avviò verso l'uscita, senza controllare se Amalia gli stesse davvero venendo appresso. La sicurezza mal riposta del maschio arabo, biascicò lei tra sé. Ma non era una notazione autobiografica, almeno per quanto riguardava il mal riposto.

Prima di seguirlo, si chinò a raccattare qualcosa da uno degli stalli. Un pieghevole a due ante, in cartoncino color crema, con una illustrazione a colori sulla prima facciata. Riproduceva la tela appesa sopra l'unico altare della cappella: una madonna cinta di angeli puttiformi e sovrastata da una figura barbuta. Il quadro era incastonato dentro una cornice tutta riccioli e foglie d'acanto, di un rococò sforzato. All'interno del pieghevole, due facciate fitte di scrittura.

La luce era scarsa, nella cappella, e lei aveva dimenticato gli occhiali che da sempre le erano indispensabili per leggere. Un vezzo, più che una vera dimenticanza, perché non ci teneva a mostrare di averne bisogno. Mise il pieghevole nella borsa, riservandosi di leggerlo a tempo perso.

Fuori rimasero abbagliati per qualche istante dalla luce forte. Spotorno scrutò rapidamente la stradina, a monte e a valle, poi la risalì per alcune decine di metri, superò Casa Professa, finché non trovò quello che cercava. Una Y10 blu notte, parcheggiata di fianco a una saracinesca abbassata.

Tornò indietro, raggiunse Amalia, e insieme si avviarono verso la 131. Di passaggio notò che la vecchia impicciona lo spiava da dietro le scalette delle persiane, tenute a fessura. Ebbe la tentazione di farle un cenno con la mano, ma non era in vena di futilità.

Avevano lasciato la macchina nella breve stradina di collegamento tra via dell'Università e piazza Casa Professa, estuario della via Ponticello.

L'antico nome della strada, inciso sulle targhe di marmo dallo scalpellino, era via Rimpetto Casa Professa. In anni più recenti vi avevano sovrapposto la nuova denominazione di via Nino Basile, impressa con il normografo e con una vernice bordò che col tempo si era deteriorata, rendendo illeggibile sia il vecchio che il nuovo nome.

Un tentativo di depistaggio della memoria perfettamente riuscito. Amalia, anni prima, era risalita al nome della via interrogando uno dei residenti.

Salirono sulla 131. Spotorno invertì la direzione di marcia, spostò la macchina contro senso, quasi fino all'angolo con la piazza Casa Professa, e spense da capo il motore.

Cosa aspettiamo?, disse Amalia.

La tizia della cappella.

Non ha un nome?

Caminiti Aurora, anni 34.

Per una forma estrema di riserbo che confinava con il pudore, Spotorno aveva tenuto per sé la definizione di Dama Bianca.

E perché l'aspettiamo?, riprese Amalia, dopo breve riflessione.

Ha lasciato la macchina più in alto, verso Ballarò. C'è senso unico a scendere, deve passare per forza davanti a noi.

E allora?

La seguiamo. Ha una Y10 blu.

Ma ti pare una cosa professionale portarsi la moglie a un pedinamento? Di domenica, per giunta. Il commissario Maigret non si è mai sognato di coinvolgere la sua signora in una indagine. E io a quest'ora dovrei essere a casa a rilassarmi facendo cose da femmina.

Proteste di facciata. Non era mai capitato che uno dei casi rognosi di Spotorno si infiltrasse fino a quel punto nella parte in comune delle loro vite. Rompeva la routine. E poi non riusciva a prendere troppo sul serio quella faccenda di appostamenti e pedinamenti che sapeva troppo di romanzi gialli con un detective dilettante un po' fesso. Cosa si aspettava il signor commissario da quella marcatura stretta?

Proprio in quel momento, il prete della cappella sfilò davanti alla prua della 131. Magro, segaligno, sulla settantina, andatura svelta, scattante. Amalia registrò con un pizzico di soddisfazione che si dirigeva verso l'ingresso della Rettoria, principale residenza cittadina dei gesuiti, a sinistra della chiesa del Gesù, che tutti conoscevano come Casa Professa. Uno dei due portoni dipinti di verde era spalancato, e il prete sparì all'interno.

Un gesuita, dunque. Era mai stato in discussione?

Spotorno annotò il dato a futura memoria, per eventuali, più sofisticate indagini sulla Dama Bianca. Ma i gesuiti, lo sapeva bene, erano gli ossi più duri di tutti, in campo clericale. Autentici muri di gomma. La carta della disperazione.

La donna sopraggiunse dopo qualche minuto. Si era tolta il velo, e ancora una volta Spotorno rimase folgorato da un'impressione di bianco e nero, da istantanea troppo contrastata: un fotogramma sovraesposto, stampato sulla carta Brovira n. 6. Da liceale si era dilettato a stampare in proprio fotografie estreme, in una camera oscura arrangiata in bagno.

Stavolta i capelli nerissimi della donna erano raccolti e tirati dietro la nuca, divisi da una scriminatura centrale che le tracciava sulla testa un sottilissimo canyon candido: una funzione vessillifera, di sicuro non voluta, in contrasto con quello che sembrava la ricerca ossessiva di un tono dimesso. Almeno, così la pensava Spotorno. Una pettinatura inflessibile, che metteva a nudo lineamenti affilati, zigomi sporgenti, e un profilo da vecchio coccio protoellenico passato indenne attraverso il tempo.

Così doveva apparire Penelope, nelle ore trascorse a disfare la trama.

Passò anche lei davanti al muso della 131, e fu come assistere al passaggio della rappresentazione caravaggesca di un mistero doloroso. Portava scarpe chiuse, nere, tozze, quasi maschili, e un vestito scialbo, in maglina di cotone, di un azzurro faticoso. Camminava a falcate lente, meccaniche, senza deflettere da una linea retta virtuale, un'andatura che induceva a piccoli cambi di rotta le persone che la incrociavano dalla parte opposta.

Amalia si accorse di stare trattenendo il fiato, e anche Spotorno ebbe la sensazione che il cuore rallentasse i battiti.

La donna sparì alla vista e ricomparve dopo un paio di minuti alla guida della Y10 blu. Spotorno aspettò che passasse lentamente davanti a loro, prima di mettere in moto. La seguì mantenendosi a una ventina di metri. Non c'era il rischio che si accorgesse di essere seguita, assorta com'era in se stessa. Spotorno era sicuro che se pure si fosse accorta del pedinamento non gliene sarebbe importato gran che.

Passarono davanti alla cappella, che aveva recuperato l'aspetto usuale, con il portone di nuovo chiuso. La Y10 attraversò via Maqueda e tirò dritto per la via Calderai. I turisti si erano rarefatti, messi in fuga dal sole sempre più a picco e richiamati dall'aria condizionata dei ristoranti o dai tavolini nelle zone d'ombra delle trattorie del centro.

La città opponeva alla luce solo una resistenza formale, giusto per il principio. Poi vi si abbandonava, ed era una resa totale.

La donna svoltò a sinistra in via Roma e poi ancora a risalire per il Cassaro.

Guidava piano, all'apparenza poco attenta alle altre auto e ai semafori. Ai Quattro Canti Spotorno temette che volesse ignorare il rosso, finché il passaggio di un autobus in via Maqueda non la costrinse a una frenata d'istinto. Lui lasciò insinuare un paio di auto tra la Y10 e la 131. Amalia decise di spremere il massimo da quella mattinata e si predispose a godersi la scarrozzata su per il Cassaro. Non capitava spesso che lei e il signor commissario fossero sguinzagliati insieme per i Quattro Mandamenti, in pieno giorno, e che lei non dovesse badare alla guida.

Dopo la cattedrale svoltarono per la via Bonello, poi attraversarono il mercato delle Pulci, fino al corso Alberto Amedeo. Momento di fiacca, per i venditori di roba vecchia; solo qualche sporadico appassionato di cianfrusaglie sfidava la sorte rovistando tra la polvere. In uno di loro Amalia riconobbe uno scrittore famoso, amatore di incisioni d'arte. Nonostante l'afa indossava un vestito intero, di un colore chiaro un po' démodé e una cravatta in tinta unita. Aveva l'aria sofferente e si muoveva con cautela, aiutandosi con un antiquato bastone con il pomo.

Da piazza Indipendenza la Y10 imboccò il corso Calatafimi e lo risalì tutto, fino alla circonvallazione. Da un pezzo Spotorno era sicuro della meta finale della donna.

Amalia parlò per la prima volta dall'inizio di quell'assurdo pedinamento:

Non mi regali mai fiori, disse.

Spotorno trasalì. Poi, con la coda dell'occhio, vide sfilare dietro di sé la piccola esposizione abusiva di piante in vendita sul marciapiedi, che Amalia aveva avvistato prima di lui. Quand'era stata l'ultima volta che era arrivato a casa con un mazzo di fiori?

La donna, intanto, aveva imboccato la corsia laterale a valle della circonvallazione. Continuò fino allo svincolo di via Pitrè, lo attraversò e si immise nella corsia opposta.

Il traffico si era ispessito e Spotorno dovette avvicinarsi ancora di più all'altra macchina. Forse era solo autosuggestione, ma gli sembrò che pure quella linea candida che le spartiva in due i capelli, e che lui riusciva a tratti a intravedere, rendesse trasparente lo stato d'animo della donna. Persino la macchina sembrava triste, con quel colore notturno che la luce del sole non riusciva a ravvivare.

Dopo qualche centinaio di metri, la Y10 svoltò in via Nave.

Ma dove va?, disse Amalia, dopo che la 131 ebbe a sua volta imboccato la strada.

Era una transizione troppo netta, inattesa per lei. Era passata tante volte davanti all'imbocco di quella stradina, e non aveva mai sospettato di costeggiare il confine tra due mondi. Un confine segnato da un improvviso svettare di cipressi, un breve filare subito interrotto. Un eden semirurale, lambito dall'inferno dei cassonetti straripanti, sostituiva di colpo il caos metropolitano e aggressivo dei nuovi quartieri cresciuti a ridosso della circonvallazione. La via, sconnessa, stretta, tortuosa, vi scorreva in mezzo, chiusa tra due vecchi muri ricoperti di edera. Di là dai muri, nespoli e fichidindia, limoni e ulivi, e qualche fico isolato e debordante.

Spotorno aumentò la distanza tra le due auto, le uniche in marcia sulla strada. Costeggiarono un piccolo stabilimento industriale, e poi ancora un lungo muro alto e malandato, oltre il quale si intravedevano le cime di altri nespoli, e più lontano, grazie alla breccia di un cancello spalancato, una grande casa colonica, forse disabitata. Dalla parte opposta, il vecchio muro di arenaria che in passato delimitava il fondo, e del quale era rimasta qualche traccia, come di antiche rovine, era stato sostituito da nuove barriere in muratura, con la cima ricoperta di cocci di vetro.

Ogni tanto le mura erano interrotte da imponenti cancellate in ferro dall'aspetto arcigno, erette a protezione del sonno instabile dei residenti di una serie di case basse, appena finite: villette a schiera di un certo garbo, da nuova borghesia in ascesa, con angusti giardini ancora spogli, e dipinte di un uniforme color mattone stinto. Amalia non si sarebbe stupita di vedere spuntare nidi di mitragliatrici tra teli mimetici e cavalli di Frisia.

Oltre le ville, come un promemoria ineludibile, l'assedio dei palazzoni, che prima o poi sarebbero dilagati lungo la linea di minore resistenza estetica e urbanistica.

Improvvisamente la Y10 scartò verso una delle cancellate. La donna doveva avere azionato un telecomando, perché il portone cominciò lentamente a spalancarsi, disvelando una spianata di cemento con poche auto parcheggiate sopra. Non appena l'apertura fu a malapena sufficiente al passaggio della macchina, la donna si infilò nel varco. Il cancello prolungò stolidamente il proprio movimento rotatorio, fino a raggiungere la massima apertura. Poi sembrò riflettere per qualche istante, prima di decidersi a invertire il moto di rotazione intorno al proprio asse. Ci mise un'eternità a richiudersi, così ebbero il tempo di registrare che la Y10 si era fermata con il muso contro il muretto basso di una delle ville, sormontato da una ringhiera di ferro dipinta di un colore terrigno.

La donna non scese subito dalla macchina. Non sembrava avere molta fretta di rientrare a casa. Non si era ancora mossa quando il portone finì di richiudersi con uno schiocco conclusivo, nascondendo completamente la vista dell'auto a chi stava fuori. Solo allora sentirono il rumore soffocato di una portiera sbattuta debolmente.

E ora che abbiamo concluso?, disse Amalia. Chi è l'assassino?

Sapeva di essere ingiusta. A rigore – lei ormai l'aveva intuito – quella di Spotorno non era una indagine che mirasse a qualcosa di preciso. Il commissario era un animale composito, come certi esseri della mitologia. Da una parte c'era il poliziotto razionale, scrupoloso, tenace, ragionatore, che usava senza pregiudizi le risorse della tecnologia. Dall'altra era acquattato lo sbirro di istinti, cacciatore d'atmosfere e analizzatore di caratteri, conoscitore di uomini e stratega delle pulsioni. Se solo gli fosse stato possibile, lui avrebbe vissuto le vite dei suoi sospetti, dei testimoni, dei colpevoli certi ma non provati dei suoi casi più macchinosi. Bevuto lo stesso caffè, consumato le stesse pietanze, spiato le stesse donne. Da lì passava la vera Conoscenza.

Amalia gli accarezzò lievemente un ginocchio, un gesto che forse non ripeteva dai primi tempi del loro matrimonio. Gli era grata per quel pezzo di vita così anomalo. Se li stava proprio godendo, quei frammenti di campagna semivergine.

Spotorno non invertì il senso di marcia, quando non ci fu altro da vedere o da sentire, di là dal cancello. Riprese invece a guidare lungo la stradina, fino a raggiungere una biforcazione. Optò per il ramo sinistro, poi virò a destra, e si ritrovarono in mezzo a una campagna che essendo solo in parte coltivata appariva in uno stato di semi-abbandono, con quel contrasto tra i ciuffi di canne che delimitavano un fossato e le rare palme e i cipressi isolati, a segnalare la presenza di una qualche forma di addomesticamento bucolico intorno a poche case rurali, ormai usate come magazzini.

Amalia notò una tabella col nome della via: Strada Riserva Reale. Sembrava perdersi alcune centinaia di metri più avanti, alle falde di Poggio Ridente, il ghetto esclusivo le cui ville sovrastavano i residui dell'ex Conca d'Oro. O era più appropriato definirle reliquie?, si domandò Amalia silenziosamente.

Spotorno si addentrò fino al punto in cui l'asfalto perdeva spessore e si sfrangiava, fino ad arrendersi a una terra battuta piena di fossi, e la stradina si restringeva e diventava una trazzera. Approfittò del piccolo spiazzo davanti a un casolare per fare inversione di marcia. Tre o quattro cani di razza molto mista, sdraiati all'ombra della carcassa arrugginita di un furgone Fiat 1100 senza ruote e senza vetri, agitarono la coda, sperando in una qualche forma di solidarietà alimentare. Ma non avevano l'aria di contarci molto.

Spotorno non aveva finito di sorprendere Amalia. Sulla via del ritorno fermò la macchina di fronte al lunghissimo muro di arenaria oltre il quale avevano intravisto la grande casa colonica.

Sotto lo sguardo allibito della consorte, il padre amorevole dei suoi figli, il marito affettuoso, l'inappuntabile funzionario della Polizia di Stato, l'irascibile commissario Spotorno, scese dalla 131, si tolse la giacca, la lanciò sul sedile posteriore e si avvicinò al muro. Lo perlustrò come se stesse cercando qualcosa di conosciuto. La trovò subito: una sporgenza levigata dall'uso, una grossa pietra sulla quale posò il piede, per poi issarsi fino a poggiare il petto sulla sommità del muro.

Guardò rimanendo a lungo immobile, quasi volesse imprimersi definitivamente il paesaggio nelle retine e temesse una sfocatura del fotogramma. O forse, pensò Amalia, si trattava di un ripasso della memoria. Un'operazione nostalgia.

Dopo un tempo che le parve lunghissimo, Spotorno smontò dal muro e si avvicinò all'auto. Aveva lo sguardo mobile e tracce di arenaria sulla maglietta ormai spiegazzata, e Amalia distolse subito lo sguardo. Non fece domande e rimase in attesa della spiegazione che – lo intuiva – sarebbe arrivata di lì a poco.

Spotorno aspettò che fossero da capo sulla circonvallazione, prima di parlare. Le parlò del noce immenso che aveva appena ritrovato subito dietro la casa abbandonata. Le raccontò dei DC3, i leggendari bimotori Dakota che, abbarbicato su quel muro, vedeva atterrare una volta al giorno, poco prima del tramonto, sulla pista del vecchio campo di aviazione di Boccadifalco, appena oltre la via Pitrè. Le descrisse l'immensa prateria di papaveri rossi, tra le stoppie gialle che riempivano tutto lo spazio non occupato dalla pista, e l'aereo certe volte sembrava atterrare in mezzo al sangue, quando il sole aveva quella precisa angolazione che faceva sfolgorare i petali, come la sua mano di bambino, quando intercettava il fascio di luce di una torcia premuta contro le dita serrate. E il rombo dei due motori che gli passavano esattamente sopra la testa, a poche decine di metri di quota, un rumore terribile e nello stesso tempo esaltante, che gli liberava una curiosa energia in petto.

Una volta, da bambino, lo avevano portato «a villeggiare», come si usava dire allora, in una di quelle case, ora in rovina. Gli era venuta la pertosse e il medico aveva decretato che l'aria di mare era controindicata e che «il bambino aveva bisogno di aria fina». Non era mai più tornato in quella strada.

Per andare a casa optò per un itinerario attraverso

il centro. Lui detestava con tutti i sentimenti la circonvallazione.

In via Leopardi comprò un mazzo di fiori gialli.

Amalia li annusò a lungo, anche se non avevano profumo.

Povera figlia, disse.

Capitolo XIII
Il football americano, il rugby e il massacro della principessa

A rigore, lo svincolo di Casteldaccia sarebbe risultato quello giusto. Lui però preferiva sempre uscire a Bagheria e sorbirsi la traversata della città, fino alla S.S. 113.

Il sole era basso, e con quella luce il tratto di statale a est di Santa Flavia sfolgorava di oleandri, palme, ibischi, bignonie e di bouganvillee al massimo della provocazione cromatica, piazzate lì per una forma di accanimento terapeutico – o forse per un'espiazione tardiva – dagli abitatori delle villette che sfilavano come grani di un rosario di dubbio gusto, tra la statale e il Tirreno meridionale.

Le ville avevano preso ad allinearsi all'epoca in cui le mattonelle in maiolica avevano cominciato a sostituire i vecchi prospetti di arenaria delle case abusive, segnando l'avvento di una modernità policroma e irriguardosa.

Si era distratto a spiare il paseo laborioso di uomini e donne con addosso i coordinati da mare, e per poco non aveva mancato la traversa giusta, una bretella stretta che collegava la statale con una delle strade di servizio alle villette più vicine al mare.

Alcuni cassonetti bulimici erano affastellati in un piccolo slargo, in bellavista, come un sarcastico benvenuto concepito da un artista materico in vena di allegorie.

Puntò a colpo sicuro verso una delle villette meno smaglianti. Anzi, risultava la più sobria di tutte, avvolta da ramificazioni di gelsomini che smorzavano l'effetto-choc delle bouganvillee che straripavano dai giardini confinanti. Era una casa normale, quattro stanze e un piccolo portico che dava sul mare, con i muri intonacati a calce. Niente di più riposante, per contrasto con le case vicine.

Avvistò subito donna Ersilia, in giardino, sul retro. Si dava da fare con un paio di cesoie intorno a un rosaio senza rose, e portava il solito cappello di paglia senza il quale, di giorno, non sarebbe mai uscita all'aperto. Forse per questo, nonostante avesse già superato la settantina, manteneva un incarnato del colore avorio antico dei vecchi ritratti inizio-secolo, stampati con il viraggio seppiato.

Lui sospettava che non possedesse nemmeno un costume da bagno. Le rare volte che l'aveva vista sulla spiaggia, in estate, aveva sempre avuto addosso dei vestitini da casa senza maniche, unica concessione al rito sacrificale dell'esposizione al sole.

Parcheggiò la 131 di lato al muretto di recinzione. Donna Ersilia si voltò solo quando sentì il rumore dei passi in avvicinamento. Strinse gli occhi controsole e quando lo riconobbe si illuminò tutta:

Vittorio, che sorpresa. Qual buon vento?

Brezza di levante, donna Ersilia.

In realtà la donna conosceva il motivo della visita di Spotorno.

Il commissario passò oltre il cancello, lasciato sempre accostato. Attivò il sobrio cerimoniale del baciamano, che esercitava esattamente due volte l'anno, sempre a beneficio di donna Ersilia. Era l'unica signora con la quale fosse mai arrivato a tanto. Nemmeno lui avrebbe saputo spiegarne il motivo, se non che donna Ersilia incarnava esattamente il tipo di signora alla quale suo padre soleva elargire i propri impeccabili baciamano. Gli era venuto spontaneo farlo la prima volta, e con sua sorpresa era diventato un riflesso.

Le porse il pacchetto che teneva sospeso per il nastrino. La donna non chiese nemmeno cosa fosse: era estate, e quindi toccava al gelo di melone, decorato con i fiori di gelsomino e le scaglie di cioccolato. L'aveva preso in una pasticceria di Bagheria, rinomata per i dolci.

Vado a metterlo in frigorifero. Tu intanto vai da lui. Sta pescando di fronte casa, ma di sicuro ti aspetta.

Come sta, donna Ersilia?

Come i vicchiareddri, Vittorio. Ci difendiamo. Ci sono tante cose da fare in casa, e tra pochi giorni scendono i ragazzi dall'alta Italia. Gli devo fare la caponata in quantità industriale e poi la devo mettere nei barattoli mentre è ancora calda, così se la portano dietro quando ripartono. Si può dire che vengono solo per questo. No, scherzo. Sono affezionati, per davvero. Te ne metto da parte pure un paio di barattoli per Amalia, lo sai quanto le piace la caponata come la faccio io. Te li porti la prossima volta.

L'alta Italia. Il commissario non poté fare a meno di sorridere per quell'espressione antiquata, da vecchia maestra in pensione, che poi era l'esatta condizione di donna Ersilia. «I ragazzi» erano il figlio Umberto, con la moglie nordica e i due bambini.

Spotorno abbassò la voce in un sussurro:

E lui, donna Ersilia, lui come sta?

Al solito. La pressione. Ogni tanto mi fa pigliare uno spavento... Ieri si è preso una botta di collera perché i vicini avevano messo una musica a tutto volume, nell'ora del riposino. Gli ho dovuto dare un'altra mezza pillola. Ma vai, ora, va' da lui, che io nel frattempo preparo le amarene.

Da quando don Tano era andato in pensione e si era trasferito con la moglie in quella villetta, comprata in parte con la buonauscita, Spotorno andava regolarmente a trovarli due volte l'anno: qualche giorno prima di Natale e per il compleanno di don Tano. Per questo era stato il turno del gelo di melone, verso il quale sia donna Ersilia che don Tano provavano una di quelle passioni senili, rese più acute dalla memoria di antiche privazioni.

A Natale toccava ai buccellati, che Spotorno comprava rigorosamente a Casteldaccia, dai Pizzuto. Una dritta che veniva proprio da donna Ersilia.

Circumnavigò la casa tenendosi rasente al muro di recinzione del giardino.

I fiori di donna Ersilia non sembravano avvertire troppo la siccità. Se l'acqua fosse mancata del tutto lei sarebbe stata capace di innaffiarli con le bottiglie di minerale. Nell'angolo più protetto si espandeva l'orgoglio di don Tano, quello che lui chiamava l'agrume tecnologico. Un grande ceppo di arancio amaro che lui aveva fatto innestare a lumìa, pompelmo rosa e limone. Il risultato non mancava di disorientare i visitatori, la prima volta che mettevano gli occhi su un albero dai cui rami pendevano contemporaneamente i tre frutti. Non c'era spazio sufficiente per tre alberi distinti, perché donna Ersilia si era intestardita a privilegiare le ornamentali.

Uscì dal cancelletto che immetteva sulla spiaggia a ciottoli e scogli sparsi. Il mare era fermo, torbido, un po' maleodorante. Come sempre nei mesi estivi, quando le ville, quasi tutte seconde case, venivano popolate dai nuclei familiari al completo. Un mare minore, niente a che vedere con quello un po' altezzoso della costa di Mongerbino o dell'Addaura, il mare con le ville di una più consolidata e meno appariscente borghesia.

Avvistò don Tano in piedi, sopra un largo masso piatto, pochi centimetri sopra il livello dell'acqua. Calzoni color kaki, corti appena sotto il ginocchio, probabilmente un paio di calzonacci militari dismessi e dimezzati a colpi di forbici, molti anni prima. Camiciola sbottonata, lasciata a pendere fuori dalla cintola. Cappello di paglia, col nastro avana. Ne possedeva molti, tutti comprati da Pustorino, ed era forse l'unica frivolezza che si era mai concesso.

Pescava con una lunghissima canna di bambù a due sezioni, che lui stesso aveva assemblato usando il bossolo d'ottone di una pistola Very, al quale aveva segato via il fondello, per raccordare i due segmenti.

Baciamo le mani, don Tano. E buon compleanno.

Ah, tu si, Vitto'. Pure quest'anno ti sei ricordato. Come andiamo?

E come dobbiamo andare, Vitto'? A tre tubi andiamo.

Ritirò la lenza e liberò gli ami dai residui di esca. Pescava con la tremolina. Spotorno si chinò a guardare dentro un secchio di plastica col fondo ricoperto da uno strato di alghe umide. Le sollevò mettendo a nudo alcuni pesci di piccola taglia, che ancora pulsavano di vita residua.

Niente, è inutile che guardi. In estate qua si prendono solo vavuse, làppane, patuani, vurgiuni e qualche guardascogli. Li do al gatto. È già tanto che non me li schifìa pure lui. Il pesce giusto qua non si fa vedere. E pure se ci arrivasse, chi si arrischierebbe ad assaggiarlo? Nemmeno se fosse dentice. A fine estate è diverso. Ai primi di settembre l'acqua ridiventa pulita e al largo si cominciano a pigliare le aricciole a traina, con la piuma. E persino qualche tonnarello. Ma che fa, rientriamo? Mi sono stufato di fare il monumento funebre sopra lo scoglio.

Mentre parlava aveva finito di riavvolgere a spirale la lenza intorno alla canna, e aveva conficcato gli ami nel galleggiante.

Nonostante i lunghi soggiorni all'aria aperta, il colorito rubizzo tipico dei soggetti con predisposizione all'apoplessia prevaleva ancora sull'abbronzatura. Ciocche di capelli bianchi sfuggivano da sotto il cappello. Aveva mantenuto un fisico massiccio, appena appesantito da qualche eccesso alimentare.

Si voltò a recuperare il secchio e quando stava per scendere dallo scoglio, mettendo il piede sulla battigia a secco per la bassa marea, Spotorno provò una fascinazione che gli paralizzò le corde vocali, impedendogli di gridare un avvertimento: il vecchio stava per centrare in pieno un enorme grumo di catrame, eredità della marea precedente.

Per fortuna lo avvistò in extremis e posò il piede un po' più in là. Lanciò uno sguardo ironico a Spotorno:

L'hai fatto apposta a non dire niente? Comunque a casa ho una bella collezione di pietre di pomice. Qua capita spesso di pestare la catrame. È per merito di una chiazza di catrame se tu oggi sei quello che sei. Ricordi? Se tu non avessi pestato il catrame non saresti rimasto su quel pezzo di scoglio a cercare di togliertelo dal piede, io non ti avrei visto, e a te non sarebbe mai venuto in mente di entrare in polizia. Quanti anni potevi avere? Otto? Dieci? Me lo ricordo come se fosse successo ieri. Voglio fare il commissario di polizia, mi hai detto. Bello pulito e netto. Eri ancora più tosto di ora. Commissario, come me all'epoca, prima della promozione a vicequestore.

Era davvero per quello che Spotorno aveva deciso di diventare uno sbirro di professione? A don Tano, per non deluderlo, non aveva mai voluto confessare la verità. E cioè che, pochi giorni dopo la loro prima conversazione, il ragazzo Spotorno non aveva più pensato a quella storia di voler fare il poliziotto.

Ma qual era poi la verità *vera*? Spotorno avrebbe avuto parecchie difficoltà a spiegare persino a se stesso come gli era maturata quella decisione, poco dopo la laurea in Giurisprudenza, con lode e menzione. Non era stata proprio quella che si chiama una vocazione irresistibile, ma piuttosto un percorso tormentato, finito il quale, la coincidenza di un concorso per l'entrata in polizia gli era apparsa come un monolito troppo pesante per essere abbattuto, troppo duro per essere scalfito e troppo ingombrante per essere aggirato.

Alla fine del servizio militare gli era capitato il bando tra le mani, in modo casuale: ne aveva trovato una copia, dimenticata da qualcuno, sul treno che lo riportava a casa.

Ragionandoci sopra, anni dopo, era arrivato alla conclusione che l'aveva fatto per bilanciare il Destino. Nella borgata dove era nato e aveva vissuto per i primi anni della sua vita era il caso a decidere da quale parte della barricata sarebbero caduti i ragazzi che si avviavano verso l'adolescenza. La sottile linea rossa di demarcazione tra il Bene e il Male. Bastava un niente a cadere dalla parte sbagliata e diventare un malacarne: un padre che moriva troppo presto; nascere nella casa accanto; essere costretto a interrompere gli studi; frequentazioni sbagliate.

Il caso, appunto: un alito di vento che rimescolava le carte e le ridistribuiva alla cieca. Se la sua famiglia non si fosse trasferita nella casa in città, lui magari... Chi poteva dirlo?

Spotorno non credeva nell'autonomia del patrimonio genetico. E forse neanche nel libero arbitrio. La sua interpretazione della dialettica del bene e del male lo collocava piuttosto nella variante poliziesca di una sorta di deriva situazionista. In questo divergevano, lui e il più anziano collega Schirosa.

Schirosa era lombrosiano nel mestiere. Spotorno lo era in politica. Gli bastava guardare un politico in faccia per classificarlo all'istante. Nella professione, al contrario, coltivava il principio che era meglio diffidare delle prime impressioni.

Don Tano, di quel principio, incarnava quasi una dimostrazione allegorica.

All'epoca delle scaramucce contro l'EVIS e contro la banda Giuliano, l'allora giovane commissario Gaetano Calabrò, al termine di un appostamento nel corso del quale aveva ricevuto il battesimo del fuoco, per fortuna di striscio, aveva poi subito un secondo e più inesorabile battesimo a opera di un vicequestore vicario. Era successo all'uscita dalla sala di medicazione del pronto soccorso, dove gli avevano avvolto una lunga benda candida tutto intorno alla testa, e lui non aveva rinunciato a piazzarvi sopra il suo eterno cappello di paglia col nastro avana, e l'insieme gli dava un'aria equivoca. E il suo superiore gli aveva somministrato uno sguardo interminabile e poi aveva fatto il gesto di togliersi un inesistente cappello e se ne era uscito con quell'ironico «Baciamo le mani, don Tano», che era rimasto agli atti.

Da quel momento lui era diventato don Tano per sempre e per tutti, con l'eccezione di uno scialbo questore con la puzza sotto il naso e di molto transitoria presenza.

Era stato proprio don Tano, anni dopo, a fornire a Spotorno l'interpretazione autentica: la vera differenza tra la polizia e i carabinieri, gli aveva spiegato solenne, era l'ironia trasversale. Siccome lui, anche da giovane, aveva sempre avuto l'aspetto del pezzo da novanta dell'immaginario collettivo, ecco che il dottor Gaetano Calabrò era stato convertito in un più verosimile don Tano.

Uno sbirro chiamato come un mafioso. In una caserma dei carabinieri non sarebbe mai potuto accadere.

Si avviarono insieme verso la casa. Spotorno si impossessò del catino con i pesci. Il vecchio aveva gli occhi al tramonto.

Che si dice alla casa madre, Vitto'? Che dice Schirosa? Lui pure deve averne ancora per poco. Poi un bell'orologio d'oro, e a casa pure lui, a fare la muffa.

La casa madre, nel linguaggio di don Tano, era sempre stata la sede della Mobile. A Spotorno era sembrato una specie di miracolo che il vecchio non fosse morto di crepacuore, i primi tempi dopo la pensione. I più duri.

Si concesse la pausa di qualche passo, prima di rispondere:

È tutto più complicato, don Tano, ogni giorno di più. I picciotti delle nuove leve sono sempre più arraggiati. E ormai i vecchi capi stentano a tenerli sotto controllo. Ogni tanto ce ne fanno trovare qualcuno incaprettato dentro il bagagliaio di una macchina. Ma ci vuole altro per tenerli quieti. Ci sono troppi soldi in ballo, soldi facili, e chi ne ha sentito l'odore anche solo mezza volta si tira il conto che vale la pena di correre il rischio di giocare in proprio. Senza contare che i più giovani si illudono che non toccherà mai a loro e non stanno attenti a quali piedi pestano.

Il vecchio non aspettò nemmeno che l'eco delle parole di Spotorno fosse svanita nell'aria:

Vitto', questi hanno più corna di un paniere di babbaluci; e sono peggio della mala erba: più ne scippi, più ne spuntano dal terreno. Non ci può niente. Senti a me: vatinni. Vattene. Cogliti la moglie e i figlioli e portateli. Fatti trasferire in qualche piccolo commissariato di provincia, in Umbria, nelle Marche. Qui tra poco si scatena l'inferno. Ancora non hai visto niente. E a Roma le alte sfere non capiscono un'emerita minchia. O, peggio, fanno finta di non capire, specialmente se sono nostri corregionali. Loro badano solo a girare le nostre tragedie in farse e le nostre farse in tragedie. Te lo ricordi quel cardinale che diceva che la mafia era un'invenzione dei comunisti, e che il vero problema era l'onore diffamato dei bravi cristiani timorati di Dio? E dire che veniva dal nord. Magari ci credeva davvero, e i pezzi da novanta erano riusciti a convincere anche lui. Credi a me, a Roma, con tutte quelle teste di legno il vero problema sono i tarli: a furia di bacargli la testa, lì dentro ormai non gli hanno lasciato più niente, nemmeno le cattive intenzioni. Forse è proprio questa la vera essenza della così detta sicilitudine. Io l'ho cercato sul dizionario. Non esiste. È un vocabolo virtuale. Un vocabolo coniato per definire una cosa che non si può definire.

Spotorno sapeva che erano solo parole. Il vecchio sarebbe rimasto molto deluso se lui avesse seguito il suo consiglio e avesse abbandonato il campo.

Però, rifletté, non si sarebbe detto che dal giorno del pensionamento don Tano avesse smesso di leggere i giornali, con l'eccezione dei necrologi, come pretendeva di far credere a tutti.

Don Tano, a giudicare da quello che dice non si direbbe proprio che lei, dei giornali, si limiti a leggere solo i necrologi.

La lettura dei necrologi è un'attività appassionante, a patto di trovarci dentro i nomi giusti. Il che, purtroppo, capita di rado. Comunque ho ancora i miei informatori. Ma tu che hai Vitto'? Sei un poco strano oggi, troppo circospetto. Vabbe' che non parli mai molto, oggi però...

Fin da quando si era infilato in macchina per andare a trovare il vecchio, Spotorno aveva immaginato che avrebbe finito con il confidarsi con lui. E raccontargli quel caso che lo assillava come non gli era mai capitato in precedenza. Non che si aspettasse un aiuto concreto, ma sperava che il fatto di parlarne dall'inizio, esporlo in modo lineare, avrebbe contribuito a schiarirgli il cervello.

A suo tempo don Tano lo aveva guidato lungo le strade, quasi mai lineari, del mestiere.

Spotorno era approdato da pochi giorni negli uffici della Mobile, quando un mattino, mentre andava al lavoro, aveva avvistato nelle vicinanze della questura un uomo la cui sagoma gli ricordava quella del commissario dell'omicidio Lo Giudice. Gli era parso di riconoscerlo da dietro, anche per merito del famoso cappello, che don Tano portava persino in inverno. Si era ritrovato a camminargli alle spalle, alla fine della via Biscottari, poco prima dell'arco che immetteva in piazza San Giovanni Decollato.

Dopo tanti anni non avrebbe potuto giurare che si trattasse della stessa persona, ma quando gli aveva visto imboccare il portone della Mobile, ossequiato dai piantoni e salutato rispettosamente dai colleghi, non aveva più avuto dubbi.

Gli si era presentato timidamente qualche ora dopo. E lui l'aveva squadrato da capo a piedi, facendo su e giù con la testa in segno di approvazione, perché alla fine anche lui aveva riconosciuto nel giovane Spotorno il ragazzino col piede impestato di catrame:

Devi essere uno di parola. L'avevi detto e l'hai fatto. Almeno il primo passo. Però ne dovrai mangiare pane duro, se vuoi fare carriera, qua dentro.

L'aveva preso subito in simpatia, anche se all'inizio lo trattava un po' a batticulo. Come tutti gli anziani, all'epoca, usavano comportarsi con i giovani promettenti.

Altri tempi. Don Tano diffidava di certi poliziotti delle ultime leve che man mano che si approssimava la data del suo pensionamento, uscivano dai loro corsi speciali e invadevano sempre più numerosi tutte le questure d'Italia. Sembravano quadri aziendali. Parlavano uno slang nuovo, pieno di parole americane. E si illudevano che bastassero le nuove diavolerie tecnologiche per capire e risolvere ogni cosa.

Secondo lui mancavano di umiltà. Un peccato mortale – diceva sempre – per uno sbirro che si rispetti. Loro non si sarebbero mai degnati di scavallare un'andata e ritorno sulla 'mpigna di un fermato sotto interrogatorio, come si usava ai vecchi tempi. E niente giochini con l'acqua e sale. Quelli, per la verità, non li aveva mai tollerati neanche don Tano. Ma sapeva che ogni tanto a qualcuno della vecchia guardia gli prendeva un attacco di nostalgia di quella feroce.

Sapete qual è l'unica cosa che un vero sbirro non tollererà mai?, diceva spesso ai giovani agenti di primo pelo. La consapevolezza di essere preso per il culo da un malacarne. Ci fa uscire dai sentimenti. Se vi accorgete che a voi non capita è meglio che cambiate mestiere.

Entrarono in casa. Donna Ersilia aveva riempito una caraffa d'acqua gelata, per diluire lo sciroppo d'amarena che lei stessa preparava con un suo metodo personale: sigillava le amarene nei barattoli di vetro, con l'aggiunta dello zucchero, e le lasciava a macerare lentamente al sole, per ore. Il procedimento cavava dai frutti uno sciroppo dal retrogusto delicato e insieme persistente. Niente a che spartire con le stucchevoli preparazioni industriali.

Spotorno mandò giù un sorso, prima di cominciare a raccontare.

Parlò del duplice omicidio della Zisa, con il corollario della moto rubata all'università. Rievocò il suo primo incontro con la Dama Bianca. Descrisse la fine di Nunzia.

Poi disse al vecchio chi era Rosario. E chi il marito della Dama Bianca.

Don Tano inarcò un sopracciglio. Nonostante la sua pretesa astinenza dai giornali, era al corrente dei tre morti ammazzati. Ma senza il resoconto di Spotorno non avrebbe avuto modo di collegare i due casi tra loro, né con i ragazzi dell'omicidio Lo Giudice. Né conoscere il rapporto di parentela tra la Dama Bianca e Mancuso Gaspare, detto Asparino.

Sala Diego, Sala Diego... me lo ricordo, disse. Era il biondo, quello con i capelli quasi bianchi. Gli piaceva fare il capuzzello. Alamia invece era quello di pelo rosso. Certo che dovevate sembrare un bel mazzo di stravaganti a vedervi tutti e tre insieme. Che fine ha fatto, questo Sala? Che mestiere fa?

Pochi giorni prima Spotorno aveva ricevuto le informazioni, alla Mobile:

Si è diplomato geometra e ora ha una ditta di movimento terra. Sbancamenti e trasporto a discarica. Non risulta niente a suo carico, è pulito. Con le dovute riserve sui contatti che deve necessariamente mantenere per potere lavorare in quel campo: autorizzazione, protezione e pizzo. Il pacchetto completo. Abita con la moglie in un villino a monte della circonvallazione, in via Nave, tra corso Calatafimi e via Pitrè. Niente figli. La sede della ditta invece è dalle parti di via Colonna Rotta. Il che vuol dire al confine tra la zona di influenza della famiglia di Porta Nuova e quella della Zisa. Io lo avevo perso di vista quasi subito, poco tempo dopo l'omicidio della signorina Lo Giudice.

Omise di raccontare il pedinamento in macchina della Dama Bianca, con il coinvolgimento di Amalia. Ancora se ne vergognava un po'.

Sala Diego. Lo sai che era stato lui a mettermi sulla buona strada, per l'omicidio Lo Giudice? Quando gli ho parlato, come avevo fatto separatamente con te e con Alamia, mi ha raccontato quella storia del malocchio.

La storia dei Li Pani. Spotorno la conosceva bene.

Abitavano, madre e figlio, in una casa minima, una specie di basso ricavato in un angolo al piano terra di una casa padronale. Santo Li Pani, all'epoca, aveva una quarantina d'anni. Nella borgata si diceva che sulla sua carta di identità fosse stampigliata la dicitura: Pericoloso a sé e agli altri. Spotorno non sapeva se fosse vero: a lui Santo non aveva mai dato nessuna sensazione di pericolo imminente. Però ogni tanto spariva per un pezzo dalla circolazione. Poi ricompariva con un vestito nuovo addosso, di quelli a buon mercato, comprati belli e fatti sulle bancarelle. Glielo consegnavano le dame della San Vincenzo, ogni volta che veniva dimesso dal manicomio di via Pindemonte.

Aveva una diagnosi di schizofrenia residua, ma Spotorno lo avrebbe saputo solo molti anni dopo, quando, approdato alla Mobile, aveva riesumato le carte del caso Lo Giudice, per soddisfare una curiosità sospesa da molto tempo.

All'epoca del fatto, se i padri avessero mai sospettato che Santo Li Pani era una presenza non inquietante delle giornate estive dei ragazzi, avrebbero impedito ai figli di mettere il naso fuori di casa, a costo di tenerli incatenati ai piedi del letto.

Santo perlustrava la spiaggia ogni mattina, a lunghe falcate: una figura alta, con una corona di capelli rossicci intorno a una calvizie che somigliava alla rada del Sacramento. Indossava sempre il vestito intero, persino se c'era scirocco, e non parlava mai, se non con gli occhi. A volte sembravano disabitati, dischiusi sopra un universo spento. Altre volte brillavano come quelli dei gatti al buio. Allora non si fermavano su niente, smaniosi di incamerare quante più immagini possibile, come se fossero consapevoli di doversene privare per troppo tempo.

Il giorno dopo cominciavano quei lunghi periodi di assenza. Fino alla ricomparsa, a un capo del Sacramento, di un vestito nuovo con Santo Li Pani dentro. Occhi di un celeste spento e vestito meticolosamente abbottonato.

A volte sedeva sopra uno scoglio e li guardava mentre pescavano. Ogni tanto Spotorno aveva provato a offrirgli la canna da pesca, con gli ami già parati, facendogli cenno di provare. Ma l'uomo si tirava su e si allontanava senza dire una parola. I suoi occhi avevano un lampo di interesse solo quando uno dei ragazzi prendeva un pesce all'amo. O di disgusto, quando giocavano a tirarsi addosso le mammane e le minchie di mare, che raccoglievano nell'acqua bassa, vicino alla riva.

Certi anni, nei mesi estivi, le mammane formavano quasi un tappeto sui fondali caldi e bassi, e a pestarle buttavano fuori l'inchiostro. Una volta Spotorno ne aveva vista una nera che nuotava a mezz'acqua, ed era rimasto incantato dall'eleganza dell'animale, una metamorfosi rispetto all'aria letargica e repellente che prendevano quando stavano annidate in massa negli anfratti del fondo. Un tizio che aveva una casa allo Sperone e studiava gli animali marini gli aveva detto che il nome giusto della mammana era Aplysia. Da allora non ne aveva più molestata una. A Santo Li Pani, invece, le mammane facevano schifo. Si vedeva.

La storia del malocchio era saltata fuori il giorno in cui la madre di Santo, aprendo la porta di casa, aveva trovato appeso alla maniglia un pupazzo di tela di sacco, imbottito di paglia, tenuto insieme con la ddisa. Era confezionato in modo rudimentale, sulle sembianze di un uomo. E aveva la testa trafitta da uno spillone.

La vecchia stolida aveva attaccato una geremiade interminabile, che ruotava ossessivamente intorno all'accusa alla signorina Lo Giudice di avere organizzato la fattura contro Santo. Secondo lei era una cosa che durava da tempo, dato che il figlio non faceva che entrare e uscire da via Pindemonte.

Era una vecchia analfabeta, vedova da sempre. Lei e Santo riuscivano a sopravvivere grazie a una pensione minima, che sarebbe bastata a poco senza la solidarietà della borgata. Specie quella concreta e segreta della signorina Lo Giudice, mediata dalla parrocchia. La vedova Li Pani si era messa in testa che la signorina avesse cominciato le sue trame contro Santo per invidia e per gelosia, dato che lei, la signorina, aveva perso il suo unico figlio. Era morto di tifo durante la guerra, a diciannove anni, perché all'epoca non erano ancora disponibili i farmaci risolutivi.

Spotorno conosceva la storia per averla sentita raccontare dai grandi, con toni accorati. Come tutti, aveva sempre pensato che era la vedova Li Pani la vera pazza della famiglia. Sicuramente aveva un grande ascendente sul figlio, a giudicare dal fatto che, a furia di riversargli nell'orecchio una cascata di paroline letali come un veleno, era riuscita a convincerlo ad assassinare la maestra in pensione, soffocandola di notte con un cuscino.

Fu il biondo a raccontarmi quella storia del pupazzo con la testa trafitta, disse don Tano. Ci saremmo arrivati lo stesso a risolvere il caso, sia chiaro; anche senza il racconto del ragazzo. Certe cose non si possono tenere nascoste a lungo, persino in un contesto che fa dell'omertà l'essenza dell'essere uomini. Sala me lo ricordo bene perché da ragazzo aveva una testa fina. Conosceva già il valore di certi modi di agire, in quel contesto. Un'accusa diretta non l'avrebbe lanciata mai. Scelse un percorso trasversale; indiretto, ma nello stesso tempo inequivocabile. Doveva avere della ruggine contro quello psicopatico.

La ruggine l'aveva con tutti, don Tano. Era alla base dei suoi rapporti con le persone. A scuola, i rimproveri della signorina Lo Giudice li covava per settimane, con quel suo livore che si autoalimentava, così diverso dalla rancorosità impulsiva di Rosario Alamia. Anche perché le messe a punto della signorina erano frequenti: di studiare, Diego non ne voleva neanche a brodo; si era messa in testa che era un chiodo torto, e lei lo doveva raddrizzare. Potrei giurare che quando fu trovata morta lui provò persino una fitta di soddisfazione. Se l'era voluta lei, aveva l'aria di pensare, senza arrivare mai a dirlo esplicitamente. Ciò nonostante, raccoglieva le ostriche per lei. Aveva sempre quest'ambiguità di fondo, che deve essersi trascinata appresso anche da adulto. Di certe cose non ci si libera mai. Sono i fondamentali. Al massimo li si mimetizza.

Comunque sia, dopo quello che mi raccontò, il caso fu risolto nel giro di ventiquattr'ore. Quando ci siamo presentati a casa dei Li Pani, alla vista delle divise la vecchia cominciò a strepitare contro la Lo Giudice prima ancora che avessimo aperto bocca. Quella buttana mi ha consumato un figlio, gridava. Quel poveraccio invece si fece ammanettare e ci seguì mansueto come un agnello. Poi la Scientifica trovò le sue impronte sparse per tutta la casa della morta. È finito al manicomio giudiziario di Barcellona Pozzo di Gotto. Per quanto ne so, se non è morto è ancora là.

La vecchia, invece, se l'era cavata senza troppi problemi. L'avevano classificato come un caso di indigenza intellettuale. Le era stata riconosciuta una seminfermità mentale, aggravata dal contesto socio-culturale, e non l'avevano neanche mandata sotto processo. Aveva continuato a vivacchiare per qualche anno, investendo di contumelie chiunque le capitasse a tiro, poi era morta nel sonno. Spotorno lo sapeva.

Sapeva pure chi aveva confezionato il pupazzo con la testa trafitta. Era stato Diego Sala. Spotorno aveva riconosciuto la pezza che era servita per rivestire la sagoma vagamente antropomorfa. Diego l'aveva tirata su da uno scoglio, dove era rimasta impigliata: un pezzo di juta con le identiche sgranature che erano visibili sul torace del pupazzo lasciato sulla porta dei Li Pani.

Poi gli aveva visto raccogliere i lunghi fili di Ampelodesma, la ddisa che era stata usata per tenere fermo il tessuto intorno alla paglia. Li aveva recisi con lo stesso coltello che a volte usavano per aprire le ostriche, li aveva ripiegati e se li era cacciati in tasca.

Spotorno non l'aveva mai detto a nessuno. Col tempo si era persuaso dell'assenza di trame segrete, nella mente di Diego. Il ragazzo non poteva prevedere quale meccanismo avrebbe innescato con quella bravata. Era stato un esercizio di pura malizia, un esempio della crudeltà noncurante che spesso attraversa le vite in transito verso un'adolescenza senza scampo.

Don Tano sembrava esausto. Si era accasciato contro lo schienale della poltroncina, con gli occhi semichiusi. Spotorno pensò che non fosse stanchezza vera e propria. Rievocare quel vecchio caso gli aveva attizzato la nostalgia per i suoi tempi eroici alla Mobile. In realtà non aveva mai superato il trauma del pensionamento. Per questo aveva dato un taglio netto e non aveva mai più messo piede negli uffici di piazza della Vittoria.

Donna Ersilia arrivò dalla cucina con il gelo di melone. Don Tano si raddrizzò.

Che si dice a casa, Vitto'? Amalia? I picciotti?

Spotorno li ragguagliò brevemente

Me li devi salutare assai assai, disse donna Ersilia. Qualche volta però portameli i picciottelli. E non c'è bisogno di aspettare fino a Natale. A settembre l'acqua è di nuovo pulita: si vengono a fare un bel bagno prima che comincia la scuola. È che noi siamo vecchi, e i picciotti, si sa...

Spotorno lasciò che quel chiacchiericcio non esteriore diventasse un sottofondo distensivo e si guardò intorno. Tutto come sempre, tranne una nuova stampa appesa sulla parete sopra un sofà. Un'acquaforte di Federica Galli, un paesaggio della Bassa, periurbano e invernale, un ricamo di tetti e filari di pioppi spogli.

Me l'ha portata Tecla, per Pasqua.

Tecla era la nuora, la moglie del figlio Umberto.

L'ho messa al posto di Umberto II. L'ultimo re d'Italia.

Il giorno della fusione tra il Partito Monarchico e il MSI don Tano aveva staccato dalla parete dell'appartamento di città la foto di Umberto II e i ritratti di altri esponenti di casa Savoia. Quando lui e la moglie, dopo il pensionamento, si erano trasferiti nella villetta, avevano mantenuto lo stesso schema di distribuzione dei mobili e dei quadri sulle pareti. E avevano sostituito con altre stampe i vuoti lasciati dai ritratti dei Savoia sul muro dietro il sofà. L'ultimo vuoto, ora riempito dall'acquaforte della Galli, era appunto quello lasciato da Umberto II.

Don Tano una volta aveva confidato a Spotorno le ragioni di quella rimozione. Gli aveva ripetuto il grido di dolore di un vecchio militante monarchico, al congresso che aveva votato la fusione:

Ricordatevi che i fascisti hanno massacrato Mafalda di Savoia. Non hanno alzato un dito quando le SS, con l'inganno, l'hanno deportata a Buchenwald.

Neanche don Tano aveva digerito quella scelta:

A prescindere dal caso di Mafalda di Savoia, dico io, non era più dignitoso estinguersi di morte naturale, piuttosto che mettersi proprio con gli eredi di quelli che hanno causato la fine dell'ideale monarchico? Dove sono finiti oggi i monarchici? Chi li conosce? Gli italiani ormai sono convinti che la monarchia si identifichi tutta con quegli scimuniti che vivono solo per le cronache mondane dei rotocalchi rosa. Sai cosa ho fatto io, quando hanno deciso la fusione? Ho preso tessera e distintivo, li ho sigillati in una busta e li ho spediti a Falcone Lucifero, l'ultimo Ministro della Real Casa, il migliore di tutto il mazzo. Non ho aggiunto altro, nemmeno due parole di accompagnamento. E non sono stato il solo. Lui, di sicuro, ha capito.

Spotorno intuì che era arrivato il momento di levare il disturbo. Quei discorsi di don Tano, riflessioni da esistenze al crepuscolo, da nebulose al collasso, avevano il potere di immalinconirlo di brutto.

Da allora non sono andato più a votare, riprese don Tano. E ho avuto i miei guai, come funzionario di pubblica sicurezza. Me la sono cavata solo perché avevo le spalle larghe, ma mi sono giocato il resto della carriera. Ad ogni modo, per chi dovevo votare, per quei parrinari della diccì? Neanche morto. Meglio i comunisti, allora, gente più seria. Togliatti poteva scatenare l'inferno, dopo la guerra, ma ha avuto le palle di tenere a bada le sue teste calde. Figurarsi, con gli americani in casa... Tu te la ricordi quella canzoncina che i democristiani avevano messo in circolazione prima delle elezioni, proprio all'epoca dell'omicidio Lo Giudice? No, eri troppo piccolo. Però la canzone di Modugno la conosci. Avevano cambiato solo le parole.

Don Tano cominciò a canticchiare con una bella voce spessa:

Votare, sì, sì
votare per la diccì
lo scudo dipinto di blu
lo devi votare anche tu.
E non badare a Palmiro che dice
ti dono la luna e ancora più su...

Mandavano in giro le 1100 con lo scudo crociato impiccicato sul tetto e sugli sportelli, e con gli altoparlanti a tutto volume. Togliatti se ne sbatteva. I comunisti tiravano dritto come treni espresso. Peccato che erano comunisti.

Spotorno si alzò. Donna Ersilia schivò il baciamano e lo baciò su entrambe le guance.

Dalle finestre si vedevano sfolgorare le luci di San Nicola l'Arena. I capidecina delle famiglie mafiose della costa a nord-est sostenevano che gli uomini d'onore di San Nicola erano tutti sbirri. O che almeno cercavano la protezione degli sbirri quando si sentivano in pericolo. Don Tano si era scelto un bel posto strategico per il proprio pensionamento, pensò ironicamente Spotorno. Perché uno sbirro è per sempre. Come i diamanti.

Il vecchio sembrava perso in pensieri incomunicabili. Poi decise di comunicarli:

Vitto', sai qual è la differenza tra il football americano e il rugby?

Spotorno si bloccò. Don Tano non parlava mai tanto per parlare. Scosse la testa. No, non lo sapeva.

Me l'ha spiegata uno della narcotici di Nuova York, un oriundo di Bisacquino, un tipo tosto che una volta era venuto a istallarsi alla casa madre per una settimana. Era una di quelle iniziative bilaterali in cui tutti fanno finta di credere che gli americani sono più bravi di noi. In pratica, la differenza principale è che nel rugby si può placcare solo il giocatore che porta la palla, mentre nel football americano si possono fare i placcaggi preventivi. Cioè, si può placcare un giocatore anche se non ha la palla, così lo si neutralizza prima che possa riceverla e andare in meta. La duplice ammazzatina della Zisa mi pare un omicidio da football americano. Se vedo giusto, è un delitto preventivo. Peccato che c'è rimasto pure l'amico tuo, Alamia. Però, mettendo insieme quello che già sapevo e quello che mi hai raccontato tu ora, c'è ancora qualche cosa che non mi quadra. Ma non ti voglio dire cos'è, perché in trincea ci sei tu; tu hai tutte le carte in mano e forse le mie sono soltanto fisime da pensionato. E sotto sotto, magari è qualche cosa che non quadra neanche a te. Salutami a Schirosa. Digli che lo aspetto, dopo la pensione. Gli faccio prendere quattro vavuse pure a lui. Lui ce l'ha il gatto?

Capitolo XIV
L'agente Stella, la Dama Bianca e la Madonna Nera

L'agente Stella faceva la sua figura in divisa. Tuttavia, alla Mobile, specialmente in certi pomeriggi estivi dall'apparenza ingannevolmente sonnacchiosa, molti chiamavano a raccolta le proprie fantasie per immaginare la figura dell'agente Stella priva della divisa.

L'agente Stella faceva la sua figura anche alla tivvù, quando gli addetti alle relazione esterne della questura convocavano giornalisti e telecamere per le conferenze stampa celebrative di operazioni di polizia brillantemente riuscite. O, almeno, brillantemente pubblicizzate. Talvolta la presenza dell'agente Stella veniva sollecitata persino dal potere giudiziario. Accadeva quando l'operazione era di molto peso, e allora sugli schermi dei TG serali sfilavano i volti allineati dei capi della procura, del comandante provinciale dei carabinieri, del questore e, verso le ali estreme, quelli dei magistrati, dei poliziotti, dei carabinieri, in ordine di decrescente telegenìa. E quello dell'agente Stella, in posizione privilegiata.

L'agente Stella bussò alla porta del commissario Spotorno. Per comune consuetudine d'ufficio, non aspettò l'invito ad entrare e socchiuse appena l'uscio:

Posso, dottore?

Vieni avanti, Stelluccia, che abbiamo?

Una voce a modulazione di frequenza. L'umore di Spotorno virava istantaneamente sul sereno stabile tutte le volte che il suo sguardo intercettava la figura dell'agente Stella, le cui architetture secretate dall'ufficialità dell'orario di servizio forzavano palesemente la volontà repressiva del tessuto ostico ma regolamentare della divisa colore blu cobalto.

Un fotogramma fulmineo, a base di pizzi e veli, sferzò la mente di Spotorno a un pensiero involontario: quel giorno, sotto la divisa, l'agente Stella doveva indossare una combinazione nera, impalpabile come una tela di ragno. Deglutì un paio di volte a vuoto. Aveva imparato a convivere con quegli improvvisi guizzi preterintenzionali che spostavano sul versante incestuoso un rapporto che lui sentiva paterno.

Di nome, l'agente Stella si chiamava Mara. Ma sembrava accettare di buon grado lo Stelluccia affettuoso di Spotorno. Il commissario la guardò fluttuare verso la scrivania. Capelli neri che scendevano a ondate lussureggianti, intercettati a mezza strada da un nastro di contenimento che aveva la stessa sfumatura blu della divisa. Labbra sensuali. Grandi occhi scuri, circonfusi da ombre lievi come sfocature, che tentavano inutilmente di incrinare l'aura di brava figliola acqua e sapone, che nonostante tutto emanava dalla sua persona.

L'agente Stella non era solo una presenza decorativa. Tutt'altro. Sparava come una dea. E una volta si era coraggiosamente prestata a fare da esca per incastrare un pericolosissimo maniaco che sfregiava il viso delle proprie vittime a colpi di taglierino. Era stata proprio lei a fargli scattare i braccialetti ai polsi, qualche istante prima dell'arrivo dei colleghi che la tenevano d'occhio appostati nelle vicinanze. E partecipava regolarmente ai servizi di pattuglia diurni e notturni, a bordo delle volanti. Aveva intuito, era sveglia, pronta, decisa, riservata. Troppo riservata, secondo la totalità dei colleghi eterosessuali scapoli e malmaritati, e buona parte di quelli felicemente appaiati.

Spotorno pensava che se l'agente Stella fosse nata uomo, forse avrebbe già conquistato uno dei posti ora occupati dai suoi superiori gerarchici.

Che abbiamo, Stelluccia, ripeté, quando l'agente fu in piedi davanti alla scrivania.

Dottore, è una cosa un po' delicata.

Siediti, allora.

L'agente si calò con grazia sulla sedia, mantenendo il busto eretto e le mani raccolte sulle ginocchia accostate. Sembrò meditare per qualche istante; poi si schiarì la voce:

Ho esaminato le foto del funerale di Mancuso Gaspare.

E...?

Ecco, se non ho capito male, lei dottore, ha, come dire, un interesse particolare per una delle persone fotografate, una donna.

La Dama Bianca, pensò Spotorno. Ma come l'aveva saputo? Ah, certo, Puleo. Figurarsi se un bel ragazzo con la fidanzata fuori piazza non avrebbe fatto carte false per avvantaggiarsi rispetto ai colleghi, nella corsa verso il tentativo di sdivisamento dell'agente Stella. Doveva aver lasciato capire che lui sapeva cose che gli altri ignoravano. Il resto l'aveva intuito la ragazza.

Si chiese se non era il caso di dire due paroline a leva pelo all'agente scelto Saverio Puleo. Mise da parte il pensiero, sotto l'influsso benefico della giovane sottoposta. Pronunciò un solo vocabolo:

Puleo?

L'agente Stella annuì sobriamente:

Perché, era un segreto?

No, no, nessun segreto. Continua.

Aurora. Caminiti Aurora.

Aurora?

Sì, la chiamo per nome perché l'ho conosciuta. Tre anni fa.

Spotorno si appoggiò all'indietro, contro lo schienale. Una postura ingannevole, che sembrava suggerire uno stato di rilassamento, ma che al contrario era come l'acquattarsi del leone prima dello scatto.

Ah, l'hai conosciuta. E come l'hai conosciuta, Stelluccia? Dove?

Il colorito bronzeo degli zigomi dell'agente Stella virò lentamente verso il rosato pallido:

In uno studio di ginecologia, l'ho conosciuta.

Spotorno si rilassò. Era quasi deluso:

Dal ginecologo. Ma che c'è di strano? Voi donne ci andate tutte, dal ginecologo, no?

Non è un normale studio ginecologico. Cioè, è pure normale, però... Vede, dottore, è uno studio di quelli grossi, con diversi specialisti. La mia ginecologa è un'ospedaliera che vi si appoggia per ricevere le pazienti private. Per me, con i miei orari, è più comodo che andare in ospedale. Lei però, la Caminiti, era lì per un motivo particolare.

Fammi capire.

Ha sentito parlare mai di fecondazione assistita?

Fecondazione assistita? Vuoi dire che il ginecologo, mentre marito e moglie... insomma, che...

Il colore degli zigomi dell'agente Stella si stabilizzò sul rosso fisso:

No, dottore, si tratta di una tecnica di inseminazione artificiale cui si ricorre quando ci sono difficoltà di concepimento per le vie, diciamo, naturali. Difficoltà che possono dipendere sia dall'uomo che dalla donna.

E la Caminiti...

Ci siamo ritrovate in sala d'aspetto, sedute accanto. E come capita tra noi donne abbiamo cominciato a parlare. Lei era sola, e non aspettava altro che una spalla femminile per potersi confidare. Era sposata da quasi dieci anni. E niente figli.

E dato che era lì da sola, vuol dire che dipendeva da lei. Insomma, che era lei ad avere quelle famose difficoltà.

No, dottore, al contrario. Il problema era tutto del marito. Il marito della Caminiti, con rispetto parlando, spara a salve. O meglio, quasi a salve. Si chiama oligospermia. Una concentrazione di spermatozoi vitali nel liquido seminale insufficiente ad assicurare la fecondazione.

Te l'ha detto lei, la Caminiti? Dev'essere stata un'attesa bella lunga.

Non era solo questione di fare passare il tempo. Lei mi ha dato la percezione di trovarsi in una condizione di equilibrio precario; e in questi casi ci vuole poco a perderlo.

Stelluccia, non è che per caso i tuoi studi più recenti...

L'agente Stella, dopo la laurea in Giurisprudenza, si era da capo iscritta all'università, e ora procedeva spedita verso una seconda laurea in Psicologia.

La psicologia non c'entra, dottore: la Caminiti era reduce da due tentativi di fecondazione assistita falliti. Era lì da sola per uno dei controlli routinari, per individuare il momento giusto per un terzo tentativo, dopo stimolazione ormonale. Solo allora sarebbe tornata con il marito. In pratica, quand'è il momento, concentrano gli spermatozoi nel liquido seminale, lo arricchiscono con sostanze capaci di potenziarlo e poi lo iniettano alla donna.

Ma tutto questo dove ci porta, Stelluccia?

L'agente Stella tradusse mentalmente la domanda di Spotorno: perché mi stai raccontando questa storia?

Il commissario in realtà aspettava spasmodicamente il resto. Se la ragazza aveva creduto importante parlargli doveva esserci qualcos'altro in ballo.

L'hai rivista, poi?, aggiunse, prima che Stella ricominciasse a parlare.

Sì. Sei mesi dopo. Lo so con certezza perché la mia ginecologa mi dà appuntamenti regolari ogni sei mesi.

E non era successo niente, perché a quanto risulta agli atti la Caminiti non ha figli.

Già. È stata lei a riconoscermi per prima, ma solo perché io non l'avevo vista. È una che si fa notare. Ma non perché sia un tipo vistoso. Anzi...

Lo so, lo so, Stelluccia. Siamo d'accordo.

Era abbattuta. Ancora più depressa dell'altra volta, e già allora non era poco. Al paese mio diciamo: affunnata. Affondata.

Spotorno annuì e represse un sorriso per quell'uso insolito del dialetto da parte della ragazza, ma sopra tutto per la traduzione del vocabolo.

Era lì per un altro tentativo?

Sì, anche quello poi sarà andato a vuoto, a giudicare, come dice lei, dagli atti. Mi ha confidato che era andata persino in pellegrinaggio al santuario di Tindari, dove c'è la statua lignea della famosa Madonna Nera. Io non lo sapevo, ma pare che ci sia una devozione particolare legata a quella statua: ci vanno le donne che non riescono a concepire un figlio. Ma non è tutto. L'ho rivista una terza volta, lunedì scorso.

Lunedì scorso era il giorno dopo la visita di Spotorno e Amalia alla cappella di via Ponticello e l'incontro con la Dama Bianca, con la coda del pedinamento automobilistico.

Sempre al solito ambulatorio?

No. E questa è la cosa strana.

Spotorno aspettò in silenzio, con i nervi ridotti a corde di violino. Infilò le mani nelle tasche dei calzoni e dette una bella rimescolata, prima di rendersi conto di quello che stava facendo sotto il piano della scrivania e sotto lo sguardo ignaro dell'agente Stella. Ritirò le mani e costrinse la voce a un tono esasperatamente docile:

E qual è questa cosa strana, eh, Stelluccia?

Ha presente la clinica Bocciolo di rosa? L'ho incontrata lì. Avevo la mattinata libera e sono andata a trovare una mia cugina che aveva partorito. Lei usciva dallo studio del primario.

Stelluccia, fai capire qualche cosa anche a me: che c'è di tanto straordinario se una tizia che non riesce a rimanere incinta, dopo chi sa quanti tentativi a vuoto con queste diavolerie artificiali, a un certo punto si stufa, decide di cambiare cavallo e si rivolge a uno specialista diverso? Non è comprensibile?

Questo è il punto, dottore: alla clinica Bocciolo di rosa non praticano né la fecondazione assistita, né consulenze sulla sterilità di coppia. Le uniche pazienti che ci mettono piede sono donne già incinte. È una specie di partificio a ciclo continuo. Ma non solo quello: è anche uno dei centri privilegiati dalle donne abbienti che hanno avuto, diciamo così, un incidente di percorso, e decidono di abortire. Come dire, l'altra faccia della medaglia. In città lo sanno tutti.

E la Caminiti? Non è possibile che finalmente è riuscita a rimanere incinta ed era andata a prendere accordi per il futuro parto? O per essere seguita durante la gravidanza? Sai, le ecografie, i controlli, le solite cose. Ho due figli e qualcosa ricordo.

La Caminiti usciva dallo studio del primario, ci siamo incrociate a metà del corridoio, e sa qual è stata la cosa che mi ha colpito? Che ha tirato diritto, con la faccia girata di lato, facendo finta di non vedermi. Ma io mi sono accorta che mi aveva riconosciuto. Appena mi ha visto è trasalita e ha distolto subito gli occhi. Le sembra un comportamento normale, dopo quello che le ho raccontato dei miei due incontri precedenti con lei? A parte che era ancora più depressa delle altre volte. Saltava agli occhi. Avrebbe dovuto ballare su un piede solo, se fosse andata davvero a prendere accordi per essere seguita durante la gravidanza. E in ogni caso difficilmente l'avrebbero fatta parlare con il primario. Il professore de Blasi Bosco ormai agisce di persona solo in casi eccezionali. Lui si scomoda solo per incontrare le donne decise ad abortire. Lo impone la legge sull'interruzione volontaria della gravidanza, la 194/78: prima di eseguire l'intervento la struttura sanitaria deve cercare di contribuire al superamento delle cause che potrebbero indurre la donna ad abortire. È una grande ipocrisia, perché quasi sempre si limitano a una cosa formale, però va fatto, ed è un ruolo al quale il primario della Bocciolo di rosa non è disposto a rinunciare, perché lui sì, ci mette davvero tutto il suo impegno. Così la coscienza è salva. Poi questa coscienza immacolata se la fanno pagare ai prezzi più alti in città, anche perché de Blasi Bosco è un tipo fascinoso, uno che piace alle donne, e c'è sempre la fila dietro la sua porta. Vuole sapere come lo so? Lo so perché sono una donna e perché faccio il poliziotto.

Spotorno era pensieroso. L'interpretazione era verosimile, ma il comportamento della Dama Bianca avrebbe anche potuto essere spiegato in altro modo. Tuttavia era sempre più incline a condividere la tesi dell'agente Stella. La ragazza riprese a parlare dopo una pausa meditativa:

C'è ancora una cosa: la Caminiti, quando ci siamo incrociate, non andava verso l'uscita, ma verso gli ambulatori dove fanno i piccoli interventi da day hospital. Era accompagnata da un'infermiera. Le devo confessare che mi sono incuriosita. Forse è per questo che al momento di andarmene, dopo la visita a mia cugina, mi è venuto in testa di chiedere all'accettazione se la signora Caminiti era già andata via. Mi hanno detto di no e allora sono uscita e mi sono messa ad aspettare in macchina, tenendo d'occhio l'ingresso della clinica. Mi ero concessa un quarto d'ora al massimo, ma lei è spuntata dopo una decina di minuti, accompagnata dalla stessa infermiera. In tutto era passata un'ora e mezza. L'intervento, se è quello che penso io, dura pochi minuti e non richiede anestesia, però poi non è che una prende, si mette in piedi e se ne va come se niente fosse. Dopo un po' è arrivato un taxi, l'infermiera l'ha aiutata a salire e via. Si reggeva a stento ed era stravolta. Ha ancora dubbi, dottore?

Più che nutrire dubbi, Spotorno si sentiva la mandibola allentata, come gli scemi dei cartoni animati.

Ho deciso di raccontarle tutto questo solo dopo avere visto la Caminiti alla clinica, e solo dopo averci riflettuto sopra a lungo. Mi capisca, dottore: dovevo optare tra una spinta professionale un po' dubbia e una scelta di riservatezza per solidarietà femminile. Alla fine ha vinto la professione, ma forse, sulla lunga distanza, le sto facendo un favore, alla Caminiti. Per quello che ne ho capito, il suo interesse per lei era in qualche modo correlato con il duplice omicidio della Zisa: Mancuso Gaspare era un cugino di primo grado della donna. Diciamo che il mio è un tentativo di contestualizzare un comportamento anomalo. Allora, se la mia interpretazione dei fatti è quella giusta e non ho preso il più clamoroso abbaglio della mia vita, la vera anomalia, la cosa che mi dà da pensare, è la seguente: perché una donna che ha investito tutte le proprie energie emotive nella ricerca ossessiva di una gravidanza che non arriva, a un certo punto, proprio quando pare che abbia ottenuto quello che voleva ottenere, decide di passare dall'altra parte della barricata e smontare quello che ha faticosamente costruito? Perché, dottore, me lo sa dire?

Non aveva spiccicato una sillaba per tutta la durata della cena. Una durata insolitamente breve. Il pasto serale, spesso notturno, era il momento di massima distensione della giornata. Spotorno, invece, sembrava la pubblicità di un ansiolitico prima dell'uso.

Amalia gli aveva visto mandare giù rapidamente ogni cosa. Ma era evidente che il commissario non badava nemmeno a quello che aveva nel piatto. Ed era un peccato. Le bavette in salsa di basilico, servite fredde, erano una specie di balsamo, dopo una giornata al calor bianco. E il tortino di pesce spada con le olive nere e la crema di melanzane, chiuso tra fette di patate guarnite con le cipolle rosse e ammorbidito col succo d'arancia, avrebbe meritato gli onori militari.

Invece niente. Nessun commento. Nemmeno pro-forma. Tanto sarebbe valso fargli trovare un piatto di patate lesse, al signor commissario. I trascorsi blando-femministi di Amalia – o almeno i sottoprodotti che ne erano derivati negli anni successivi – le avevano impedito di diventare il tipo di moglie che antepone i presunti doveri dell'ufficio matrimoniale alle esigenze di una dignità pugnace.

Se dopo la chiusura dell'anno scolastico lei riservava qualche pomeriggio estivo al rilancio delle così dette virtù domestiche, era solo perché le piaceva riesumare, esplorare e reinterpretare le vecchie ricette di famiglia, con creatività sempre disinibita. Però non le sarebbe dispiaciuto uno straccio di riconoscimento al merito. Guai a sottovalutare il valore della spinta sentimentale, purché tempestiva.

Chi sa cosa stava passando per la testa del signor commissario, in quel momento. Accese la sigaretta di fine giornata e lo scrutò pensosa. Doveva entrarci ancora quella tipa tutta bianca che risvegliava istinto materno e senso di protezione.

Spotorno stava rievocando punto per punto la chiacchierata con l'agente Stella. In gamba la ragazza. Lui però continuava a pensare che quella dell'aborto non era necessariamente l'unica spiegazione possibile alla sequenza della clinica. E se la Dama Bianca ci fosse andata solo per farsi togliere una cisti superficiale o per qualcosa di analogo? Come tempi di intervento e recupero di un assetto verticale da parte della paziente erano compatibili con quelli che Mara Stella aveva attribuito a un aborto. Lo sapeva perché una volta aveva accompagnato Amalia per un piccolo intervento da risolvere con il termocauterio.

Appunto: lui sua moglie l'aveva accompagnata. Per quanto semplice, non era una passeggiata, si trattava sempre di un'operazione dolorosa, che richiedeva assistenza, conforto, solidarietà maritale. La Dama Bianca invece, a dire dell'agente Stella, era sola.

Anche ammesso che Diego fosse rimasto impigliato in qualche faccenda inderogabile, possibile che lei non avesse un'amica, una parente alla quale chiedere collaborazione? E se invece fosse stato un aborto terapeutico? Un caso di trisomia 21, per esempio. Non tutte le coppie se la sentivano di mandare avanti la gravidanza. O una di quelle situazioni che mettono a rischio la vita della madre? Ma anche in quel caso, perché andare tutta sola ad affrontare qualcosa che, a dire dell'agente Stella, la Dama Bianca aveva vissuto come una vera tragedia?

Fu scosso da un movimento davanti a sé. Amalia aveva abbandonato in equilibrio sul posacenere la sigaretta ancora a metà, e si era alzata di colpo, senza dire una parola, come se si fosse improvvisamente ricordata qualcosa di esiziale. Tornò con una bottiglia di moscato di Noto, due bicchieri a tulipano appannati di gelo e un cartoncino color crema a due ante, che gli posò sotto gli occhi.

Spotorno studiò la prima facciata mentre Amalia versava da bere per tutti e due. Lesse e quasi gli sembrò di percepire il flusso dell'adrenalina che le surrenali gli immettevano in circolo. Una bella scarica secca. Mandò giù di colpo un bicchierino di moscato e sentì subito una sensazione di calore alla bocca dello stomaco.

Stava per allungare la mano verso il bicchiere di Amalia, ma avvertì in tempo l'occhiata di lei, a metà tra stupore e preoccupazione.

Dove l'hai preso?, le chiese.

L'ho trovato sopra una delle panche, quando siamo andati alla Cappella delle Dame. L'avevo messo in borsa senza leggerlo e poi non ci avevo pensato più. Fino a stasera, prima che tu arrivassi. Hai letto?

Spotorno annuì a lungo. Dunque, l'agente Stella forse aveva visto giusto. Forse. Quel pieghevole, in realtà, rischiava di confondere ancora di più le acque. Rendeva meno lineare l'interpretazione della presenza della Dama Bianca nella clinica Bocciolo di rosa.

Studiò ancora la prima facciata, con la riproduzione del quadro con la madonna che sovrastava l'altare della cappella. Rilesse la scritta sottostante: Nobile Congregazione di Maria SS. dell'Aspettazione al Parto. E più piccolo: sotto titolo delle Signore Dame del Giardinello al Ponticello. Sul retro era riportata una preghiera alla Madonna dell'Aspettazione al Parto.

Aprì le ante del pieghevole e lesse attentamente il testo all'interno. Notizie storiche sulla Congregazione, che risaliva al 1595. Storia e descrizione della cappella. Notizie sui restauri più recenti. Scopi della Congregazione, il più importante dei quali era la beneficenza alle puerpere povere dell'Albergheria. Ma anche la preghiera per le partorienti e per le consorelle defunte.

Peccato che, per quanto ne sapeva lui, la Caminiti non era né indigente né del rione Albergheria. Ed era ragionevolmente certo che non fosse nobile. Almeno, dalle carte non risultava. Allora come si giustificava la sua presenza nei locali della cappella? Una presenza assidua, negli ultimi tempi, a sentire la vecchia impicciona di via Ponticello.

Gli venne in mente il gesuita che la donna aveva intercettato dentro la cappella. Gli aveva forse chiesto di confessarla? Pensò che era venuto il momento di fare una chiacchierata amichevole con quel prete. Quel caso, comunque, era troppo pieno di madonne. Anche la Dama Bianca, quando l'aveva vista dentro la cappella, con quella luce scabra, aveva qualcosa delle madonne affrescate sulle pareti di certe chiese umbre o toscane, dove Amalia lo aveva talvolta trascinato i primi tempi del loro matrimonio, prima della nascita dei ragazzi. Madonne un po' affilate, dal cui sguardo troppo mite Spotorno si era sentito perseguitare fino all'uscita sui sagrati.

Un pensiero inaspettato gli mise il cervello in corto circuito: perché attribuiva tanta importanza alla fertilità più o meno manipolata della Dama Bianca e di Diego Sala? Che c'entrava con la duplice ammazzatina della Zisa? Perché si era lasciato trascinare senza opporre resistenza su quella china che rischiava di farlo finire sopra un binario morto? Quali fantasmi aveva evocato quella donna, intersecando la sua rotta senza saperlo?

Amalia sparecchiò da sola e si ritirò sul balcone con un libro in mano.

Passò dall'ufficio prima dell'incursione alla Rettoria

dei Gesuiti. Puleo aveva il turno di notte. Il dirigente della Mobile doveva essersi alzato col piede sbagliato, a giudicare dalle urla che lasciava filtrare da dietro la porta del suo ufficio. Maltrattava qualcuno al telefono. Spotorno socchiuse la porta e fece un gesto con le dita a cuspide, che voleva dire: Con chi ce l'hai? L'altro rispose con il saluto a pugno chiuso. Un vecchio scherzo, tra loro. Spotorno richiuse e uscì. Erano buoni amici. E si fidavano l'uno dell'altro. Stima e amicizia avevano resistito a parecchi tentativi di metterli l'uno contro l'altro. E Spotorno, a suo tempo, era stato il primo a congratularsi, senza doppiezze, per la promozione a vice-questore dell'altro, che era più anziano di lui.

Fuori, valutò a orecchio il flusso del traffico sul Cassaro e decise di andare a piedi. Aggirò i ruderi della chiesa di Sant'Annunziata dello Scutino, assediati dai cassonetti, e scese per la via Porta di Castro. Non badò alla confusione indocile del mercato di Ballarò, che di solito gli riattizzava le ghiandole; invece, l'odore del pane caldo miscelato con quello delle erbe aromatiche e delle olive condite con l'origano gli scatenò una fame che preferì ignorare. Ci mise una decina di minuti ad arrivare davanti al portone con l'anta spalancata. Cercò un citofono per annunciarsi, ma poi avvistò un prete di colore, giovane, imponente e occhialuto, che attraversava il cortile in diagonale. Lo raggiunse, si presentò, gli descrisse il gesuita e gli chiese dove poteva trovarlo.

Come faccio a sapere chi è? Qui dentro i gesuiti sono tutti come l'ha descritto lei, disse il prete. Ma lo disse con un sorriso che mise a nudo una dentatura da pubblicità dentifricia. Anch'io diventerò come loro, aggiunse.

Mi mancava solo un gesuita spiritoso, pensò il commissario. Il prete si era espresso in un italiano quasi perfetto, ma con un accento raffinato, che il commissario avrebbe definito da diplomazia vaticana, da futuro Nunzio Apostolico in un paese difficile, dalle parti degli infedeli.

Domenica scorsa ha officiato un matrimonio alla cappella di via Ponticello, aggiunse Spotorno.

Ah, la Cappella delle Dame. Allora è padre Cuttitta. Solo lui accetterebbe di officiare un matrimonio di domenica. Però non è qui, lo trova in chiesa. Forse lo vuole arrestare? Nel caso le raccomanderei discrezione.

Indicò col braccio in direzione della chiesa di Casa Professa:

Provi a chiedere dentro. Lo conoscono tutti.

Spotorno fece un cenno di ringraziamento e si allontanò.

Casa Professa, da fuori, era abbastanza sobria. Ma l'interno faceva venire gli incubi a Spotorno. Ci entrava solo se obbligato, per qualche occasione particolare, come un matrimonio, e doveva sempre dominare l'impulso di tenere gli occhi chiusi. Un barocco tronfio, eccessivo, ossessivo, persecutorio. Non era rimasto un solo centimetro quadrato di superficie che risultasse immune da stucchi, dorature, marmi policromi, statue, affreschi, putti, modanature, intarsi. A Spotorno piacevano le chiese nude, con la pietra viva bene in vista. O la potenza severa ma non coattiva del Cristo Pantocratore del duomo di Monreale.

Entrò col proponimento di non guardarsi troppo attorno, ma nonostante le buone intenzioni non riusciva a staccare gli occhi dalle stratificazioni di orpelli. Come la fascinazione del cobra. Avvistò un drappello di donne anziane, intente a parlare a bassa voce, in piedi, all'interno di una delle cappelle laterali. Chiese loro di padre Cuttitta e la più giovane del gruppo indicò la porta della sagrestia, verso il fondo della chiesa.

Spotorno si avviò, ma quando era ancora a metà strada vide una figura seccagna, in clergyman, venire fuori dalla porta. Padre Cuttitta. Gli andò incontro e si presentò: Commissario Spotorno, Squadra Mobile.

Signor commissario, mi devo preoccupare?, disse il prete, con un risolino affabile che trasudava le implacabili certezze dei gesuiti di lungo corso.

Spotorno non si era preparato all'incontro, delegando ogni cosa all'ispirazione del momento. Una imperdonabile deformazione professionale, esasperata dalla mancanza di sonno. La sera prima era rimasto a macinare a lungo i suoi dubbi sulla Dama Bianca, e poi aveva stentato a prendere sonno, continuando a girarsi e rigirarsi nel letto fino all'alba. Un gesuita, il commissario lo sapeva bene, non poteva essere affrontato come un malacarne o come un qualsiasi borghese. E l'esemplare che aveva davanti non sembrava costituire un'eccezione.

Si ritrovò a impiegare le stesse parole che l'agente Stella aveva usato con lui, il giorno prima:

È una cosa un po' delicata, monsignore.

Non sono un monsignore, signor commissario: a noi non è consentito accedere alla normale carriera ecclesiastica; ma la ringrazio per l'intenzione. Sono sicuro di non stupirla se le dico che noi gesuiti non siamo immunizzati contro le lusinghe del secolo. Comunque sono a sua disposizione. Però le dispiace se parliamo fuori? Questa chiesa mi mette in una cattiva predisposizione d'animo. Non sono mai riuscito ad abituarmi a tutto questo barocco, che è stato reso vendicativo dalla riammissione dei gesuiti, dopo l'espulsione del 1767. Una dimostrazione della potenza della Compagnia. Acqua passata. Ora è il turno dei nostri fratelli dell'Opus Dei, che il Signore li abbia in gloria.

Fuori, passeggiando avanti e indietro fra la chiesa e la Biblioteca Comunale, come nel cortile di un oratorio, Spotorno gli parlò delle indagini delicatissime intorno a un duplice omicidio di mafia. Poi forzò il nesso logico e citò il rapporto di cuginanza tra la vittima predestinata dell'agguato e una certa donna che era emersa nel corso delle indagini. Il prete lo ascoltava senza interloquire.

È la signora che l'ha fermata domenica scorsa, alla Cappella delle Dame, dopo la cerimonia nuziale. Non la stavo pedinando: ero lì per caso con mia moglie e ho riconosciuto la donna dalle foto che erano state scattate al funerale del cugino, disse Spotorno. Una verità parziale.

Signor commissario, se non fossi un povero prete con i vincoli imposti dalla tonaca dovrei sentirmi lusingato: ormai sono un po' passato di cottura, sarei fuori età per certe cose. Sa, quando ero un giovane novizio andava in voga una specie di promemoria in latino:

Cave sacerdos a muliere,
oculos habet enim vocativos,
manus vero sunt ablativas, quod,
si tu fies dativus,
fiat ipsa prius genitiva,
dein autem accusativa,
et tu, miser sacerdos,
tantum manebis porro nominativus.

Ce lo facevano imparare a memoria per farci fissare meglio la declinazione dei casi in latino. Ma quella che i nostri fratelli domenicani definirebbero la tipica doppiezza gesuitica l'ha resa sopra tutto un'intimidazione a noi sacerdoti contro i rischi della seduzione muliebre.

Monsignore, non mi sarei mai permesso di alludere né di insinuare. Quello che volevo dire è che sarebbe di molto aiuto alla soluzione del caso conoscere le motivazioni che hanno spinto la donna ad assumere certe scelte, certi comportamenti, che sono affiorati dalle nostre indagini.

Il gesuita tacque ancora a lungo, poi sospirò. Spotorno temette che stesse per chiamarlo figliolo, per una forma di ritorsione trascendentale alla sua domanda formulata in modo così indiretto.

Signor commissario, lei è credente?, esalò, quando Spotorno cominciava a pensare che il prete gli stesse opponendo un silenzio ostile. Intuì subito dove l'altro volesse andare a parare.

Diciamo che non sono praticante.

Anche se non lo è, sono sicuro che non le è ignoto uno dei precetti più ferrei del ministero sacerdotale. Lei appartiene alla generazione che ha studiato Croce al liceo. Io stesso l'ho insegnato a tanti suoi coetanei, al Gonzaga. Lei non è stato uno dei nostri ragazzi, vero? Altrimenti riconoscerei la sua faccia. Ricorda cosa diceva Croce a proposito dell'impossibilità di non dirsi cristiani?

Spotorno lo ricordava.

Persino i non credenti si riconoscono in un sistema di riferimento basato sulla condivisione dei valori etici del cristianesimo, disse il prete; sono entrati nel nostro genoma, se mi consente questa indebita commistione tra natura e cultura. Nel caso specifico, mi riferisco al vincolo del sacramento della Confessione. Vincolo sacro per noi sacerdoti, persino davanti ai ferri del carnefice. Ma lei, caro commissario, non vorrà certo arrivare a quegli estremi.

Non tutto è confessione, monsignore, disse Spotorno; con i sacerdoti si parla, si pongono domande, si ottengono risposte. Anche fuori dal sacramento.

Per la seconda volta padre Cuttitta sorvolò sull'abuso di titolo ecclesiastico sfuggito al controllo di Spotorno:

D'accordo, signor commissario; però, mi creda, stento a trovare una connessione, anche labile, tra le sue indagini su una strage di mafia e i problemi che quella povera donna potrebbe avermi sottoposto. E sottolineo il potrebbe.

Spotorno intravide la crepa. Era tutta nell'espressione «quella povera donna». Era un'ammissione, non sapeva quanto involontaria, che i patemi della Dama Bianca, che rientrassero o meno sotto l'ombrello protettivo del sacro vincolo della confessione, non erano problemi ordinari. Niente del genere: Padre ho risposto male a mia suocera. E neppure: Ho desiderato lo zibellino della vicina.

Mi perdoni se insisto; sorvolando sul credere o non credere, anch'io da ragazzo ho frequentato il catechismo; non c'è bisogno di scomodare Croce e mi guardo bene dal chiederle di violare alcun che. Mi sarebbe sufficiente una conferma o una smentita su certe ipotesi che mi è capitato di formulare nel corso dell'indagine. Non mi chieda a sua volta di essere più esplicito: anche noi poliziotti siamo legati al segreto professionale. Nel caso in oggetto, se lo violassi, rischierei di mettere qualcuno in un guaio molto, molto serio.

Stavolta Spotorno aveva operato una non lieve forzatura della verità. Il gesuita parve accorgersene:

Non me lo perdonerei mai, signor commissario, replicò ironicamente.

Mi permetta di prenderla alla lontana, disse Spotorno. Le chiedo qualcosa che non dovrebbe interferire con i precetti delle nostre reciproche professioni, qualcosa di innocuo: la cappella è aperta a tutti? Chiunque può andare e assistere alle funzioni oppure bisogna essere membri della Congregazione?

Questo glielo posso dire: non hanno regole rigidissime. C'è una certa liberalità occasionale nel consentire di assistere alla messa, anche se non si fa parte della Congregazione. E poi, signor commissario, lei lo sa come vanno le cose a queste latitudini: basta conoscere qualcuno, avere un'amica... Non è obbligatorio avere il sangue blu. Quella signora però era la prima volta che la vedevo. Non sono l'unico sacerdote che officia le funzioni religiose nella cappella. L'altra volta ero stato chiamato a officiare dallo sposo: un ex gonzaghino, a suo tempo mio alunno.

Allora il punto è questo: risulta che la famosa signora, negli ultimi due o tre mesi, ha frequentato con una certa assiduità la cappella. E in tempi recentissimi l'ha frequentata in un contesto che, all'apparenza, definirei doloroso. Parlo del suo contesto personale, interiore, intimo. Mi creda, padre, era qualcosa che si percepiva a vista; lei stesso non avrebbe potuto fare a meno di notarlo, anche se quella donna non le avesse rivolto la parola. Ma lei deve avere percepito l'urgenza della signora. Quella spirituale, quanto meno. Altrimenti non avrebbe acconsentito così prontamente alla sua esigenza di comunicazione.

Il prete è come il medico e come la polizia, signor commissario. Noi non ci possiamo mai tirare indietro. Obbediamo alla stessa deontologia.

E a questa deontologia non le chiederò di trasgredire. Però, se io penso che la signora era – mi perdoni l'eccesso di teatralità – diciamo un po' macerata dal dubbio; se, mettiamo, si era rivolta a lei, monsignore, allo scopo di ottenere una sorta di autorizzazione a un atto che l'avrebbe posta fuori dalla comunità dei credenti – e mi riferisco, beninteso, a un'autorizzazione morale, non a qualcosa che si ottiene con un timbro – se io pensassi questo, monsignore, lei potrebbe accusarmi di temerarietà?

Ma perché avrebbe dovuto venirlo a chiedere proprio a me? La signora avrà una parrocchia di appartenenza. Non sarebbe stato ovvio rivolgersi al suo parroco o entrare in una qualsiasi altra chiesa più a portata di mano, più facilmente accessibile? La mia presenza in via Ponticello, domenica scorsa, era accidentale e quindi non è venuta apposta per incontrare me.

Il punto è proprio questo: forse non era tanto un prete ben preciso che cercava; il prete aveva, non si offenda, monsignore, un'importanza secondaria rispetto al luogo. E l'importanza, diciamo pure la specificità del luogo, nel caso della cappella, è la devozione alla Madonna dell'Aspettazione al Parto.

Mi scusi, signor commissario, ma se ho interpretato bene il senso delle sue precedenti, cautissime circonlocuzioni, mi sembra di cogliere una certa contraddizione. Perché una donna che avrebbe *quella* intenzione, dovrebbe, diciamo, *frequentare* una madonna vocata a tutt'altro?

Si chiede perdono alle persone cui si è fatto un torto grave. Compresi santi e madonne, se si è credenti. Specie se si tratta di una richiesta di perdono preventiva. Non crede, monsignore? Sopra tutto se ci si trova in una situazione emotivamente insostenibile. E si fa se si cambia idea. Se in precedenza si è *frequentato*, come dice lei, la madonna, con le intenzioni normali, oserei dire, in questo caso, *istituzionali*.

Spotorno era consapevole di stare camminando sulle uova. Sperava solo di non romperle tutte. Il gesuita gli dedicò uno sguardo nuovo, più lungo, di aumentata considerazione.

È sicuro di non essere mai stato dei nostri, signor commissario? Ed è sicuro che il suo interesse per quella donna sia di natura esclusivamente professionale?

Spotorno si sentì avvampare.

Ho fatto le scuole statali, disse duramente; poi addolcì il tono: Forse sto solo inseguendo un fantasma, monsignore.

Rifletté per qualche istante, poi decise di raccontare al prete il suo primo incontro con la Dama Bianca. Si sorprese a riesumare vocaboli desueti e un periodare complesso che credeva di avere abbandonato dopo il liceo. Quando finì, il gesuita tacque a lungo, tanto che Spotorno pensò che avesse considerato chiuso il colloquio. Anche perché si era fermato davanti alla cancellata della chiesa.

Vede, commissario, disse alla fine, riprendendo a camminare, ogni ipotesi, ogni ragionamento che noi facciamo intorno alla morte, tenta di aggirare un ostacolo: che la morte, come il sole, non si può guardare direttamente. Il sole perché fa troppa luce, la morte perché è troppo buia, cioè è impenetrabile. Ciò che sappiamo sulla morte si basa su ciò che non sappiamo. Non si meravigli se un vecchio gesuita le dice che questo vale anche per la vita: dentro la vita c'è troppa luce. Come nel sole. Non ci possiamo scrutare dentro. Noi preti diamo consigli sulle cose della vita e della morte. Talvolta forziamo i consigli fino a farli diventare interdizioni. Delle quali, spesso, ignoriamo l'esito.

Spotorno annuì a lungo:

Grazie monsignore.

Aveva afferrato il messaggio. Tipico schema gesuitico, pensava il commissario. Padre Cuttitta aveva evitato ogni riferimento diretto alla Dama Bianca, non tradendo ufficialmente né i vincoli del sacramento, né quelli del buon gusto. Tuttavia, ciò che aveva detto era stato, nella sua estrema ambiguità, abbastanza esplicito. Ma forse Spotorno era stato ancora più ambiguo di lui.

Dunque la Dama Bianca aveva manifestato a padre Cuttitta l'intenzione di abortire, sperando di ottenere una impossibile assoluzione preventiva. O in alternativa – ed era questa l'ipotesi che il commissario privilegiava – ricevere dal gesuita una motivazione così forte a portare a termine la gravidanza, da annullare la spinta di segno opposto. Una spinta insostenibile. Quella che l'aveva trasformata in una specie di raffigurazione allegorica del dolore.

A giudicare dal racconto dell'agente Stella, il prete aveva fallito. Ma non poteva saperlo. E Spotorno non aveva nessuna intenzione di dirglielo. Il gesuita lo osservava, forse consapevole del meccanismo ben oliato che in quel momento, dentro il cervello di Spotorno, si faceva strada a colpi di tesi-antitesi-sintesi.

Quando la sua indagine sarà terminata, disse infine, torni ancora a trovarmi, signor commissario. Mi piace parlare con lei. Peccato solo che non è dei nostri.

A Spotorno sfuggì un abbozzo di inchino, a metà tra il formale e l'ironico:

È stato un piacere anche per me, monsignore. Ovviamente, se le venisse voglia di un colpo d'occhio alle nostre stanze dell'inquisizione, alla Mobile...

Non potrei chiedere di meglio, signor commissario.

Si strinsero la mano a lungo. Spotorno si era allontanato di qualche passo, quando il gesuita lo richiamò:

Signor commissario.

Spotorno si riavvicinò.

Signor commissario, voglio dirle ancora una cosa. Però mi prometta che non la prenderà per il vaneggiamento di un vecchio prete stolido. Qualche anno fa sono stato sul luogo di una tragedia, in Val d'Aosta. Una valanga aveva distrutto il nucleo di un paese, provocando molte vittime. Sa qual è la cosa più strana delle valanghe? È che talvolta, scendendo a valle a grande velocità, provocano una terribile turbolenza ai margini della massa. Un vento fortissimo, una specie di soffio capace di sradicare alberi, scoperchiare case, travolgere gli uomini come fuscelli. Spesso fa più danni della valanga vera e propria. Uno pensa di stare al sicuro, di lato, lontano dal fronte di avanzamento, e invece... Sa perché le sto dicendo tutto questo? Perché quella donna, la signora della cappella, mi ha dato l'impressione di essersi trovata ai margini di una valanga di quel genere. Ed è stata travolta – o rischia di esserlo – da qualcosa che non era diretto in modo specifico contro di lei. Sa, mi ricorda certe figure di sfondo nelle grandi tele fiamminghe: una merlettaia al margine di un'opera corale. Ne tenga conto, se le capiterà di incontrare professionalmente quella donna. Ecco, voglio darle una cosa.

Spinse la mano in fondo a una tasca del clergyman e ne tirò fuori un libro sottilissimo:

Il procuratore della Giudea, di Anatole France. Ne ho sempre una copia appresso. Ponzio Pilato ne esce con le ossa rotte. Ma non è per questo che glielo regalo. È un racconto breve, compiuto, una specie di apologo sulla tolleranza, figlia dello scetticismo. In teoria, da membro del clero cattolico – e come tale usufruttuario di Verità assolute – dovrei dissentire. Però sa, noi gesuiti, come dicono i nostri fratelli domenicani, siamo spesso in odore di eresia. Io preferisco interpretarla come una forma di rettitudine nel peccato. La traduzione del testo è di Sciascia, che vi ha aggiunto una nota finale che è persino meglio del racconto. Dicono che non stia molto bene, lo sapeva?

Capitolo XV
All'Attack

La frittola gli era rimasta sullo stomaco. Decise che non avrebbe detto niente ad Amalia. Lei lo scoraggiava sempre dal consumare carne di maiale in estate. In passato l'offerta della frittola era confinata nei mesi meno caldi. Dall'avvento dei freezer era diventato facile trovarla tutto l'anno.

Si era lasciato tentare sulla via del ritorno attraverso Ballarò, dopo l'incontro con il gesuita. Non riusciva neanche a ricordare quanti anni fossero passati dall'ultima volta che l'aveva provata. Era colpa degli odori del mercato, che a quell'ora scatenavano sempre i succhi gastrici dei non anoressici. Ma era stato l'uomo della frittola a fornire la spinta risolutiva.

I venditori di frittola, secondo Spotorno, erano psicologi nati. Studiavano la faccia del cliente e decidevano quali pezzi facevano al caso suo. Sceglievano al tatto, per antica convenzione. Tuffavano la mano sotto la mappina a scacchi che copriva il canestro di vimini con le frittole, rimestavano fino a incontrare il pezzo giusto e lo deponevano con faccia impassibile sul foglio di carta oleata in precedenza fornito al cliente. Un giudizio insindacabile. Una classificazione lombrosiana, in obbedienza a un codice segreto, noto solo alla corporazione. Ogni faccia ha la frittola che si merita. E viceversa. Almeno così avevano l'aria di pensarla i frittolari della sua adolescenza.

Anche stavolta, come ai tempi del liceo, aveva provato a indirizzare la ricerca verso un pezzo magro, ma il frittolaro, senza prendere in considerazione la sua richiesta, gli aveva rifilato quello che aveva deciso lui.

Tirò fuori dalla tasca della giacca il libro che gli aveva dato padre Cuttitta, lo posò sul piano della scrivania e sospirò. Con quello facevano tre. A casa ne aveva altri due uguali. Il primo glielo aveva dato Amalia, il secondo era stato un omaggio del suo compare d'anello Lorenzo La Marca, il quale glielo aveva consegnato con quell'aria di insopportabile sussiego che ogni tanto si appiccicava alla faccia.

Aveva letto e riletto sia il racconto che la nota, ma non era ancora riuscito a capire perché due persone a lui così vicine e un prete appena conosciuto avessero eletto proprio lui come destinatario di quel libro. Non aveva mai voluto chiederlo ad Amalia, perché non era sicuro che avrebbe gradito la risposta. E Lorenzo lo avrebbe solo sfottuto a morte. C'era stato un momento, ai primi tempi della loro conoscenza, mentre Amalia avanzava nella sua vita, che lui aveva pensato che ci fosse stato qualcosa tra lei e La Marca. Il solito pudore gli aveva impedito di approfondire. Ma poi era arrivato alla conclusione che Amalia trattava Lorenzo con l'indulgenza plenaria e il senso materno che si riservano a un fratello un po' scapestrato o a uno zio scapolo, dagli abbandoni giovanilistici.

Lo squillo del telefono interruppe quelle divagazioni da cattiva coscienza dietetica:

Vittorio?

Maddalena, che abbiamo?

Vittorio, mi devi scusare se telefono sempre a te, ma solo a te conosco per queste cose.

Quali cose, Maddalena? Che è successo?

Gli passò per la testa il pensiero che fosse capitato qualcosa a Grazia, la signorina superstite. Forse aveva sbagliato a non chiedere una qualche forma di protezione per lei, dopo la brutta fine di Nunzia.

D'altra parte, quando l'avevano interrogata, aveva dimostrato di non sapere niente sui possibili motivi dell'assassinio della sua compagna di lavoro. E, oltre il dispiacere sincero per la fine dell'amica, non era sembrata affatto reticente o impaurita per sé. Le sembrava scontato che si fosse trattato di un furto degenerato in omicidio.

Per fortuna il problema di Maddalena riguardava qualcosa di meno grave:

Ieri mattina abbiamo trovato la serratura della saracinesca dell'agenzia sigillata con l'Attack, disse Maddalena.

Spotorno rimase zitto per tutto il tempo necessario ad assimilare l'informazione. Se Maddalena lo aveva chiamato solo per dargli quella notizia all'apparenza non drammatica voleva dire che anche lei conosceva il senso del messaggio.

Da qualche tempo i picciotti dediti all'estorsione o alla riscossione del pizzo per conto delle cosche avevano rinunciato ad azioni troppo visibili, che rischiavano di attirare l'attenzione di polizia, carabinieri e magistratura. Spesso, a temere di più l'intervento e le domande degli investigatori erano proprio i titolari delle botteghe, degli esercizi commerciali e gli artigiani destinatari di messaggi di quel tipo. La maggior parte di loro preferiva tacere e pagare.

Sigillare le serrature e i lucchetti delle saracinesche con l'Attack aveva lo stesso effetto intimidatorio di una bomba carta fatta esplodere a ridosso delle vetrine o di un po' di benzina lasciata filtrare di là dalla soglia e incendiata. Era un primo avvertimento. Ma più a buon mercato, meno appariscente e meno rischioso. Alle vittime bastava chiamare un fabbro ferraio fidato, cambiare la serratura, e nessuno l'avrebbe mai saputo. E aspettare il contatto successivo, per contrattare un prezzo ragionevole con i mandatari del reggente di zona, con la speranza di non esserne strangolati.

Per cose più pesanti c'era sempre tempo. Nel caso non fosse arrivato a destinazione l'approccio bonario di un mezzo grammo di Attack dentro una serratura.

Maddalena aspettava ancora la sua reazione. Spotorno si riscosse:

Chi si occupa di aprire l'agenzia, al mattino?, chiese.

Ieri mattina siamo stati io e Manlio, mio marito.

È la prima volta che vi capita questa cosa dell'Attack?

Ti voglio dire la verità, Vittorio: non lo so. Se ieri a Manlio non l'avessi accompagnato io, non ne avrei saputo niente di questa cosa. Ma non per male, credimi. Lui è sempre – come ti posso dire? – sempre protettivo con noialtri. Specialmente dopo quello che ci è successo. Prima Rosario e poi Nunzia. Ora sono scantata per davvero. Ho la testa ai ragazzi. Mi pareva che dopo la cosa di quattro anni fa, ormai non succedeva più niente.

Che cosa è successo quattro anni fa, Maddalena?

Ma come, non lo sai? La benzina, l'incendio... È stato qualche giorno prima di Natale. Cosa da poco, un metronotte ha dato l'allarme e il fuoco l'hanno spento subito con gli estintori. Si sono bruciati solo un tavolo e un pacco di dépliant. Ma com'è che tu non lo sapevi?

Spotorno cercò di ricordare. Dovevano essere intervenuti quelli del commissariato Zisa, il commissariato di zona. O i carabinieri. Per questo a lui non risultava niente. E non doveva nemmeno essere finito sui giornali. Fino a qualche anno prima episodi del genere erano così comuni da essere relegati, al massimo, nelle brevi di nera.

Ti sto telefonando di nascosto da Manlio, riprese Maddalena; se lui sapesse che te l'ho detto mi farebbe l'inferno.

Vuoi fare denuncia?

No. Vorrei che ci parlassi tu, a Manlio. Io non la posso continuare questa vita. L'ansia mi sta mangiando viva. Da quando sono successe 'ste cose tinte, ogni volta che lui ritarda dieci minuti mi sento una virrìna che mi comincia a trapanare il cervello. E Manlio mi dice sempre di non preoccuparmi, che è tutto a posto; lui però è combinato peggio di me, basta guardarlo in faccia. Mi devi credere, Vittorio, dopo la cosa di Nunzia, per riuscire a dormire un poco la notte mi dovevo pigliare il Roipnol. Ieri sera non l'ho voluto prendere perché avevo paura di non riuscire a svegliarmi se succedeva qualche cosa. Sono ridotta una pezza.

Spotorno rifletteva velocemente. Dal giorno del funerale di Rosario aveva in mente di scambiare due chiacchiere con il marito di Maddalena. Aveva rimandato troppo. Decise di rimandare ancora. Giusto il tempo di fare qualche controllo. Gli era venuto una specie di rodìo...

Va bene, Maddalena, ci parlo io con tuo marito. Ma tu per ora non glielo dire che mi hai telefonato per questa cosa dell'Attack. Facciamo così: appena riesco a liberarmi di una camurrìa che ho per le mani, ti telefono e ci mettiamo d'accordo. Non ci vorrà molto. Questione di due o tre giorni al massimo. Ti chiedo scusa, ma questo è un momento...

Maddalena assorbì le giustificazioni vaghe senza sospettare, all'apparenza, che Spotorno cercava di prendere tempo. Avrebbe voluto prolungare la conversazione. Il commissario avvertiva la sua riluttanza a chiudere. Il suo bisogno di essere rassicurata. Era una donna molto sola, intuì con un senso di frustrazione che lo colpì a tradimento.

Maddalena, disse, hai fatto bene a telefonarmi: quello di stamattina è un segnale da non sottovalutare. Ma per ora non c'è da preoccuparsi. Per qualche giorno non succederà niente. Quelli che hanno messo l'Attack non si faranno vivi subito. Lasceranno passare un po' di tempo per fare alzare la tensione, e farvi cuocere a fuoco lento. È una specie di guerra psicologica. Se voi non volete sporgere denuncia noi non possiamo fare molto. Però chiederò agli equipaggi delle volanti di passare con maggiore frequenza davanti all'agenzia e di tenere gli occhi aperti.

Va bene, Vittorio, facciamo come dici tu. Fatti sentire, quando sei pronto.

Lo disse con un tono remissivo che aumentò i sensi di colpa di Spotorno. Lo aveva toccato l'assenza di recriminazioni da parte di Maddalena. Non una domanda, né un'accusa sui mancati progressi nelle indagini sugli assassinii di Rosario e di Nunzia. Come se avesse riposto in lui una fiducia acritica e indistruttibile.

Spotorno era stato sincero quando aveva minimizzato il rischio di pericoli imminenti. La tecnica dell'intimidazione aveva una progressione lineare. L'Attack era un avvertimento blando. Poi, di solito, tenevano a bagnomaria per qualche giorno i destinatari, prima di telefonare o di mandare un picciotto con l'invito a «mettersi in regola». Spesso l'invito arrivava prima dell'avvertimento. E talvolta non era preso sul serio. O non veniva capito. E allora i malacarne mostravano i muscoli.

Convocò Puleo:

Save', mi servono i bilanci degli ultimi dieci anni della Beltramini Travel. L'agenzia del cognato di Alamia Rosario. E pure la lista completa del personale dell'agenzia. Immediatamente. Però non chiedere solo i bilanci della Beltramini, all'ufficio registro delle imprese: scegli altre cinque o sei agenzie di viaggi sulle Pagine Gialle e chiedi i bilanci di tutte. Di' che ti servono per la tesi. Evitiamo che qualcuno si metta in allarme.

Voleva dare una buona occhiata a quei bilanci, prima dell'incontro con Manlio Beltramini. Mentre parlava al telefono con Maddalena aveva cominciato a rimuginare certe idee...

Pensò fugacemente se non fosse il caso di chiedere l'autorizzazione a mettere sotto controllo i telefoni dell'agenzia e dell'abitazione dei Beltramini. Dubitava che gliel'avrebbero concessa in tempi brevi. C'erano priorità da rispettare. Utenze telefoniche più interessanti. Liste d'attesa chilometriche. Ma il vero motivo della sua riluttanza era che l'avrebbe considerata un'indebita intrusione nella vita privata di Maddalena. Già lo metteva a disagio in anticipo lo studio clandestino dei bilanci.

Begli scrupoli, per uno sbirro, pensò. Aveva avuto torto Maddalena, a chiedergli perché avesse scelto quel mestiere, quando si erano congedati, dopo il funerale di Rosario?

Puleo gli posò sul tavolo le fotocopie dei bilanci. Beltramini Travel srl, Manlio Beltramini amministratore unico, venti milioni di capitale interamente versato, sede sociale corso Camillo Finocchiaro Aprile, meglio noto agli indigeni con l'antico nome di corso Olivuzza.

Non dovette cercare molto. Fu sufficiente un'occhiata alla riga dei fatturati. L'ultimo bilancio disponibile, quello dell'anno passato, presentava un fatturato di quasi due miliardi. Un miliardo e mezzo il penultimo. Poco più di un miliardo il precedente. Andando ancora a ritroso nel tempo, i sette bilanci residui mostravano fatturati molto più bassi, compresi tra i quattrocento e i cinquecentocinquanta milioni.

Gli utili dei primi sette bilanci mantenevano più o meno lo stesso andamento: prossimi allo zero. Talvolta persino sotto. Gli ultimi tre, invece, presentavano utili in crescita: duecento, trecento e quattrocento milioni.

Ricordò le parole di Maddalena, dopo la visita in via Zara: gli affari non andavano bene; c'era la crisi; troppi alti e bassi. Riconvocò Puleo:

Save', devi fare un salto alla Camera di Commercio. Ti fai dare i tabulati con i dati statistici sul fatturato medio delle agenzie di viaggi, divisi per dimensione aziendale e per aree geografiche: nord, centro, sud, isole.

Già fatto, dottore. Ho perso tempo per questo. Ho scritto tutto a mano sul mio taccuino. Lo stavo passando di là sul computer.

Lascia perdere il computer e tira fuori il taccuino. Dimmi tutto a voce.

L'agente uscì e tornò subito dopo:

Ecco qua, dottore. Immagino che in prima battuta le interessi il dato relativo alla nostra regione. Un'agenzia di viaggi medio-piccola, come la Beltramini Travel, per intenderci, l'anno scorso ha presentato un fatturato medio di seicentotrenta milioni. Per gli anni precedenti deve considerare valori via via inferiori, perché sugli ultimi bilanci grava l'effetto dell'inflazione. Gli ultimi fatturati però sarebbero ancora più alti se non fossimo in un periodo di stagnazione per il turismo.

E tu come lo sai, Save'?

Dottore, avevo perso meno tempo del previsto per le copie dei bilanci, e così mi sono preso la libertà di passare da una funzionaria della Camera di Commercio: un'amica, una che fino all'anno scorso lavorava nel settore alberghiero. Le ho offerto l'aperitivo e ci siamo fatti una bella chiacchierata. Lei lo sa che sono un poliziotto, però ho raccontato anche a lei che i dati mi servivano per la tesi. In parole povere, dottore, per ora c'è crisi nera. Così mi ha detto e così riferisco.

Complimenti, Save'. Ma come ti è venuto in mente?

Non era difficile. Quando mi ha chiesto i bilanci ho capito a che cosa le potevano servire. E ho controllato subito il valore del fatturato, anno per anno. Ho dato da poco l'esame di Economia aziendale e ho fatto due più due.

Che per una volta faceva davvero quattro. Bravo. L'aperitivo però non lo mettere nella nota spese, mi raccomando.

Trascrisse sopra un foglio i dati dei bilanci, in modo da ottenere una specie di quadro sinottico. Li studiò ancora. L'ultimo bilancio con un fatturato normale, più o meno compatibile con il dato medio delle agenzie di dimensioni analoghe, risaliva a quattro anni prima. L'anno dell'attentato incendiario al quale aveva accennato Maddalena. Quadrava. E quadrava anche con alcune altre cose che lei gli aveva confidato quando l'aveva riaccompagnata in via Zara, dopo il funerale di Rosario.

Ora era pronto a incontrare Manlio Beltramini.

Chiamò Maddalena a casa, il giorno dopo, nel primo pomeriggio, quando era sicuro che Beltramini sarebbe stato al lavoro. Lei non sembrò stupirsene:

Vittorio, sei stato di parola. Che gli dico a Manlio?

Gli dici che il commissario Spotorno, della Squadra Mobile, gli vuole parlare. E che in nome dell'antica amicizia con la tua famiglia, invece di convocarlo formalmente in questura, come sarei tenuto a fare, preferisco incontrarlo privatamente. Questo sarà il periodo di massimo lavoro, per le agenzie di viaggi: vedi se gli va bene stasera, dopo la chiusura. A che ora chiudete? Alle sette e mezza? Se lui è d'accordo, ci possiamo vedere alle otto meno un quarto.

Le fornì le coordinate del bar vicino la cattedrale, che usava talvolta come base logistica privata. Lo stesso nel quale aveva condotto Amalia il giorno della visita alla Cappella delle Dame.

A tuo marito però non dire niente del motivo del colloquio. Digli soltanto che è una cosa riservata e che non ho voluto sbottonarmi con te.

Pochi minuti dopo Maddalena lo richiamò per confermargli che per suo marito andava bene. Quando mancava una mezz'ora all'appuntamento, Spotorno riesumò i bilanci e li studiò ancora, fino al momento di scendere.

Arrivò un po' in anticipo, ispezionò rapidamente il locale e verificò che l'altro non era ancora arrivato. Uscì e passeggiò nervosamente, usando le vetrine delle botteghe come specchietti retrovisori.

Dopo un paio di minuti lo vide sbucare sul Cassaro da via delle Scuole: un uomo accasciato, dall'andatura depressa, appeso a un paio di baffi spenti. Doveva avere lasciato la macchina in piazza Sett'Angeli o in una delle rientranze dei vicoli intorno alla chiesa di Sant'Agata alla Guilla.

Beltramini lo avvistò quasi subito. C'era poca gente in giro e le stradine intorno al Cassaro sembravano in uno stato di animazione sospesa, in attesa della notte, frequentatissima per via dei nuovi pub. Ne spuntavano in continuazione, al pian terreno di vecchi palazzi o nei locali un tempo occupati da officine o da imprese artigiane ormai estinte.

Si strinsero la mano sulla soglia del locale. Spotorno gli fece strada verso la sala interna:

Cosa le posso offrire?

Gin tonic. Lui optò per una minerale. Si accorse che l'altro lo studiava.

Beltramini appariva pallido, teso, di una strana tensione diffidente e rassegnata a qualcosa la cui natura non poteva risultargli del tutto inattesa.

Scambiarono alcuni convenevoli. L'uomo nel corso degli anni aveva assemblato un curioso accento. Vocali un po' strascicate, all'uso locale, impastate con le esse sonore della parlata nordica. E ogni tanto miscelava vocaboli tratti dai due slang della sua vita: quello di origine e quello acquisito.

Spotorno aspettò l'arrivo delle bevande, prima di affrontare l'argomento:

Lei non immagina perché ho chiesto a sua moglie di incontrarla?

L'altro scosse la testa senza convinzione.

Senta, Beltramini, lei proviene da una regione dove si bada al sodo, e anch'io voglio entrare subito nel merito della questione, senza tanti giri di parole: sono al corrente dell'episodio della serratura sigillata con l'Attack.

Come lo sa? Glielo ha detto Maddalena?

No, mentì Spotorno. Noi siamo la polizia, Beltramini: siamo pagati per sapere questo genere di cose.

L'uomo era impallidito ancora di più e la fronte aveva preso a luccicargli per il sudore. Azzardò un sorriso stinto, da cerone scaduto:

Una ragazzata, commissario. Uno scherzo.

Come l'attentato incendiario di quattro anni fa? Non scherziamo, Beltramini. Lei vive in questa città da troppi anni. E sopra tutto ci lavora.

Tirò fuori dalla tasca della giacca il foglio sul quale aveva appuntato i dati estratti dai bilanci dell'agenzia, lo dispiegò e glielo piazzò davanti. Beltramini lo lasciò sul tavolino, quasi avesse paura che il foglio gli si rivoltasse contro, ma tese il collo per leggere.

Riconosce quei numeri?

L'altro scosse la testa. Non aveva ancora toccato il suo gin tonic.

Sono i valori del fatturato della Beltramini Travel, ricavati dagli ultimi dieci bilanci depositati. Ora lei mi dovrebbe spiegare questa cosa strana: come mai il fatturato dei bilanci compresi tra dieci e quattro anni fa ha un valore che si discosta solo di poco dal fatturato medio delle agenzie di dimensioni analoghe alla Beltramini Travel di questa regione, e poi, improvvisamente, nei tre anni successivi, questo fatturato si impenna e arriva quasi a quadruplicare? Me lo sa spiegare questo, Beltramini? E mi sa spiegare questa impennata degli utili?

L'altro deglutì a vuoto. Si guardò intorno, alla ricerca di un ancoraggio oculare. Lo trovò nel bicchiere posato davanti a sé. Lo afferrò e mandò giù avidamente una buona metà del contenuto.

L'agenzia è cresciuta, commissario. Questo per noi è un periodo d'oro.

Non la risposta secca, orgogliosa, di chi ha conquistato il suo posto al sole, ma un balbettio penoso, a mala pena intellegibile. Quell'uomo aveva paura. Ma non necessariamente di Spotorno. O non solo di lui. Spotorno lasciò passare parecchi secondi, prima di ribattere.

Non raccontiamoci minchiate, Beltramini, sussurrò. A me risulta che per ora il settore non va affatto bene. E mi risulta pure che per la sua agenzia è un periodo di magra: entrano pochi clienti. E i pochi che entrano non vogliono spendere molto. Ma questo è il meno. Lei lo sa a cosa mi riferisco: per sette anni consecutivi abbiamo fatturati in linea con quelli medi, con un picco massimo di cinquecento e rotti milioni; l'anno dopo, improvvisamente, ce ne ritroviamo uno di un miliardo e cento. E che cosa è successo nell'interregno tra l'ultimo fatturato normale e il primo fatturato miracoloso? È successo che qualcuno ha cercato di appiccare il fuoco alla Beltramini Travel. Una coincidenza? Via, Beltramini, siamo adulti e vaccinati, e nessuno di noi due può credere seriamente che in una città come la nostra esistano le coincidenze. Sarebbe come credere alla Befana a cavallo della scopa.

Beltramini finì di scolare il gin tonic e parve acquistare lucidità. A Spotorno sembrò che annuisse a un proprio discorso interiore.

Commissario, disse con voce ferma, le voglio raccontare un piccolo episodio al quale mi è capitato di assistere alcuni anni fa, poco prima del piccolo incendio all'agenzia. Mi avevano invitato a un convegno di piccoli e medi imprenditori, un incontro bilaterale, al quale partecipava pure una delegazione di alcuni paesi della fascia del Maghreb. Una di quelle iniziative promozionali della Regione che non promuovono niente, se non la conoscenza tra i popoli. Si teneva a Palazzo dei Normanni, all'Assemblea Regionale. Al momento del cocktail di commiato, alla Sala Gialla, ci siamo ritrovati a chiacchierare più o meno informalmente tra noi locali. Provvisoriamente mi ci metto pure io, se mi permette, dopo tanti anni di lavoro in questa città. Immagini il contesto: c'eravamo noi, c'erano gli stranieri. E c'erano anche parecchi deputati dell'Assemblea Regionale, di maggioranza e di opposizione. E altre autorità. E suoi colleghi poliziotti. In divisa e forse anche qualcuno in incognito. A un certo punto si finisce col parlare della difficile condizione, del contesto particolare nel quale si trova a operare chiunque gestisca un'impresa di piccole o medie dimensioni in questa città. E dopo un poco, un tizio che non conoscevo, titolare di un'attività industriale a Brancaccio, se ne esce con una frase che mi fa gelare il sangue: il vero problema, disse, non era pagare, ma individuare *chi* bisognava pagare. Si riferiva al pizzo. Lei lo sa meglio di me, era un periodo di transizione negli assetti delle cosche, c'erano stati arresti, omicidi, lupare bianche, e non si capiva più chi comandava. Io queste cose le sapevo solo dai giornali. Il tizio diceva che un giorno si presentava qualcuno a battere cassa, il giorno dopo un altro, e poi un altro ancora. E ciascuno di loro pretendeva di essere quello giusto. E lui finiva col pagare tutti. Poco, ma tutti quelli che si presentavano. Finché una notte il figlio torna a casa e gli dice che all'uscita da una discoteca due tizi gli hanno puntato un coltello alla gola imponendogli di consegnare l'orologio. Lui se lo sfila e quelli lo prendono, lo fracassano sotto i tacchi e se ne vanno. E il giorno dopo un tizio gli telefona in fabbrica e gli preannuncia la visita di un emissario, l'unico che da quel momento in poi era abilitato a riscuotere per conto di chi sapeva lui. Altrimenti, gli dice, la prossima volta, a tuo figlio, la gola gliela tagliamo sul serio. E lui capisce finalmente chi comanda. Gli altri erano solo cani sciolti.

Fece una pausa. Afferrò il bicchiere e lo avvicinò alle labbra prima di accorgersi che era vuoto. Spotorno segnalò che gliene portassero un altro.

L'uomo sembrava trasformato. Aveva lanciato il fegato dietro l'ostacolo. Quasi una metamorfosi.

Ma sa perché le ho detto che mi si era gelato il sangue nelle vene?, riprese. Perché queste cose il tipo le raccontava in pubblico, con voce normale, senza badare a chi aveva intorno, come se si stesse solo vantando della conquista di una bella squinzia con gli amici del circolo. E a giudicare dalle facce di molti dei presenti, era un'esperienza ampiamente condivisa. C'era pure un deputato che il giorno prima, sui giornali, aveva minacciato fuoco e fiamme contro il racket e che si è allontanato in punta di piedi, fingendo di non essersi accorto di niente. Come pensa che mi sono sentito, io, quando hanno tentato di incendiare l'agenzia?

Me lo dica lei, Beltramini: come si è sentito?

Come avrebbe detto mia suocera, mi sono sentito il cuore quanto una stizza. Ho pensato ai miei figli, a Maddalena.

E che cosa è successo, dopo l'attentato?

È successo quello che doveva succedere. Dopo una settimana, quando avevamo finito di dare una sistemata e riparare i danni, e cominciavamo a rilassarci, è arrivata la telefonata. Sempre la stessa voce.

La stessa rispetto a che?

C'erano state alcune telefonate, prima dell'attentato. E prima ancora si era presentato un tizio all'agenzia, un uomo sulla trentina. Un malacarne. Ma questo l'ho capito dopo. Voleva sapere se eravamo in regola. Faceva discorsi strani, indiretti, allusivi, girava in tondo senza arrivare mai al punto. Mi creda, commissario, quella volta, in perfetta buona fede, non sono riuscito a capire che diamine voleva da me. Io, ancora oggi, non mi sono abituato al vostro modo di ragionare e di affrontare i problemi. Sarà un mio limite. Sono tremila anni che voi fate politica. L'assimilate direttamente con il latte delle vostre madri. Parlate poco, ma quando lo fate nessuna persona normale ci capisce una madonna e lo sa il cielo che cosa avete dentro la testa. Non fate che parlare di femmine, però il vostro motto nazionale è: Comandare è meglio che fottere. Sarà, ma a me sembra un perfetto slogan da impotenti. Come la storia della volpe e l'uva. Senza offesa, mi sembra meglio da noi. Leghisti a parte, sia chiaro. Quelli fanno venire la pecolla anche a me che sono di bocca buona. Ogni tanto mi chiedo se non dovrei tornare su, per fare cambiare aria ai miei figli, poi penso a quella gente lì... Sono quattro gatti, ma vedrà che casino riusciranno a combinare da qui a qualche anno.

Torniamo a quelle telefonate, se non le dispiace.

Sì, mi scusi. La prima è arrivata la stessa sera, dopo la visita di quel tipo, quella faccia di tolla. Stavolta hanno parlato chiaro: volevano soldi, un tanto al mese, per consentirmi di lavorare senza problemi.

E lei che gli ha detto?

Era un periodo perfido, commissario. Affari, nisba. Ed eravamo in braghe di tela. Indebitati fino alle mutande. Tutto quello che si riusciva a tirare via serviva a pagare gli interessi a quelle fottute banche. L'ho spiegato al tipo del telefono. Lui ha messo giù. Ci sono state altre due telefonate, sempre la stessa voce, con un accento terribile, fatto apposta per spaventare uno che viene da fuori. Lei l'ha visto *Il Padrino*? Ricorda Luca Brasi, il killer? Appena sentivo quella voce mi vedevo davanti Luca Brasi. Un incubo. Poi c'è stato l'incendio. Quello doveva servire a convincermi definitivamente.

E l'ha convinto?

Convinto? Convinto lo ero già da prima. Ma l'agenzia era sull'orlo del fallimento, e c'era poco da spremere.

E non le è mai passato per la testa di denunciare, di rivolgersi alla polizia, ai carabinieri, alla magistratura, come si fa in un qualsiasi paese civile?

E lei, me lo chiama civile questo paese? Lo sa, dopo quella storia sentita a Palazzo dei Normanni avevo il sospetto che se fossi andato a sporgere denuncia mi avrebbero preso per pazzo e avrebbero rinchiuso me, invece di dare la caccia a quegli altri.

C'è chi l'ha fatto, c'è chi si è rivolto a noi.

E che cosa hanno ottenuto, commissario? Vivere blindati e nel terrore per il resto della loro vita? Con l'incubo che prima o poi gli avrebbero tolto la protezione?

E lei invece cos'ha ottenuto?, disse Spotorno, senza riuscire a evitare una sfumatura di disprezzo. Bastava un'occhiata ai bilanci, per capire cos'aveva ottenuto. Anche se non era detto che fosse tutto oro...

Beltramini ebbe uno scatto:

Non mi biasimi, commissario. Per voi è facile dire: denunciate, denunciate. Poi in trincea restiamo noi. Cosa fa lo Stato?

Spotorno ebbe l'impulso di afferrargli i baffi e tirare. Pensava ai colleghi morti ammazzati. Valeva la pena darsi da fare per i tanti Beltramini sparsi per il mondo? Si dominò, pensando a Maddalena.

Torniamo all'attentato incendiario, disse. Cos'è successo, dopo la telefonata?

Qui arriva il bello. È successo che mi sono incazzato con quel tizio. Gli ho gridato che se mi ammazzava mi faceva un piacere, e che se veniva e si faceva vedere in faccia gli potevo mostrare i miei conti. Le scoperture bancarie. I debiti. Lui è stato a sentire senza interrompere, poi ha messo giù. Il giorno dopo non so come ho trovato il coraggio di uscire di casa. Mi aspettavo di trovare l'agenzia distrutta. E per tutta la mattinata tremavo ad ogni squillo del telefono o quando entrava uno sconosciuto.

E invece?

E invece è arrivato Rosario.

Rosario?

Lo sa, commissario, lui per un breve periodo ha lavorato all'agenzia. Ma c'era poco da fare, non era adatto a un lavoro di relazione con il pubblico. Se gli girava era capace di dire sul muso a un cliente di andare fuori dalle balle. Guardi, io sono un tipo socievole, riesco sempre a trovare un punto d'intesa con tutti, ma le confesso che con lui non sono mai riuscito ad andare d'accordo su niente. Avevamo caratteri incompatibili. Mi sono stupito molto quando l'ho visto arrivare. Non si era fatto vivo neanche il giorno dopo l'incendio. In seguito Maddalena mi ha detto che era stata lei a chiamarlo. Aveva sentito la mia telefonata con quel mafioso ed era terrorizzata. Lei non è al corrente delle cose dell'agenzia. Sa qualcosa per sommi capi: se è un periodo sì o un periodo no, robe così. Di bilanci non sa niente. Solo da poco ha preso a venirci con una certa assiduità, dà una mano, fa un po' da tappabuchi.

E Rosario?

Rosario. Rosario era unico. Tanto inaffidabile per le cose pratiche, quanto generoso sul piano degli affetti, dell'amicizia, della solidarietà. Mi ha tirato fuori tutto, parola per parola. Sarò sincero: non ha dovuto fare un grande sforzo, perché mi ha trovato in uno stato d'animo... Lui non aveva idea che con l'agenzia eravamo in braghe di tela. Alla fine gli ho dovuto dire che se non trovavo venticinque milioni nel giro di quarantott'ore mi tiravo un colpo di rivoltella in bocca. Facevo per dire, perché io la rivoltella l'avevo minga, e non ce l'ho neanche ora. Lui che già aveva la mùtria per natura è diventato ancora più serio; è rimasto zitto per un pezzo, poi mi ha detto di non fare niente fino al giorno dopo e di aspettare sue notizie.

E il giorno dopo?

Il giorno dopo Rosario mi telefona e mi dice di raggiungerlo in un certo posto, sul lungomare di Ficarazzi: un pezzo di strada che si infossa e poi risale, costeggiando la spiaggia. Io parto, e all'appuntamento trovo lui insieme con un tizio sulla trentina, dentro una 127 celeste.

La macchina dell'agguato.

Esattamente. Rosario l'aveva comprata l'anno prima, di seconda mano.

Da chi?

Non ne ho idea.

E l'altro tizio era Mancuso Gaspare, detto Aspari-no. L'altro morto.

Ma io ancora non lo sapevo. Mi creda, commissario, ho saputo chi era solo dopo che li avevano ammazzati tutti e due. Dopo essere arrivato in questa città ho imparato subito a non fare domande inutili. Il tizio aveva una faccia e un modo di fare che non incoraggiavano alla confidenza. E una borsa di tela cerata con dentro venticinque milioni in banconote usate, in prevalenza di piccolo taglio.

Esattamente quello che le serviva. Non per beneficenza, immagino.

Un prestito. Giusto per farmi respirare e cercare di rimanere a galla.

E lei che garanzie ha dovuto dare?

La parola di Rosario. Io non ho quasi aperto bocca. Ha fatto tutto lui. Parliamoci chiaro, commissario, non mi sono illuso nemmeno per un secondo che lo faceva per me. L'ha fatto per Maddalena e per i ragazzi. I legami di sangue in questa terra sono sacri. Anche questo, l'ho imparato subito. Io mi sono solo dovuto impegnare a restituire i soldi nell'arco di due anni, con un interesse ragionevole: appena un po' più alto di quello delle banche. Era il meno, date le circostanze.

Beltramini, la prego, mi racconti qualcosa che mi faccia credere a questa storia assurda. Lei vuole dire che un picciotto di borgata, un mafiosetto in ascesa, le ha messo in mano venticinque milioni accontentandosi della parola di un suo cognato con il quale lei non è mai andato d'accordo? Via, Beltramini, un po' di rispetto...

Glielo giuro, commissario. È andata come le ho detto. E poi, all'epoca, chi se lo sarebbe immaginato che Mancuso era quello che era? Qualcosa però gliela posso ancora dire. Veda, io mi picco di essere un po' psicologo. Osservo le persone quando parlano tra loro. Capisco quali sono i rapporti di forza. Quel Mancuso era più giovane di Rosario. Però aveva carisma. Ciò che a Rosario mancava. Così, all'apparenza era Rosario che conduceva il gioco, ma andando sul concreto, era l'altro la parte dominante. Rosario si voltava a guardarlo dopo ogni frase, spiava la sua reazione, per vedere se approvava o disapprovava quello che lui mi andava dicendo. Maddalena mi ha detto che con Rosario avete fatto le elementari insieme e che lui era così anche da ragazzo.

Così come?

Gliel'ho detto: un ingenuo; un generoso. Uno che si metteva in gioco nell'amicizia, senza mai farsi domande sul *chi* erano veramente le persone con le quali gli piaceva bazzicare. E finiva sempre col prendere delle fregature della madonna. Ed era pure uno che si allargava. Pronto a favorire gli amici e a promettere. Tutti amici *freschi*, per così dire. Le sue amicizie non erano di lunga durata. Con quel Mancuso dovevano conoscersi da poco.

Però, pensò Spotorno, quella con Mancuso non era stata proprio un'amicizia di breve durata, dato che quattro anni dopo si erano fatti ammazzare insieme.

Torniamo a quei venticinque milioni e ai bilanci, disse. Cos'è successo dopo?

Dopo c'è stata la svolta. Un vero colpo di fortuna. Non era passata neanche una settimana – eravamo all'inizio di gennaio, ricordo – e dal vicepreside di una scuola mi arriva una richiesta di preventivo per un viaggio d'istruzione a Londra, per le quinte classi. Duecentocinquanta persone, compresi gli accompagnatori: pensione completa, viaggio ed escursioni. Un gran colpo. Fu l'inizio della riscossa. Mi sono impegnato allo spasimo, stringendo all'osso il preventivo, perché dovevo avere a tutti i costi quel contratto. Il mio vero punto di forza erano i miei eccellenti contatti a Londra. Insomma, trovo una combinazione favolosa, tra disponibilità di charter e alcuni alberghi economici, ed è fatta.

Spotorno ebbe un guizzo:

Dov'è la sede di quella scuola?

Alla Noce.

Lo stesso quartiere dei Mancuso, pensò Spotorno. Una coincidenza? Difficile...

Beltramini lo spiava in viso. Aveva detto di non capire i locali quando si esprimevano a voce; però magari era capace di seguirli nei loro itinerari mentali.

Spotorno si chiese se non l'avesse sottovalutato.

Non aveva la voce di Luca Brasi, disse Beltramini, non era Mancuso quello che telefonava.

Sembrava che gli avesse letto nel cervello.

Quel viaggio d'istruzione, da solo, non può avere determinato una svolta di quel genere, disse Spotorno.

È vero. Ma non è stato l'unico. Veda, commissario, quando le hanno riferito che da noi entrano pochi clienti le hanno detto una cosa giusta. Sono relativamente pochi, ma alcuni di loro ne rappresentano centinaia. La risorsa principale della Beltramini Travel è l'organizzazione e gestione di pacchetti di quel genere. La voce circola. Ci siamo fatti un nome. Ogni tanto organizziamo anche i treni per Lourdes. Spesso sono gli stessi ragazzi che hanno partecipato ai nostri viaggi d'istruzione a offrirsi come volontari. Non è tutto misticismo, eh! C'è pure un coefficiente gonadi.

Beltramini stava esagerando. Aveva assimilato bene la lezione del dire e non dire. E il non dire lo dissimulava nel dire troppo. E Spotorno si era stufato.

Decise di cambiare strategia in corsa. Avrebbe potuto minacciare Beltramini di mandargli la tributaria. Un controllo metodico, puntuale, sui bilanci dell'agenzia avrebbe messo a nudo eventuali inghippi. Però la richiesta sarebbe dovuta passare attraverso il sostituto procuratore De Vecchi. E Spotorno non si fidava di De Vecchi. Troppa smania di manette. Rischiava di rovinare tutto per eccessiva precipitazione. Non si fidava molto nemmeno della tributaria, che trovava sempre qualcosa anche dove non c'era niente da trovare. E che era tutta una cosa con De Vecchi.

D'altra parte, un intervento della tributaria avrebbe rischiato di mettere in allarme gli uomini dell'Attack (chi erano?, si chiedeva Spotorno) che non dovevano ancora sospettare di avere addosso il commissario.

Meglio che Beltramini pensasse che lui si era bevuto tutto. Beh, proprio tutto no. Non sarebbe stato credibile. Gli avrebbe somministrato uno di quei discorsetti ellittici che l'altro sosteneva di non capire:

Va bene, Beltramini, per ora basta. Si ricordi però che in natura il vuoto assoluto non esiste. È una legge della fisica. Dove si crea momentaneamente uno spazio vuoto, subito si presenta qualcosa che lo occupa. Questo vale anche per gli uomini. Non faccia di testa sua stavolta, quando capiterà. Lei sa dove trovarmi. Mi saluti Maddalena.

Capitolo XVI
I sensi di colpa di Amalia. E quelli di Spotorno

Amalia era alla sua cena di autocoscienza. Si riunivano un paio di volte l'anno, in un ristorante rigorosamente vietato ai mariti, lei e un gruppetto di amiche di una vita, ex compagne di liceo che erano riuscite a non perdersi completamente di vista nel corso del tempo. Poi rientravano nella sfera d'influenza coniugale, a notte fonda e con un tasso alcolico nettamente superiore alla media dei giorni normali. E guai a chiedere dettagli.

Amalia era alla sua cena di autocoscienza e Spotorno consumava tutto solo il proprio pasto, nella veranda, davanti allo schermo della tivvù con l'audio completamente azzerato. Sullo schermo sfilavano insulse facce estive, che lasciavano indovinare pensieri e parole futili.

I ragazzi erano al baglio, da Maruzza La Marca, la sorella di Lorenzo. Il marito di lei, Armando, era passato a prenderli in macchina il giorno prima. Avrebbero costituito una perfetta associazione a delinquere con i tre figli maschi di Maruzza e Armando, e del vecchio baglio non sarebbe rimasta in piedi una sola pietra.

Dopo l'incontro con Beltramini era rimasto a lungo indeciso se rientrare subito a casa o prendere un boccone al volo in una squallida tavola calda, e magari fare due passi in centro per smaltire insieme cattivo cibo ed eccitazione.

Quel colloquio gli aveva lasciato un'irrequietezza che sconfinava a tratti nell'euforia. Alla fine si era risolto a tornare a casa. Scelta felice, perché Amalia gli aveva fatto trovare una casseruola di polpette di sarde col sugo e la menta, che consumò fredde, con l'accompagnamento di un bicchiere di rosé bello fresco. Un balsamo.

Sembrava che Amalia non potesse fare a meno di vivere quelle sue riunioni esclusive con un senso di colpa da compensare per via gastronomica. Le polpette di sarde erano uno dei piatti preferiti di Spotorno. E – il commissario lo sapeva bene – lei sarebbe rientrata al domicilio coniugale in uno stato di languida grazia che, prima di entrare nel letto, avrebbe accentuato aspergendosi lievemente il corpo con l'Acqua di Parma. Non a caso quella sera aveva omesso l'aglio dall'impasto delle polpette.

Ripensò al colloquio con Beltramini. Lo ricostruì visivamente e acusticamente. Ripensò pure alla frase che aveva sentito pronunciare da un esperto italo-americano di sicurezza bancaria, durante il suo primo stage negli States: Scoprire o prevenire il riciclaggio di soldi sporchi è come inchiodare gelatina al muro.

Senza la telefonata di Maddalena lui forse non avrebbe mai saputo che la Beltramini Travel era una delle innumerevoli imprese usate per il riciclaggio delle narcolire e dei proventi delle estorsioni, del contrabbando di sigarette, del totonero, del racket della prostituzione e di chi sa quante altre fonti di denaro ufficialmente non dichiarabili.

Una specie di lavanderia. Per questo gli americani avevano coniato quel vocabolo nuovo: laundering. Alla fine del processo i soldi uscivano immacolati come dalla cassetta delle elemosine di una chiesa luterana. E il tributo regolamentare versato all'erario conferiva loro le stimmate per una definitiva santificazione. Un pedigree di rispettabilità. Soldi che andavano a testa alta per le strade del mondo.

Un'agenzia di viaggi con buone capacità operative in un paese straniero offriva un vantaggio in più: la potenzialità di trasferire fondi all'estero, tramite fatture gonfiate o addirittura con false fatturazioni per servizi non resi. Spotorno avrebbe scommesso che se gli uomini della tributaria avessero potuto analizzare la documentazione relativa ai viaggi di istruzione organizzati per le scuole, le somme trasferite agli operatori di Londra sarebbero risultate superiori a quanto pagato complessivamente dai partecipanti. Il surplus costituiva la quota da ripulire.

Per ridurre il rischio di essere scoperti occorreva operare con discrezione. Senza esagerare. Ripulire quote ragionevolmente modeste di soldi sporchi dietro la facciata poco appariscente di un buon numero di botteghe e di piccole imprese risultava più sicuro che riciclare flussi ingenti attraverso una grande azienda. Al sud, le grandi aziende avevano troppi occhi puntati addosso ed erano così poche da non poter contare sull'effetto mimetico.

Con le piccole imprese invece, anche se gli inquirenti riuscivano ogni tanto a individuarne qualcuna, il danno rimaneva circoscritto. Si piangeva con un occhio solo. Mettevano sotto sequestro l'esercizio commerciale, e poteva persino capitare che qualche ignaro giudice della sezione misure di prevenzione del tribunale ne affidasse la custodia ad amministratori che avevano legami occulti con la stessa cosca alla quale apparteneva il bene sequestrato. Era già accaduto. Una soluzione pirandelliana. E l'ordine regnava ancora una volta a Varsavia.

Spotorno non ignorava l'esistenza di operazioni di ben altro livello. Il contesto però era diverso. Era roba da alta finanza. Da santuari off-shore. Niente che fosse alla portata di gente come Mancuso Gaspare detto Asparino e del suo giro. Pur considerando quello che aveva detto Beltramini sul carisma del defunto, Mancuso rimaneva un mafiosetto di borgata, un picciotto da retrobottega di salumeria, con ambizioni prematuramente stroncate a colpi di calibro trentotto.

Ciò che lo aveva colpito di più era stato il progressivo mutamento di registro da parte di Beltramini. All'inizio del colloquio appariva tremebondo, poi si era via via rinfrancato. Forse all'inizio aveva davvero paura di Spotorno e poi si era reso conto che il commissario aveva in mano solo quei dati di bilancio che lui aveva giustificato così bene. E doveva essere caduto nello stesso peccato commesso da Spotorno nei suoi confronti: un errore di sottovalutazione.

D'altra parte, se era stato «ragionevole» con Mancuso ai tempi dell'attentato incendiario, perché avrebbe dovuto non esserlo con gli uomini dell'Attack che prima o poi si sarebbero presentati per reclamare lo spazio vitale lasciato libero da Mancuso? Ormai conosceva le regole. Quelli che sarebbero venuti dopo non avrebbero avuto nessun interesse a smontare un meccanismo che funzionava così bene. Dopo la paura provata per la fine di Mancuso e di Rosario, riattizzata dall'episodio dell'Attack, Beltramini doveva essere arrivato a quella conclusione nel corso del loro incontro.

Cercò di ipotizzare il percorso che aveva portato Mancuso a diventare il socio occulto – se non il padrone *vero* – della Beltramini Travel. La versione di Beltramini appariva credibile fino a un certo punto. Da quel punto in poi il racconto era in contrasto con l'esperienza di Spotorno. Se fosse stato un film, lui avrebbe potuto scriverne la sceneggiatura quasi battuta per battuta. Quei due anni per la restituzione dei venticinque milioni in comode rate, neanche si fosse trattato di un'automobile, erano una cosa che non stava né in cielo né in terra. L'amicizia tra Mancuso e Rosario, quale che ne fosse l'origine, non avrebbe mai potuto costituire un deterrente. Con i soldi delle cosche non si scherzava. Quella era usura bella e buona; una cravatta con il nodo bello stretto, un nodo scorsoio a scorrimento rapido. Venticinque milioni sull'unghia, con obbligo di restituzione in tempi molto stretti. Troppo stretti. E con interessi insostenibili.

Così Beltramini si era ritrovato nelle mani di Mancuso. E come talvolta accade, dopo un primo periodo di sbandamento doveva essersi adattato alla nuova situazione. L'agenzia agonizzava. E ora gli veniva offerta una mezza via d'uscita.

Spotorno era sicuro che nelle trattative quasi unilaterali tra Mancuso e Beltramini non erano mai stati pronunciati vocaboli brutali e impegnativi come riciclaggio o prestanome.

Era anche sicuro che né il preside, né il vicepreside, né il segretario di quella prima scuola che aveva fatto rinascere a nuova vita l'agenzia avevano mai sospettato di essere stati «indirizzati» in qualche modo verso la Beltramini Travel. Sarebbe stato troppo rischioso. L'itinerario più verosimile era che qualcuno, magari un rappresentante dei genitori degli alunni nel consiglio d'istituto, avesse fatto scivolare con naturalezza il nome dell'agenzia, assicurando che era il non plus ultra per economicità e affidabilità. E Beltramini, preavvertito, aveva tenuto botta, presentando un preventivo al quale non si poteva dire di no. Un'offerta a prezzi stracciati. Il resto era venuto da sé.

Beltramini aveva avuto il suo tornaconto. A Spotorno non era sfuggita la cifra prevista come compenso per l'amministratore unico, sull'ultimo bilancio: cinquanta milioni lordi. Non c'era da scialare, ma neanche da morire di fame. Non aveva forse detto Maddalena che le cose non andavano particolarmente bene, anche se non in modo disastroso? Lei conosceva solo la punta dell'iceberg e ignorava il resto, la parte sommersa, la più consistente. Ma su quella neanche suo marito aveva molta voce in capitolo.

Rimpianse di avere lasciato i bilanci in ufficio e gli venne la tentazione di andare a riprenderseli. Ma erano quasi le undici, era stanco, e l'idea di attraversare due volte la città lo fece rinsavire.

Lesse per un po': le pagine di Bulgakov sull'emicrania di Ponzio Pilato, uno dei suoi frammenti di libri preferiti. Poi, nonostante la stanchezza, stentò a prendere sonno, e continuò ad agitarsi a lungo nel letto.

L'assenza notturna di Amalia lo rendeva come sempre inquieto. Percepì il suo ingresso in casa, filtrato attraverso un dormiveglia popolato di ombre, ma stranamente vigile. Il suo arrivo dovette in qualche modo rasserenarlo, perché quando Amalia si mise a letto Spotorno dormiva profondamente. Lei lo lasciò dormire.

Dottore...

Puleo fece capolino, con un foglietto in mano, ed entrò al cenno di Spotorno:

Ho qui la lista delle persone che lavorano alla Beltramini Travel. Quella che mi aveva chiesto lei. Ecco qua: Beltramini Manlio, amministratore unico. Mangano Cristina, Lo Sicco Sabrina e Alfano Filippa account. Sanfilippo Sebastiano impiegato come fattorino e spicciafaccende.

Save', voglio sapere vita morte e miracoli di tutti e quattro. Chi sono, dove abitano, da quanto tempo lavorano all'agenzia, chi sono i loro padri, madri, mariti, mogli, fratelli, sorelle, amanti, numero di scarpe. Tutto.

Va bene.

E un'altra cosa. Voglio conoscere la distribuzione del pacchetto azionario della Beltramini Travel: soci e quote. Insomma, a chi appartiene formalmente. Anzi, da' la precedenza a questo. E mi raccomando, Save': discrezione assoluta. Pancia a terra e coltello tra i denti. Fai come l'altra volta, fingi di essere interessato ad almeno cinque o sei società: le visure complete, senza limitarti alla lista dei soci. Continua a raccontare che ti serve per la tesi.

Non dubiti, dottore. Intanto, però, ci sarebbe qualche novità.

Parla.

Ha chiamato Spicuzza, della Scientifica. Dice – ma la notizia è ancora ufficiosa – dice che le armi usate contro Mancuso e Alamia non risultano essere state mai impiegate in azioni precedenti. Sono comparse per la prima volta alla Zisa.

Il che rendeva più difficile trovare collegamenti. In caso contrario sarebbe stato possibile avere le idee un po' più chiare sull'area di provenienza dei mandanti. Le cosche possedevano propri arsenali, affidati agli armieri. Spotorno osservò l'espressione di Puleo. Il ragazzo aveva ancora qualcosa nello stomaco:

E che altro, Save'?

Niente di concreto, dottore. Però sono riuscito a ottenere qualche informazione sulla vita di Caminiti Aurora prima del suo matrimonio con Sala Diego.

Spotorno drizzò le orecchie:

Ti ascolto.

Ecco, dottore, secondo il mio informatore, fino a quando la ragazza ha compiuto i venti anni la sua famiglia di origine – lei è figlia unica – ha abitato alla Noce, nella stessa strada dove si trovava e si trova tuttora la casa dei Mancuso. Anzi, erano case confinanti e lei e Mancuso Gaspare, da ragazzi, passavano molto tempo insieme, erano molto uniti. Sono stati pure compagni di classe all'ITC Duca degli Abruzzi, ma solo per un anno. Poi lui ha interrotto gli studi e lei ha continuato fino al diploma. È ragioniera, ma non ha mai lavorato. Si mormorava che ci fosse addirittura del tenero tra i due cugini. Però i genitori di lei non vedevano la cosa di buon occhio. Suo padre appartiene a una famiglia di antiche tradizioni socialiste; ma non i socialisti di ora, eh, dottore. Tanto che a un certo punto hanno deciso di farle cambiare aria e si sono trasferiti all'Acquasanta. Ufficialmente perché il padre di lei era stato assunto ai Cantieri Navali come carpentiere, e così veniva agevolato per andare e venire dal lavoro. Ma l'hanno detto solo per non sollevare un vespaio con i Mancuso. Il vero motivo era che avevano molte riserve sul conto del ragazzo. Non a torto, direi, se mi permette. Questo è quanto.

Spotorno si grattò pensosamente il mento. Non sapeva che importanza attribuire alle informazioni sui due cugini. Mettendo insieme ciò che aveva appena detto Puleo e il resoconto dell'agente Stella, si poteva azzardare un'ipotesi suggestiva... Però il rischio di un depistaggio, più psicologico che investigativo, era concreto.

Confinò provvisoriamente le informazioni in un'area di parcheggio non troppo periferica, in attesa di nuovi dati.

Intanto era consapevole di stare forzando un po' la mano alla sorte: avrebbe già dovuto informare minutamente di tutto il sostituto De Vecchi, ma si era limitato a qualche generica comunicazione. De Vecchi lo aveva già strigliato una volta per telefono, con quella sua voce stridula, accusandolo di incompetenza. E Spotorno aveva ringraziato il cielo di essersi limitato a telefonare e di non essere andato di persona in Procura, perché avrebbe rischiato di prendere di petto il sostituto. De Vecchi era scarso e superbo. Due peccati capitali, nell'universo commissariale.

Puleo fu di ritorno con le nuove informazioni:

Ecco qua, dottore. Le azioni della Beltramini Travel sono detenute al cento per cento dalla DigiInvest srl. La società esiste da cinque anni, ho portato tutti e quattro i bilanci disponibili.

Tira fuori il resto, Save': te lo leggo in faccia che il meglio te lo sei tenuto per ultimo.

L'agente arrossì di soddisfazione:

Sa chi controlla la DigiInvest? Sanfilippo Sebastiano. Lo spicciafaccende della Beltramini Travel. A lui è intestato l'intero pacchetto azionario.

Spotorno allacciò le mani dietro la nuca, si appoggiò allo schienale della poltrona e allungò le gambe in avanti.

Gli fumano le palle, pensava Puleo tutte le volte che il commissario assumeva quella posizione, alla quale corrispondeva sempre uno scintillio oculare particolarmente intenso.

Rimase zitto per un pezzo, ma era un silenzio assordante per chi, come Puleo, era uso ascoltare le voci interiori del commissario.

Save', disse alla fine, questo qui me lo devi rivoltare come un calzino. Però restiamo coperti. Ufficialmente noi non sappiamo nemmeno che questo tizio esiste. Mi sono spiegato?

Non dubiti, dottore.

Puleo uscì e Spotorno attaccò l'ultimo bilancio DigiInvest.

Era una società di investimenti e, oltre alla Beltramini Travel, controllava un ristorante cittadino alla moda, un supermercato, un garage, una scuola privata e una ditta di movimento terra.

La Sala & C.

Quando Spotorno, in seguito, avrebbe ripensato a quei momenti, la cosa che l'avrebbe puntualmente sconcertato sarebbe stato il ricordo della propria reazione alla comparsa di Diego nell'indagine.

Un'assenza di sorpresa, la nozione di avere raggiunto il punto di confluenza di tre linee un tempo divergenti, e inconsapevolmente percorse da ciascuno di loro, verso un nuovo punto d'intersezione. Come se fin dal momento della scoperta che Diego era il marito della Dama Bianca, si fosse convinto dell'ineluttabilità del coinvolgimento nell'indagine del terzo elemento della vecchia triade infantile: Rosario, Diego e il ragazzo Spotorno.

Dunque, anche gli utili della ditta di Diego Sala confluivano alla DigiInvest. Il fattorino e spicciafaccende Sanfilippo Sebastiano era un uomo molto facoltoso. Almeno sulla carta.

Lo sorprese l'urgenza di fare qualcosa, di compiere un'azione materiale, che si concretò in un atto che uno sprovveduto osservatore esterno avrebbe giudicato infantile. Afferrò l'elenco telefonico e cercò il numero della ditta Sala & C. Lo compose con calma. Risposero al primo squillo:

Chi parla?

Una voce roca, rozza, enfisematosa, con una pesantissima inflessione cittadina, quasi un ringhio. Una voce adatta a infliggere ordini brevi e sgraditi.

Vorrei parlare con il geometra Sala, improvvisò lì per lì Spotorno, sono Macaluso. Il primo nome che gli era passato per la testa. Sentì che l'altro copriva il microfono con la mano e ripeteva: Macaluso. Ancora pochi secondi e un'altra voce sostituì la prima:

Sì, dica.

Solo tre consonanti e tre vocali, ma più che sufficienti.

Una voce ben impostata, che trasudava sicurezza – una sicurezza controllata, fredda, azzurrina, da acciaio al titanio – e un certo grado di istruzione.

Spotorno non pronunciò una sillaba. Si limitò a respirare in modo quieto, senza forzare il fiato, con l'orecchio incollato al ricevitore.

Pronto?, aggiunse l'altro, chi parla?

Spotorno rimase ancora zitto. Sentì che Diego si era fatto cauto, non aggiungeva altro, ma non aveva nemmeno riattaccato. La telefonata si era trasformata in un duello acustico, ma combattuto con l'arma del silenzio. L'equivalente di una sfida oculare tra sconosciuti, a chi abbassava per primo lo sguardo. Spotorno però era in vantaggio. Lui sapeva chi era il padrone del silenzio all'altro capo del filo. Fu Diego a riattaccare per primo. Senza un sospiro.

Spotorno rifletté per qualche istante. La voce dell'uomo che aveva risposto per primo al telefono gli aveva evocato un commento di Beltramini.

Riprese l'elenco telefonico, trovò il numero dell'agenzia e lo compose. Rispose una giovane voce femminile (Cristina, Sabrina o Filippa ?, si domandò un po' oziosamente). Chiese di Beltramini, il quale esibì una voce circospetta.

Senta, Beltramini, lei dovrebbe fare una cosa per me. Ora le detterò un numero di telefono. Lei lo chiami subito, chieda di qualcuno, si inventi un nome qualsiasi, tranne Macaluso, poi faccia finta di avere sbagliato numero e metta giù. Appena ha finito mi richiami.

E poi vinco una bambolina ? È un gioco nuovo, commissario ?

Mi dia retta, Beltramini, faccia come le dico io. Aspetti, però: ha la possibilità di telefonare in privato, senza farsi sentire dagli impiegati dell'agenzia ?

Certo. Ho il mio ufficio.

Allora chiami dal suo ufficio. È importante, mi raccomando.

Gli dettò il numero della Sala & C. e poi il proprio interno.

L'altro lo richiamò dopo un paio di minuti:

Era lui, commissario. L'uomo che telefonava quattro anni fa, al tempo dell'attentato incendiario, per chiedere il pizzo. Quella voce la ricorderei anche tra mille anni. Sono impressionato. Come ha fatto ? E chi è quello ?

Lasci perdere, Beltramini. Non indaghi oltre. Piuttosto, è sicuro di non avere nient'altro da dirmi ?

Commissario, tutto quello che avevo da dire gliel'ho detto ieri. Ora se non le dispiace la saluto. Mi ha trovato per combinazione. Sono in partenza, e dovrei essere già sulla strada per Punta Raisi.

Il che fece subito venire un'altra pensata a Spotorno. Se Beltramini stava per partire, lui avrebbe potuto approfittare della sua assenza per andare a fiutare l'aria all'agenzia, spacciarsi per un potenziale cliente a caccia di informazioni turistiche, e dare un'occhiata a quel Sanfilippo Sebastiano. Il falso spicciafaccende della Beltramini Travel. O il falso padrone della DigiInvest.

O che altro?

Un'occhiata all'orologio. Rischiava di arrivare dopo l'ora di chiusura dell'agenzia, per l'intervallo del pranzo. Meglio aspettare l'apertura pomeridiana. E sperare di non trovarci Maddalena.

Non riusciva a stare seduto. Rimase per un pezzo accostato alla finestra, in contemplazione del giardino di Villa Bonanno e della facciata della Facoltà Teologica. Le ore con il sole a picco non erano il massimo. Lui preferiva l'altro momento estremo della giornata, quando i raggi solari, quasi orizzontali, strappavano al fogliame e alle vecchie pietre del palazzo arcivescovile una luminosità aureolata, morbida, giallo-dorata.

Ma non si permetteva di mettersi a guardare fuori troppo spesso, perché l'eccessiva frequenza ne usurava il piacere. E in ufficio non aveva quasi mai tempo da perdere.

Si concesse ancora qualche istante, per spiare una coppietta impegnata in una discussione aspra, tra i vialetti, e cercò di interpretarne la mimica. Roba amorosa, neanche a dirlo. Si lasciò sorprendere da un soprassalto di invidia, benevola ma troppo nostalgica. Per fortuna non c'era nessuno a tiro che cercasse di interpretare la *sua* mimica imbalsamata, impassibile, da bella statuina.

Scese al bar, per un toast e una spremuta, cui fece seguire un paio di caffè. Nessuno gli rivolse la parola, a parte un cenno di saluto. Quando il commissario sfoggiava quella faccia, tutti rispettavano il messaggio che essa proiettava. Come se un neon con la scritta non disturbare gli lampeggiasse a intermittenza sopra la fronte.

Uscì con un buon anticipo, in previsione del traffico caotico del Papireto. Mollò la macchina in piazza Marmi, nelle mani di un abusivo di colore, armato di un fischietto autorevole. Si incamminò verso il corso Olivuzza e lo risalì finché individuò l'insegna della Beltramini Travel.

L'agenzia era ancora chiusa. Vi passò davanti, cercando di sbirciare di là dai vetri, attraverso le maglie delle saracinesche del tipo a finestrelle. Una piccola agenzia, senza sfarzi o inutili esibizionismi. Attraversò la strada e si piazzò sul marciapiede di fronte. Non doveva mancare molto all'apertura. Il traffico si infittiva sempre di più, alimentato dalle schiere di pendolari che non avevano ancora rinunciato al rito del pasto a casa, seguito da breve pennichella post-prandiale. Di lì a qualche anno la rivoluzione del fast food mediterraneo, celebrato nei retrobottega dei bar e persino dei tabaccai, avrebbe colpito anche quell'ultimo baluardo del ceto impiegatizio dall'orario spezzato, dilagando incontrollata fino alle estreme periferie, allentando il controllo - globale perché alimentare - delle donne sugli uomini di casa. Un'illusione di libertà, di emancipazione dal matriarcato.

Guardò nervosamente l'ora e subito dopo notò il motociclista. Alla guida di una moto nera, rallentò di colpo e salì sul marciapiedi, all'altezza dell'ingresso dell'agenzia. Dimostrava una grande padronanza nel maneggiarla, almeno agli occhi di Spotorno. Il commissario diffidava dei mezzi di trasporto con meno di quattro ruote. Per l'uomo era probabilmente un gesto abituale. La issò sul cavalletto e usò una catena a grandi maglie per ancorarla al palo di un cartello stradale. Non portava il casco, aveva capelli neri, folti. Si avvicinò alla saracinesca e aprì un enorme lucchetto che la bloccava in basso. Poi infilò una piccola chiave nel pannello murato lateralmente, sulla parete, e la saracinesca cominciò a sollevarsi, azionata da un motore elettrico.

Spotorno pensò che, per esclusione, doveva trattarsi di Sanfilippo Sebastiano. Se erano vere le informazioni di Puleo, escludendo Beltramini, non c'erano altri uomini, all'agenzia.

Attese che l'altro fosse entrato e avesse acceso le luci, prima di attraversare la strada e avvicinarsi all'ingresso. La moto era una grossa BMW, non nuovissima, ma lucida e ben tenuta. Spotorno entrò. L'uomo lo guardò con un'espressione di lieve fastidio. Aspettò che fosse Spotorno a salutare per primo, e rispose con una certa sufficienza al buona sera del commissario.

Vorrei qualche informazione sulle crociere, disse Spotorno.

Non è cosa mia, disse l'uomo, deve aspettare che arrivano le impiegate.

Spotorno lo soppesò senza averne l'aria. Età sui trentacinque, fisico tarchiato, muscoloso, ma rapido di movimenti, reattivo. Abbigliamento convenzionale, non molto ricercato: camiciola a mezze maniche e calzoni di cotone. Scarpe nere, allacciate, non sportive. Un principio di arroganza, non giustificata da virtù palesi. Tipo tosto ma banale. Un prestanome. Un subalterno, pensò Spotorno. Ma di chi? Probabilmente, non di Beltramini. Gli sarebbe piaciuto vedere insieme i due uomini, dentro quell'ufficio, in presenza delle impiegate, per verificare dominanze e subalternità relative.

Quanto ci vuole?, domandò Spotorno.

Poco, disse l'altro con indifferenza.

Si lasciava cadere dall'alto, e aveva ritardato la risposta, a simulare condiscendenza.

Le tre impiegate arrivarono subito dopo, quasi contemporaneamente. Una era sulla quarantina, con l'aria un po' cinica e vissuta di una madre di famiglia che ha mollato con soddisfazione a qualcun altro un paio di adolescenti fastidiosi. Salutò l'uomo mantenendo tra le labbra la sigaretta che le pendeva dall'angolo della bocca: Buona sera, signor Sanfilippo.

Sanfilippo si limitò a un gesto col capo. Le altre due impiegate erano molto più giovani, intorno ai venticinque, abbastanza carine. Accesero i terminali prima ancora di sistemarsi sulle poltroncine girevoli dietro le scrivanie, e gli schermi si saturarono rapidamente di caratteri verdi fosforescenti.

L'uomo non aveva più aperto bocca. Si accese una sigaretta e uscì a fumare sul marciapiedi. Una delle ragazze rivolse un sorriso di incoraggiamento a Spotorno. Lui ripeté una richiesta generica di informazioni sulle crociere, e la ragazza gli mise in mano un bel po' di opuscoli patinati, invitandolo a esaminarli con calma e a tornare non appena avesse avuto le idee più chiare sull'itinerario. Nonostante la giovane età aveva già imparato a fiutare i perditempo e non dava loro troppo spago. Ma fu gentile.

Spotorno uscì. Sanfilippo, ancora piantato a gambe larghe sul marciapiedi, lo ignorò e continuò imperterrito a fumare. Il commissario gli dedicò un'ultima breve occhiata e si allontanò verso piazza Marmi.

In vista della macchina decise di non tornare subito in ufficio. Aveva bisogno di metabolizzare le informazioni del giorno. Una bella camminata era quello che ci voleva.

Proseguì per via Volturno, fino al Massimo. Ricordò l'ultima volta che aveva messo piede dentro il teatro. Amalia lo aveva trascinato allo spettacolo di una compagnia spagnola di flamenco, con quel ballerino famoso... com'è che si chiamava? Gades? Nonostante la riluttanza iniziale, poi si era lasciato prendere dalla musica e dalla coreografia. Insomma, gli era piaciuto. E molto.

Poco tempo dopo avevano chiuso il teatro per certi piccoli lavori che avrebbero dovuto durare solo un paio di mesi. Invece erano passati molti anni e il Massimo era ancora chiuso. Senza motivo apparente.

Aggirò da destra il teatro, sbucò in piazza delle Stigmate e tirò dritto verso il sûq di via Sant'Agostino, saturo di bancarelle cariche di vestiario a buon mercato. Ridiscese la stradina, fino a imboccare via Maqueda, intasata dal traffico e infestata dai clacson.

Chi è il referente di Sanfilippo, pensava, Diego Sala o il defunto Mancuso Gaspare? Il che equivaleva a rispondere alla domanda: era Mancuso che stava sopra Diego o era forse il contrario? Però il nome della piccola holding suggeriva l'ipotesi di un rapporto paritario: DigiInvest, ovvero D. G. Invest. D come Diego e G come Gaspare? O era solo una coincidenza?

Si ritrovò all'imbocco di via Venezia. Anticipando l'ordine del cervello, i suoi occhi trovarono automaticamente il vecchio appartamento. Ci aveva abitato quasi fino al termine degli studi universitari. Ogni anno, al primo nubifragio autunnale, un torrente d'acqua piovana scendeva dalla via Candelai, si univa al flusso di via Maqueda e insieme si catapultavano a cascata in via Venezia; e poiché c'è un destino nei nomi, la strada si trasformava in un canale, prima tumultuoso, poi placido. Certe volte saltavano i tombini e la fiumana trasportava a valle orde di topi impazziti. Il panellaro issava con le corde al piano superiore la materia prima e l'attrezzatura per friggere e da lì, tramite paniere, continuava a servire le sue mezze mafalde con le panelle caldissime agli affamati dell'ora di punta, muniti di stivali o scalzi e con i calzoni arrotolati. Dopo un po' l'acqua defluiva lentamente e ciascuno riprendeva le postazioni usuali.

Non si era accorto di essersi spinto così lontano. E aveva perso il filo dei pensieri precedenti. Voltò le spalle alla casa, attraversò la strada e si avviò per la via Candelai. Tagliò per le stradine laterali della casba del Capo. I banchi del pesce erano semideserti e quelli di frutta e verdura apparivano sguarniti. Acquistò un grosso cedro per i ragazzi.

Cominciavano a smantellare le bancarelle del mercato, disvelando pezzi di una città troppo pudica, che assediava di macchine la propria bellezza, o la occultava dietro le rovine, sperando che la polvere dei secoli – o l'oblio – finissero di seppellirla. Una città sospesa tra agonia ed eccesso di vitalità.

Sbucò nella luce intensa di via Volturno attraverso porta Carini. Provava il senso di tristezza che ogni tanto lo coglieva quando sentiva prossima la fine di un'indagine particolarmente rognosa. Quasi a compensare la proverbiale tristezza post-amplesso, che lui personalmente non aveva mai sperimentato.

Puleo aveva messo insieme le informazioni disponibili sugli impiegati di Beltramini. Gli brillavano gli occhi:

Cominciamo dalle donne, dottore. Alfano Filippa è la più anziana delle impiegate: anziana di età e di impiego. Lavorava all'agenzia già con il vecchio titolare, da prima dell'avvento di Beltramini. Un elemento di grande esperienza, e Beltramini, da oculato amministratore, se l'è tenuta. Le altre due...

Save', mi fai venire le budella a matapollo. Andiamo al sodo. Non me ne fotte niente delle impiegate. Lo sai chi mi interessa...

Sanfilippo Sebastiano, dottore. Ci arrivo subito. Sanfilippo è stato assunto quattro anni fa...

All'inizio dell'anno, scommetto.

Esattamente. A febbraio.

Faceva parte del pacchetto, pensò Spotorno. Completava la conquista della Beltramini Travel da parte di... già, di chi? Di Mancuso? O di Diego? Pensiero circolare. Puleo però non aveva finito. Aveva l'aria troppo compiaciuta.

Sputa fuori, Save'.

Subito dottore. Sa chi è la moglie di Sanfilippo Sebastiano?

Spotorno sentì che gli rallentavano i battiti e gli si ammollava il cuore:

Dimmelo tu, esalò.

Manfredi Anna, residente a Monreale, in piazzale dei Martiri della Resistenza 12. Ricorda, dottore? Quella che...

... ha venduto la 127 ad Alamia Rosario, completò Spotorno.

E così il cerchio era chiuso. Manfredi Anna, nonostante avesse solo pochi anni più del nipote, era zia di Manfredi Basilio, probabile basista del furto della Kawasaki usata per l'agguato della Zisa. E moglie del padrone formale della Beltramini Travel, attraverso la controllata DigiInvest.

Qualcuno, in quel giro, si era venduto Mancuso a qualcun altro, confermando ancora una volta la tradizione di onorabilità mafiosa. Una onorabilità ribadita a colpi di tradimenti, imboscate, pallettoni alla schiena, avvelenamenti conviviali, strangolamenti, dissoluzioni negli acidi, in prevalenza mediati dagli amici più fidati delle vittime, e future vittime a loro volta. Una catena di Sant'Antonio sui generis. O piuttosto suis generis, pensò Spotorno, in un soprassalto di umore nero antianimalista.

Che abbiamo sul conto di questo Sanfilippo?

Poca roba. Una tentata estorsione, quand'era giovanissimo. Come Mancuso Gaspare. Poi ha rigato dritto. Almeno all'apparenza. Abita con la moglie e due figli piccoli a Monreale, e fa la spola due volte al giorno in motocicletta, per andare e venire dal lavoro.

Il lavoro. L'impiego all'agenzia – o meglio, lo stipendio che ne ricavava – doveva rappresentare il corrispettivo per la sua attività reale: fare l'uomo di paglia della DigiInvest. E forse lo avevano piazzato all'agenzia come monito, un promemoria permanente nei confronti di Beltramini. Per essere sicuri che nessuno tentasse scherzi. Doveva rendere chiaro chi comandava realmente, disegnare le gerarchie sostanziali, a prescindere dai ruoli ufficiali.

Altro?

Sì. Era un buon amico di Mancuso Gaspare. Si frequentavano. Lui ogni tanto lo andava a trovare alla bottega di alimentari della famiglia. Ultimamente però si era avvicinato anche a Sala Diego. Passava spesso dalla sede della ditta e si fermava a lungo a parlare con lui.

Spotorno si lasciò sfuggire un sorriso di approvazione: Puleo era svelto a spremere i suoi informatori. Ciò che lo lasciava perplesso era il rebus Sanfilippo. Sembrava che l'uomo avesse assorbito senza troppi traumi il colpo della morte di Mancuso. Per lui avrebbe dovuto essere una specie di terremoto, un evento dal potenziale non del tutto dispiegato. Se, come aveva detto Puleo, era così legato a Mancuso, lui avrebbe potuto diventare il prossimo obbiettivo di una coppia di motociclisti in vena di sparatorie. Invece, all'agenzia gli era sembrato molto tranquillo e sicuro di sé. Troppo. Quasi strafottente. Ripensò all'ultima informazione riferita da Puleo, cioè l'avvicinamento di Sanfilippo a Diego. Forse l'uomo aveva finito col diventare una specie di punto di raccordo – o addirittura un garante – tra Mancuso e Diego. Prese una risoluzione:

Va bene, Save', è arrivato il momento di sguinzagliare i cani. Intercettazioni telefoniche sulle linee della Beltramini Travel, della Sala & C. e sulle utenze domestiche di Sanfilippo, e di Sala Diego. La DigiInvest no, è inutile, ha solo una sede legale, non operativa, presso uno studio notarile. Il notaio non è detto che sia coinvolto. Se sarà il caso ce lo riserviamo per dopo. E intercettazioni ambientali. Macchine comprese. Bisogna convincere De Vecchi ad attivare la procedura d'urgenza per l'autorizzazione. Di questo me ne occupo io. E voglio qualcuno addosso a Sala e a Sanfilippo, ventiquattr'ore su ventiquattro. Dove vanno, chi incontrano, cosa fanno. Il servizio completo.

Ci sarebbe voluto qualche giorno per rendere operative le intercettazioni. Sempre che il signor sostituto procuratore non decidesse di attuare una delle sue famigerate strategie di rottura di scatole, l'unica attività che gli riusciva a colpo sicuro.

La fase più delicata era la stesura di un rapporto che fornisse una buona copertura alla richiesta, ma che non si sbilanciasse troppo. Un esercizio di equilibrismo del genere che localmente veniva definito a trasi e nesci. Si mise subito al lavoro.

Le autorizzazioni richieste per le intercettazioni erano tempestosamente arrivate nel giro di tre giorni. Tempo perso. E litigata gratuita con De Vecchi. Ora non servivano più.

Fuori c'era un cielo blu violaceo. Spotorno passeggiava con furore avanti e indietro per la stanza. Aveva incontrato Schirosa per le scale e lo aveva invitato nel proprio ufficio. Schirosa si era stravaccato sulla poltroncina girevole, dietro la scrivania. Spotorno gli comunicò subito la novità.

Come spariti?, disse Schirosa.

Volatilizzati, disse Spotorno.

Quando? Come?

Due giorni fa, tutti e due. Sanfilippo è sceso come al solito in motocicletta da Monreale, dopo la pausa pranzo, per tornare all'agenzia. Ma non c'è arrivato mai. Il titolare era fuori sede, e le impiegate non si sono preoccupate perché non era la prima volta che lui si assentava senza avvertire nessuno. Non hanno neanche telefonato a casa per chiedere notizie. È stata la moglie a dare l'allarme, ieri mattina. La motocicletta l'hanno trovata poco fa, parcheggiata regolarmente contro il marciapiedi di piazza Indipendenza, vicino al bar Santoro. Nessuno ha visto niente, inutile dirlo.

E quell'altro?

Sala Diego ha ricevuto una telefonata alla ditta, poco prima della chiusura serale, è uscito quasi subito a piedi, e da allora non l'ha visto più nessuno. La sua macchina è rimasta nello spiazzo recintato che usano pure come rimessa per un paio di camion della ditta. L'impiegato che risponde al telefono dice di non avere idea di chi avesse telefonato: uno che non ha dato il nome e diceva di chiamare per conto di Sanfilippo. Sala gli ha parlato per non più di mezzo minuto, poi si è infilato la giacca ed è uscito senza dire né dove né con chi andava. Classica trappola da lupara bianca.

Che ne pensi?

Che non li vediamo più. Non da vivi, per lo meno.

Dentro il bauletto della moto di Sanfilippo avevano trovato un tubetto di Attack semispremuto. Ma questo non lo disse, a Schirosa. Spotorno non aveva raccontato a nessuno la storia dell'Attack nella serratura della Beltramini, e non aveva senso tirarla fuori ora. Ormai non era importante. Ormai aveva capito che quell'episodio era stato solo un tentativo di depistaggio. Ma non diretto a lui.

La telefonata anonima arrivò al centralino della questura quella sera stessa. La volante più vicina, alla quale fu girata la segnalazione, confermò il ritrovamento della macchina segnalata dall'anonimo. L'equipaggio della volante si limitò a piantonare l'auto fino all'arrivo di Spotorno con la squadra.

I due cadaveri avevano i documenti addosso e furono subito identificati. Erano stati massacrati di botte, prima di essere strangolati e poi incaprettati per agevolare il caricamento dei corpi nel bagagliaio. Erano così malridotti che i loro parenti avrebbero avuto qualche difficoltà per il riconoscimento delle salme. Diego era il più malconcio dei due. Spotorno non sarebbe mai riuscito a riconoscerlo, se non avesse già saputo in anticipo di chi si trattava.

La macchina con i corpi era stata parcheggiata lungo il marciapiedi di via Damasco, quasi all'angolo con via degli Emiri. Esattamente il punto dell'agguato a Mancuso e a Rosario. E questo era un segnale forte e chiaro rivolto al milieu, all'interno del mandamento nel cui contesto era maturata l'esecuzione di Diego e di Sanfilippo.

L'auto era una 131 bianca. Una macchina uguale a quella di Spotorno. Quello invece era un segnale ambiguo diretto al commissario. Una intimidazione. O una specie di sberleffo. O entrambe le cose.

Almeno, quella fu la conclusione silenziosa di Spotorno.

Lui non riusciva a togliersi dalla testa di essere stato il catalizzatore involontario della duplice esecuzione. Forse si era mosso con disinvoltura eccessiva. E la considerazione che avevano tolto di mezzo solo due malacarne non affievoliva i suoi sensi di colpa.

Il mese di agosto aveva esordito con una serataccia schifosa. Calda, umida, attaccaticcia. Con i gemiti delle autocompattatrici a fare da colonna sonora. Un tempo da metafore. Spotorno diffidava delle metafore. Specie se gli capitava di trovarcisi dentro. Se fosse andato a dormire, quella notte avrebbe sognato cime innevate. E persino i tropici di Amalia. Ma lo sapeva solo il diavolo se sarebbe mai tornato il tempo dei sogni.

Capitolo XVII

Fiori blu nel giorno dei Morti

Un sogno di Amalia era la conquista di un pezzo di terra al sole, sul quale allevare i rosai Banksiani a fiori bianchi, semplici e profumati, e guidare i sarmenti a ricoprire tettoie e muri di pietra viva, fino alle inferriate dei balconi. Una terra argillosa, profonda, con belle rocce del colore azzurro cinerino delle vecchie cave dei selinuntini.

Aveva una passione per le rose botaniche antiche, odorose e introvabili, ormai spiazzate dalle grandi rose dai colori improbabili, che si aprivano come cavolfiori e non odoravano di niente. Per ora si accontentava del rosaio rampicante Paul's Scarlet, acquistato per corrispondenza, che per tutto l'autunno, sul balcone di casa, aveva trattenuto centinaia di piccole rose tenaci, avvinghiate ai tralci come se avessero temuto di finire imbalsamate tra le pagine di un vecchio romanzo russo.

Perché era stato un autunno canonico: lento, interminabile, il modello di stagione che si inventavano i vecchi, una rielaborazione della memoria, riscritta da falsi ricordi:

... ai miei tempi... ora invece...

Una luce, specie quella tardiva, i cui gialli trascoloravano lentamente verso l'oro, man mano che le giornate si accorciavano e i platani di Villa Bonanno si trasformavano in un quadro di Catti.

Questo pensava Spotorno, mentre al fianco di Amalia si inseriva disciplinatamente nel flusso dei visitatori del giorno dei Morti, tra i viali del cimitero dei Rotoli.

Amalia portava piccoli mazzi di fiori i cui nomi Spotorno ignorava. Fiori bianchi, gialli, lilla, piccoli fiori profumati e fuori moda, fiori da cimitero parigino, da posare sulle tombe di persone morte a vent'anni, in tempi più eroici degli attuali.

Meno romanticamente, i fiori erano destinati alle tombe di famiglia. E a qualche amico prematuramente scomparso. Non erano frequenti quelle loro spedizioni cimiteriali, non praticavano con assiduità il culto dei morti, anche se si erano fatti un punto d'onore di mantenere la tradizionale festa del due novembre, con i giocattoli, le pupaccene e la frutta di martorana fatti trovare ai ragazzi, al risveglio. I doni che i Morti di famiglia portavano, anzi *mettevano*, la notte della vigilia.

Spotorno riesumò una vecchia filastrocca infantile:

Talìa chi mi misiru i Morti
u pupu cull'anchi torti
a atta c'abballava
e u surci ca sunava.

Lui si era perso nella rievocazione, e fu Amalia a notarla per prima: un volto che appariva a intermittenza tra decine di altri volti, la solita impressione di candore alabastrino, esasperato dalla luminosità di un cielo eccessivo.

La videro svoltare e allontanarsi lungo un vialetto ancora più affollato. Camminava con il viso eretto, portando un fascio di fiori che a Spotorno, da lontano, sembrarono rose blu. Se ne accorsero solo perché teneva il mazzo alto davanti a sé, stretto a due mani, per non sciuparlo nella ressa.

La seguirono con gli occhi sino a perderla del tutto di vista, quando finì in mezzo a un gruppo di persone tra le quali si confuse.

Spotorno non l'aveva più incontrata dai giorni successivi al ritrovamento del cadavere di Diego.

Allora era apparsa troppo inebetita e nessuno era riuscito a cavarle qualcosa di utile per le indagini. Si era pure rifiutata di vedere la salma per il riconoscimento, e della cosa si era fatto carico un fratello minore di Diego, arrivato nella notte da Catania, dove aveva trovato un impiego in banca.

Era rimasto sopraffatto dalla scoperta del lato oscuro e non ufficiale nella vita del fratello. Avevano passato anche lui a pettine fitto, per via del lavoro in banca, ma l'uomo sembrava pulito, non avevano trovato un appiglio.

Il commissario ricordava nebulosamente un bambino di due o tre anni, con gli stessi colori del fratello maggiore, troppo più giovane di Rosario, di Diego e del ragazzo Spotorno, per essere ammesso nel loro giro.

Arrivarono in vista della tomba di famiglia di Amalia. Lei distribuì un po' di fiori nei vasi e tolse qualche foglia secca.

Continuarono i loro giri per una mezz'ora. Poi si riavviarono verso l'uscita.

Spotorno, in seguito, non sarebbe mai riuscito a spiegare quale impulso lo avesse guidato fuori rotta, rispetto al percorso più breve verso i cancelli, sino a fargli imboccare i vialetti laterali, ignorando le proteste appena accennate di Amalia, che non aveva voglia di camminare a vuoto. Una sequenza forse innescata dalla ricomparsa della Dama Bianca, anche lei in uscita davanti a loro. Almeno, così gli era parso, perché la donna era quasi del tutto coperta dalla folla e ciò che vedevano di lei era solo la nuca. Lui però non avrebbe confuso quella nuca con nessun'altra.

Doveva avere lasciato da qualche parte i suoi fiori blu.

Il commissario aveva studiato le foto e il video girato dagli agenti appostati ai Rotoli, per l'inumazione della salma di Diego. Si era fatta un'idea abbastanza precisa del punto in cui si trovava la tomba dei Sala. Amalia lo seguì a malincuore.

Non ci volle molto a trovarla. Una grande lapide orizzontale, una semplice lastra di marmo con la scritta Famiglia Sala incisa dallo scalpellino in lettere dorate, sovrastata da un piccolo cippo con i nomi dei defunti. Quello di Diego era il più recente. Non c'era nessuno intorno alla tomba. Alcuni mazzi di fiori secchi, che forse risalivano al giorno del funerale di Diego, erano ancora disposti nei vasi in muratura.

Nessuna traccia di fiori blu, ma Spotorno non se ne stupì. Anzi, prese quell'assenza come una conferma a certe idee che aveva maturato mettendo insieme i racconti dell'agente Stella e le informazioni raccolte da Puleo, poco prima dell'esecuzione di Diego e di Sanfilippo.

Ovvio, pensava, non è questa la tomba giusta.

Chiese ad Amalia di aspettarlo e raggiunse velocemente gli uffici vicino all'ingresso. Ottenne le coordinate della tomba dei Mancuso. Li avrebbe trovati là, i fiori blu.

Perché sto facendo questo?, si chiese mentre tornava indietro per raggiungere Amalia. Non sarebbe meglio lasciare tutto com'è?

La tomba dei Mancuso, rigogliosa di stucchi, sbalordì Amalia.

L'assenza di fiori blu tramortì Spotorno.

Si riebbe in fretta. Aveva trascurato l'ipotesi più plausibile: la famiglia d'origine di lei. Ritornò verso gli uffici. Stavolta Amalia lo seguì, un po' preoccupata per quell'improvviso viraggio dell'umore maritale.

La sepoltura della famiglia Caminiti, chiese Spotorno all'addetto.

Il responso arrivò nel giro di pochi secondi: non risultavano Caminiti, ai Rotoli. Forse avevano la sepoltura a Sant'Orsola, o a Santa Maria di Gesù, o ai Cappuccini, suggerì l'impiegato.

Rimaneva una possibilità. Quasi un colpo alla cieca. Non fu necessario ricorrere all'addetto, perché Spotorno ricordava ancora il punto preciso. Una marcia affannosa verso l'unica altra tomba possibile, dalla parte opposta del cimitero.

Un mazzo di fiori blu, posato semplicemente sulla lastra di marmo.

Meno male, non sono rose, fu la sua prima, incongrua reazione. Aveva pensato agli esperimenti di Emanuele, il minore e il più disincantato dei loro due figli, per ottenere le rose blu. Poi capì il significato di quei fiori. E quando finì di capire, comprese di averlo sempre saputo.

A casa, chiamò subito l'agente Stella:

Stelluccia? Mi devi fare una cortesia. Ricordi la Caminiti Aurora?... Sì, lei. Le devi telefonare e le chiedi un appuntamento per domani mattina. L'andiamo a trovare a casa... Sì, ci vengo pure io, però questo a lei non lo devi dire... Come dici?... Inventati qualcosa, vedi tu. Niente divisa però. Non la dobbiamo mettere in imbarazzo con i vicini. Vedi se ci può ricevere verso le dieci, così abbiamo il tempo di vederci un momento in ufficio e ne parliamo... Sì, precisamente. Ciao allora. A domani. Grazie, Stelluccia.

Amalia lo fissava perplessa. Forse inquieta. Chi accidenti era Stelluccia? E perché il signor commissario sembrava fare le fusa, mentre le parlava al telefono?

Spotorno aveva addosso un umore da ossimori. Una calma tesa che mantenne per il resto della giornata. Andò a letto presto.

Chi è Stelluccia?, farfugliò Amalia, un istante prima di cadere addormentata.

L'agente Stella ce l'aveva messa tutta, nel tentativo di disinnescare il proprio potenziale bellico. Niente trucco. Niente profumo. Vestitino color pesca, in maglina di cotone. Scarpe basse. Capelli tirati su e appuntati con le forcine. Ciò nonostante, se gli sguardi che piovevano dalle altre auto incolonnate nel traffico fossero stati altrettanti raggi laser, la 131 di Spotorno si sarebbe liquefatta già all'altezza della chiesa della Pinta. Ormai erano arrivati in corso Calatafimi, e lui stesso doveva imporsi un certo autocontrollo per non voltare in continuazione gli occhi verso il profilo morbido dell'agente Stella.

Si erano visti poco prima, nell'ufficio del commissario, e Spotorno le aveva spiegato per sommi capi il perché della spedizione.

Cosa le hai detto, alla Caminiti?

Che avevo bisogno di parlarle di una faccenda personale, senza specificare altro.

Ottimo. E lei?

Era solo un po' stupita, ma non ha fatto domande.

Spotorno svoltò sulla corsia laterale della circonvallazione e si sentì dentro un déjà-vu: c'era lo stesso fioraio abusivo di tre mesi prima, quando aveva compiuto l'identico percorso con Amalia, sulla scia della Dama Bianca.

Gli venne un'idea estemporanea. Accostò la macchina e scese. Frugò con gli occhi nella selva di fiori e di piante in vaso che invadevano il marciapiedi, esplorando ogni traccia di blu, finché trovò i fiori giusti. A lui, almeno, sembravano uguali a quelli che aveva visto sulla lapide, ai Rotoli, e prima ancora tra le mani della Dama Bianca.

Se ne fece confezionare un mazzo di dimensioni simili a quello e sborsò senza fiatare una somma che gli sembrò esorbitante.

L'agente Stella non fece commenti.

In via Nave fu lei a scendere dall'auto e a suonare il citofono di lato alla cancellata. Partì il comando di apertura e Spotorno passò oltre, fino alla base della recinzione color terra che circondava il giardino spoglio della casa.

La donna ebbe solo un lieve trasalimento, quando si accorse che l'agente Stella non era sola.

Non appena la vide, Spotorno interruppe a metà il movimento di discesa dall'auto e rimase con un piede posato precariamente a terra e l'altro ancora dentro l'abitacolo, con la sola consapevolezza di essere bloccato in una posa ridicola e di non potere farci niente.

Si riscosse in un'altra vita, dopo un'eternità. Scese e lanciò uno sguardo obliquo all'agente Stella. Pure la ragazza era stata colta di sorpresa, e ora sembrava in posa per un gruppo marmoreo. Poi si rianimò anche lei e si accostò all'altra.

Mara, disse la Dama Bianca.

Si baciarono sulle guance.

Aurora, ti presento il commissario Spotorno, disse l'agente Stella.

Lo sguardo della donna scivolò sui fiori e vi rimase incollato. Spotorno le porse il mazzo. Lei lo accolse con entrambe le mani.

Ci conosciamo, disse con una voce estenuata, consunta. Sembrava ancora più affilata, con gli zigomi marcati, quasi diafana in volto, ma non appariva prostrata.

Dove li ha presi?, aggiunse.

Non lo sa?, disse Spotorno.

La donna liberò un sorriso smunto:

No. Non sono quelli, disse. I miei avevano un nastro verde. Questi sono legati con la carta argentata.

Spotorno annuì:

Lei ha un'idea del perché ho chiesto all'agente Stella di organizzare un incontro?

Commissario, perché non ci diciamo subito quello che ci dobbiamo dire, così ce ne usciamo dalla malattia?

Ah, ecco, pensò Spotorno, è stato per la voce.

Nonostante l'aggressività della frase, era come se, dopo averle pronunciate, le parole della Dama Bianca avessero avuto bisogno di essere consolate. Da quando aveva riconosciuto i fiori blu sulla lapide, ai Rotoli, lui aveva continuato a chiedersi cosa potesse avere di tanto speciale, quella donna, da riuscire a coinvolgere un tipo come Rosario, fino a fargli accettare un rischio di quella portata. Rischio fin troppo concreto, a giudicare dagli eventi che ne erano seguiti.

Ricordava la ragazza vistosa, seduta sul sellino posteriore della motocicletta di Rosario, quando si erano incrociati per l'ultima volta da vivi, decenni prima, in via Sant'Isidoro alla Guilla. E gli risultava che pure l'ex moglie di Rosario, la ragazzina con la quale era rimasto sposato per pochi mesi, possedeva quel tipo di bellezza aggressiva, appariscente ed effimera, che fa voltare gli uomini per la strada, e che poi lascia solo qualche graffio superficiale nella memoria.

Appartenevano entrambe alla variante umana che stava esattamente agli antipodi rispetto alla Dama Bianca. La presenza fisica della donna era un'anticipazione, una raffigurazione corporea di quella voce. Una voce d'ombra. Rendeva difficile mantenersi neutrali.

Spotorno aveva preso parte agli interrogatori della Dama Bianca e dei parenti di Diego e di Sanfilippo. Lei aveva fatto quasi scena muta. Era troppo abbattuta, incapace di connettere. Il commissario aveva colto solo pochi monosillabi e molti cenni del capo.

Le dedicò un lungo sguardo silenzioso, che si sforzò di rendere comprensivo. La donna sembrò riscuotersi.

Li invitò ad accomodarsi sui divani del grande salone rettangolare, separato dall'anticamera solo da un muretto basso, col ripiano di marmo ingombro di soprammobili. Divani massicci, rivestiti di una rigida stoffa argentea, disposti intorno a un tavolino basso, in noce scuro. Alle pareti, una tappezzeria a righe, pretenziosa e scostante, e alcuni paesaggi a olio, falso '800, dalle cornici ricciolute, tediosamente allineati alla stessa altezza.

Una casa che incitava all'evasione.

E, visto che a evadere era stata la donna, l'arredamento doveva rispecchiare i gusti di Diego.

Lei forse sospettò una censura estetica sui volti di Spotorno e dell'agente Stella, perché si affrettò a dire che stava per cambiare casa:

Ho affittato un appartamento più piccolo, in centro. Non ci voglio stare più in questa casa. Troppe cose tinte. Non mi voglio portare neanche il mio corredo.

Mise i fiori in un grande vaso di cristallo e uscì dalla stanza. Sentirono un rumore d'acqua corrente. Tornò col vaso e lo sistemò al centro del tavolo basso, sopra un centrino ricamato.

Presero posto tutti e tre sui divani; l'agente Stella sedette accanto a lei. Una predisposizione al conforto, se ce ne fosse stato bisogno. La donna sospirò e intrecciò le dita, abbandonando le mani in grembo.

Un grembo appariscente, esibito con una placidità non priva di fierezza.

Una gravidanza all'ottavo mese, valutò a occhio Spotorno.

Mara, disse lei, è meglio che mantieni le distanze. Io porto attasso. A chi tocco tocco muore. Prima Rosario, poi Nunzia. E Diego.

Pronunciò il nome del marito defunto con una durezza sprezzante, come l'insulto lanciato contro un nemico in fuga.

Nunzia, povera fimmina... non avete idea di quanto bene gli voleva, a Rosario. E per conseguenza, pure a me, da quando lui mi ci ha portato per la prima volta. Pareva quasi un'acchianata. Nemmeno se lei fosse stata sua madre. Dalla sua madre vera non mi ci poteva portare, si capisce. Da sua sorella meno che mai, per non mettere in allarme il cognato. Lui stava ancora con sua madre, e Nunzia, mischina, ci ha messo la casa a disposizione. Pure un letto nuovo ci ha voluto comprare. L'ha fatto a sorpresa, se no a Rosario chi lo teneva? Lei non aveva tanti mezzi, era abituata a leccare la sarda. Ora sono morti tutti e due. Io però sono morta due volte. La prima quando hanno ammazzato a Rosario. La seconda... la seconda volta è stata quando avevo preso la decisione di...

Non c'è bisogno di dirlo, la interruppe con garbo Spotorno. Sappiamo.

La donna guardò l'agente Stella, che annuì in silenzio.

Tu l'avevi intuito. È stato quel giorno, alla clinica Bocciolo di rosa. Quando ti ho visto non ho capito più niente. Mi sembrava che mi avevano mandato la polizia per quello che ero andata a fare alla clinica. Mi è venuta la tentazione di mettermi a correre, di scappare. Invece ho voltato la testa dall'altro lato. Sai, forse è stata proprio quella paura a darmi il coraggio che mi mancava. Perché lo sapevo quello che mi aspettava se tornavo a casa per com'ero uscita. Quando è stato il momento, lì nell'ambulatorio, ho bloccato la... la cosa per quattro volte. Per quattro volte ho detto va bene, sono pronta, e per quattro volte ho detto no, ancora no. Poi me ne sono andata che mi sentivo la morte di sopra.

E non aveva torto, pensò Spotorno. Diego non si poteva permettere l'avvento di un ragazzino con i capelli rossi. Si sarebbe liberato anche di loro in qualche modo, prima che la gravidanza fosse diventata un fatto compiuto e inoccultabile. Se gliene avessero lasciato il tempo.

Si chiamerà Aureliano, disse la donna in un soffio. Rosario è morto prima di sapere che era un maschio.

Aveva spostato gli occhi di lato, verso gli scaffali di una pesante libreria ingombra di grossi volumi con le rilegature tutte uguali; una collana, probabilmente ancora intonsa, forse acquistata solo a fini decorativi, giusto per fare brodo. L'unica eccezione era un libro isolato, dall'aria vissuta, posato di piatto sugli altri volumi. Spiccava come se avesse avuto un faro puntato addosso.

Spotorno riuscì a decifrare il titolo stampato sulla costola: *Cent'anni di solitudine*.

Gli do il mio nome, riprese la donna: Aureliano Caminiti. Quello di Diego non glielo voglio dare. E quello di Rosario non glielo posso dare.

Come vi eravate conosciuti con Rosario?, disse l'agente Stella. Spotorno pensò che aveva fatto bene a chiedere alla ragazza di accompagnarlo. Solo una donna poteva fare una domanda come quella. Se ci avesse provato lui gli si sarebbero aggrovigliate le corde vocali per l'imbarazzo.

La donna fissò lo sguardo sopra un punto della parete alle spalle di Spotorno, alla ricerca di una concentrazione che aveva perduto.

Sembra uno scherzo del destino, disse poi. È stato tramite mio cugino Gaspare Mancuso. Loro si conoscevano da tre, quattro anni. Gaspare era amico di uno che si era messo in società con Rosario, per aprire una pizzeria. Il locale poi era fallito e Rosario si era trovato in mezzo alla strada. Gaspare all'inizio lo aveva favorito. Si può dire che Rosario lavorava per lui. Gli faceva da autista, lo portava in giro, gli sbrigava qualche cosa... Si figuri che la 127 intestata a Rosario l'aveva pagata mio cugino. L'aveva comprata di seconda mano dalla moglie del suo amico Sanfilippo. Rosario aveva solo debiti. E alla sua età si vergognava a chiedere soldi alla madre.

Si fermò a riflettere.

Con mio cugino avevano un rapporto strano, che ha cominciato a cambiare quasi subito. Forse già allora Asparino mirava all'agenzia del cognato e della sorella di Rosario. Lui all'inizio non si era accorto che Gaspare lo stava portando dove voleva lui. Quando l'ha capito era troppo tardi. Ha dovuto calare le corna per non mettere a rischio la sorella e il resto della famiglia.

Altra pausa, impiegata a ricostruire il ricordo.

Io un giorno ero andata alla Noce, a fare visita alle mie cugine e ai miei zii, cioè le sorelle e i genitori di Gaspare. Ci vedevamo a ogni morte di papa. Diego non voleva. Il perché non me l'ha voluto dire mai in faccia, ma io ho capito che li considerava troppo... che vi posso dire, troppo... troppo gente vascia. Io, però, ancora non andavo all'idea che lui, a ora di interesse, non si faceva tanti problemi a stricarsi con Gaspare. Poi, quando sono scesa per tornare a casa, la macchina non mi partiva. Cominciava a fare buio e si stava pure mettendo a piovere. Allora sono ritornata indietro e ho chiesto a mio cugino se mi poteva accompagnare lui. Io ancora non lo sapevo che gli avevano ritirato la patente. Sai, Mara, per i precedenti che aveva... Gaspare ha fatto una telefonata, e dopo venti minuti è arrivato Rosario con una 127 celeste. È stato lui che mi ha accompagnato a casa.

Avevano parlato per tutto il tragitto. C'era un traffico convulso, Rosario aveva scelto le strade più intasate, e c'era voluta più di un'ora per arrivare a casa. Lui guidava con calma, fermandosi al giallo precocissimo dei semafori, invece di bruciarli come tutti. Poco alla volta il livello della conversazione si era fatto più personale, più intimo. Era stato sopra tutto Rosario a parlare. Le aveva detto cose che non aveva mai confidato a nessuno. La donna l'aveva percepito in qualche modo nebuloso.

Lei non aveva osato rivelare le proprie malinconie per la mancata maternità. Né i disinganni sul fronte domestico. Con il tempo, a furia di piccoli dettagli, di piccole, continue messe a fuoco, aveva finito col formarsi un'immagine abbastanza nitida del reale universo di riferimento di Diego. Niente che si potesse confidare a uno sconosciuto. Ma lei ne era ancora tormentata.

Quando anche gli ultimi residui di incredulità si erano dissolti, l'idea di un figlio in comune con il marito le era diventata insopportabile.

Lui aveva reagito con indifferenza - forse persino con sollievo - alla sua decisione di non procedere oltre con le tecniche di inseminazione, limitandosi a una presa d'atto. Intuì che i tentativi precedenti Diego li aveva subiti.

Davanti al cancello della casa, al momento dei saluti, lei e Rosario si erano guardati negli occhi. E pur non essendosi mai visti prima, si erano riconosciuti. Una convergenza di inquietudini. Una specie di conversazione muta ma intensa, protratta per una manciata di secondi che sembrava non finire mai.

Rosario le aveva chiesto di rivedersi.

Lei aveva detto di sì.

Una storia semplice, risaputa. Tranne che nel finale.

E così ho condannato a morte sia a Rosario che a Nunzia. È stato un anno e mezzo fa, disse. Mio cugino Gaspare deve avere capito qualche cosa. È stato lui a cantarsela con Diego, ci posso mettere la mano nel fuoco. Loro due erano della stessa razza.

Quale razza?, disse Spotorno.

Quella degli uomini di disonore. Mio cugino è stato sempre geloso di me, anche se era sposato, e ultimamente aveva pure un figlio in arrivo. Ma non aveva motivo né di essere geloso né di non esserlo. Non ne ha mai avuto motivo, neanche quand'eravamo più giovani e le nostre famiglie abitavano muro con muro. Non erano fatti suoi, punto e basta. Eravamo solo cugini. Niente di più e niente di meno. Pensare che se non fosse andato a squietare a Diego, a quest'ora non sarebbe chiuso pure lui dentro il tabuto. Perché una cosa è sicura, commissario: Diego ha dovuto ammazzare Asparino come copertura per la morte di Rosario. Rosario era la vera vittima.

Spotorno ripensò agli interrogatori delle donne della famiglia Mancuso, nelle ore successive all'agguato. C'era qualcosa di epico, oltre che di paradossale, nel fatto che fossero state le sole, in soggettiva malafede, a identificare a colpo sicuro Rosario come il vero destinatario delle pallottole di via degli Emiri.

Spotorno invece l'aveva capito il giorno prima, ai Rotoli. E aveva ripensato all'avvertimento di don Tano. Quello era un delitto da football americano, aveva detto, un delitto preventivo. Lui aveva pensato che si riferisse alla eliminazione di Mancuso. Il vecchio invece aveva intuito che il destinatario principale dell'agguato era Rosario. Gli aveva persino fornito l'imbeccata giusta. E lui, sulla via del ritorno verso casa, aveva scandagliato i propri archivi mentali, riesumando gli scenari di molti agguati tipici e atipici.

Alla fine aveva indugiato sulla sequenza del rapimento di Moro.

Quando Aldo Moro era stato rapito, il commando di brigatisti aveva ucciso sia i due carabinieri che erano con lui a bordo della macchina, che i tre poliziotti sull'auto di scorta. Ma il deputato, nonostante la potenza di fuoco impiegata, non aveva subito un graffio, perché ai brigatisti, da morto, non sarebbe servito a niente.

L'operazione dimostrava la fattibilità tecnica di un agguato di tipo chirurgico.

La mafia aveva meno riguardi. Se capitava, pur di raggiungere lo scopo, sparava nel mucchio. Spotorno ricordava l'esecuzione di un mafioso, ucciso nella propria auto pochi secondi dopo essere stato rilasciato dal carcere. Con lui avevano massacrato la moglie, che era andata a prenderlo con la macchina, all'uscita dall'Ucciardone.

E ancora, nel fallito attentato al giudice Palermo, a Pizzolungo, le uniche vittime erano stati due bambini e la loro giovane madre, che passavano per caso in macchina. Era rimasto ben poco, di loro, dopo l'esplosione dell'autobomba. Alla faccia della leggenda sui mafiosi, che non toccavano le donne, i bambini e i preti.

Di donne ne avevano ammazzate altre. E anche altri bambini. E una volta avevano pure imbottito di piombo fra' Giacinto, un frate francescano, nella sua cella, dentro il convento di Santa Maria di Gesù, a poche decine di metri dalla futura tomba del suo boss di riferimento.

Il boss l'avrebbero assassinato otto mesi dopo, nel giorno del suo compleanno. Fra' Giacinto però aveva idee un po' disinvolte sull'interpretazione autentica della regola francescana. Indossava tonache di cachemire, beveva Chivas, ed era considerato in odore di mafiosità.

Ma secondo il commissario era probabile che prima o poi le famiglie decidessero di dare un esempio, ordinando l'esecuzione di qualcuno di quei preti che non si limitavano a dire messa, a confessare le vecchiette, e a comminare giaculatorie miste a indicazioni di voto. E – lui ne era certo – non avrebbero avuto nessun turbamento ad assassinare persino il papa, se avesse interferito troppo con il business.

Allora, perché farsi tanti scrupoli per Rosario? Perché agire in modo che si pensasse che lui era stato colpito per errore, da una sola pallottola che non gli era destinata? Una pallottola, però, curiosamente piazzata in un punto che non dava scampo.

La vicinanza, la frequentazione abbastanza stretta tra Mancuso e Rosario, il rapporto di collaborazione tra i due – anche se asimmetrico –, avrebbe giustificato una sparatoria indiscriminata, un'innaffiata democratica di piombo, su base paritetica.

Invece no.

La Dama Bianca prevenne la domanda di Spotorno: Diego sparava come un dio, disse. Una volta, quando eravamo sposati da poco, mi ha portato al poligono di tiro che si trova qua vicino, in via Nave. Non sbagliava un colpo. Ci andava ogni tanto con qualche amico. Gli piaceva tirare con la pistola da competizione. Quelli però erano giocattoli, diceva. Le pistole vere, quelle che ti pesano in mano, erano un'altra cosa. È stato lui a sparare a Rosario. Un colpo solo. Il resto delle pallottole gliele hanno scaricate addosso a Gaspare. Chi lo sa, forse è stato proprio Asparino a vendersi Rosario, a fare la parte del Giuda, a organizzare le cose, a combinare l'appuntamento, a dire a Diego che il tale giorno alla tale ora, la 127 con lui e con Rosario al volante si sarebbe trovata in quel punto preciso. Asparino, a Diego, non lo conosceva come lo conoscevo io, se no non gliela dava tutta quella fiducia. E infatti c'è rimasto pure lui.

Figurarsi se Diego si sarebbe sognato di lasciare in vita un testimone che prima o poi gli avrebbe presentato il conto, pensava Spotorno. E che magari, in seguito, avrebbe potuto tradire anche lui.

Era stupito per l'apparente assenza di livore nei confronti di Mancuso, nella voce della Dama Bianca. Il livore doveva averlo smaltito gradualmente, sostituendolo prima con la rassegnazione e in seguito con l'aspettativa per la maternità imminente. Il suo racconto completava le informazioni che gli investigatori avevano messo insieme nei giorni successivi al ritrovamento della 131 con i due cadaveri nel bagagliaio.

Quella sera, prima ancora di catapultarsi in via degli Emiri, Spotorno aveva spedito una volante a prelevare Basilio Manfredi, il nipote della moglie di Sanfilippo. L'uomo che lui sospettava di essere stato il basista del furto della Kawasaki usata per l'agguato della Zisa. Il terzo uomo, quello maggiormente a rischio, dopo Diego e Sanfilippo.

I poliziotti erano arrivati troppo tardi. Svanito anche lui. Tutti avevano pensato al peggio.

Manfredi invece era ricomparso un paio di giorni dopo e si era consegnato nelle mani di Spotorno. Aveva saputo della scomparsa degli altri due prima degli sbirri. Probabilmente tramite la zia. E aveva capito che lui sarebbe stato il prossimo della lista. Specialmente se avessero «interrogato» Diego e Sanfilippo prima di eliminarli.

Aveva deciso di cambiare aria, ma sapeva di non potere rimanere nascosto in eterno. Prima o poi l'avrebbero trovato. Così si era risolto a presentarsi e a chiedere protezione. Era terrorizzato.

Dottore, mi deve credere, aveva detto a Spotorno, quando lo zio Bastiano mi ha detto che gli serviva una motocicletta così e così, io non lo sapevo che la dovevano usare per quella cosa. Mi aveva fatto credere che era per rivenderla in Tunisia. Pare strano, ma lo sa, in Tunisia, in Marocco, c'è richiesta di motociclette di grossa cilindrata usate e pure di macchine di seconda mano, specialmente BMW e Mercedes diesel. Per questo era importante che non se ne accorgevano troppo presto che era sparito il motore. Mi è dispiaciuto per Scannariato, quello del Kawasaki, che è un collega. Lui però era troppo fesso a lasciare così abbandonato un motore che scippava gli occhi a tutti, solo per risparmiare qualche carta da diecimila per il garage. Se l'è cercata lui.

Manfredi era al corrente della posizione di Sanfilippo all'interno dell'organizzazione. Per lui, quella richiesta era un motivo d'onore. Lo zio gli aveva fatto balenare la prospettiva di un'affiliazione futura, raccomandandogli il silenzio più categorico.

Solo quando aveva letto sul «Sicilia» la notizia della duplice ammazzatina di via degli Emiri si era reso conto del vero scopo di quel furto.

La sua prima reazione era stata di orgoglio per il proprio coinvolgimento, anche se marginale, in una faccenda così grossa. Aveva avuto, come in un flash, una visione dell'inferno. E quello che aveva intravisto gli era piaciuto.

Poi era arrivata la preoccupazione per le possibili conseguenze. Non l'aveva neanche sfiorato l'ipotesi che l'esecuzione non fosse avvenuta per ordine e sotto il controllo dei mammasantissima. O quanto meno con il loro consenso. Nel rispetto delle regole.

Poi aveva incontrato lo zio.

Dottore, era nivuru come un diavolo...

Scuro in volto e preoccupato. Era stato lui a guidare la Kawasaki, alla Zisa. Sul sellino posteriore aveva preso posto Diego. Tutti e due con i caschi integrali. E Diego gli aveva raccomandato di concentrare i colpi solo sul passeggero della 127 celeste. Cioè su Mancuso. Rosario non c'entrava, e doveva essere risparmiato ad ogni costo.

Perciò Diego aveva scartato la procedura di accostare la moto alla macchina in movimento e sparare in corsa, come si usava di frequente, optando invece per l'appostamento a terra, nel punto in cui la 127 sarebbe stata costretta a rallentare fino a fermarsi, prima dell'immissione in via degli Emiri.

Però era stato proprio Diego a piantare una pallottola nella testa di Rosario, al primo colpo sparato. E lo zio Bastiano avrebbe potuto giurare che non era stato un errore, come poi l'altro aveva preteso.

Quanto alla motivazione ufficiale per l'eliminazione di Mancuso, Diego aveva spiegato a Sanfilippo che Asparino si stava allargando troppo. Che giocava in proprio. Che era diventato troppo ambizioso e bisognava fermarlo prima che facesse danno. E che lui, Diego, aveva in mente di mettere proprio Sanfilippo al posto di Mancuso, una volta tolta di mezzo quella testa calda. Un passaggio da semplice prestanome a cointeressato al business. Un bel salto.

Era andato avanti per giorni, spostando ogni volta di pochi gradi nella propria direzione il polo di riferimento dell'altro. Sanfilippo, alla fine, non si era quasi accorto di avere cambiato cavallo. Di essere passato dalla sfera di influenza di Mancuso a quella di Diego. Gli aveva creduto perché aveva voluto credergli.

Diego era abile a portare la gente dalla propria parte. Un incantatore di serpenti. Individuava i propri obbiettivi e vi avvolgeva intorno una personalità dall'apparenza calorosa, diretta, e nello stesso tempo imperiosa.

Diego era un capo per natura, aveva detto poco prima la Dama Bianca.

Anche lei c'era cascata, i primi tempi, all'epoca delle schermaglie iniziali del breve corteggiamento che aveva preceduto il loro matrimonio. C'erano voluti anni, prima che la vera personalità di Diego si dispiegasse dal labirinto di sovrastrutture che lui aveva costruito intorno a sé e ai propri affari.

I suoi affari andavano ben oltre l'attività della ditta di movimento terra. La ditta stessa, pur garantendo un discreto gettito, era più che altro una copertura, una centrale operativa della cosca.

Da lì veniva gestito il giro di estorsioni che assicurava un flusso costante di liquidità, le cui eccedenze non immediatamente utilizzabili per le spese vive degli affiliati finivano nel circuito di riciclaggio che era stato solo in parte ricostruito prima dell'esecuzione di Diego e di Sanfilippo.

Rosario le ha mai raccontato com'era andata esattamente la storia con l'agenzia del cognato, la Beltramini Travel?, disse Spotorno.

Certo che me l'ha raccontato. La storia è cominciata quando ancora Rosario non aveva capito bene con chi aveva a che fare. E mi riferisco a mio cugino Gaspare. Lo credeva un amico. Uno che viveva un poco al limite, ma niente di più. Se li cercava tutti lui a quelli come Asparino. Così, quando ha scoperto che il marito di sua sorella era sull'orlo del fallimento, è andato da Gaspare, per vedere quello che poteva fare. E a Gaspare neanche gli è parso vero. Gli ha messo i soldi in mano, a Beltramini, e all'inizio era tutto latte e miele. Non ce li hai i soldi da restituire alla scadenza? E che problema c'è? Dilatiamo un pochino i tempi e un altro pochino gli interessi, e non ci pensiamo più.

E invece?

Invece la musica è cambiata quasi subito. E quando Rosario l'ha capito, ormai era troppo tardi. L'agenzia era passata in mano a Gaspare. E a Diego che non era comparso mai, ma che stava dietro di lui. Dai suoi picciotti erano partiti i primi avvertimenti, le telefonate a Beltramini e poi l'incendio che doveva aprire la strada alla richiesta del pizzo. Alla fine, al cognato di Rosario, praticamente gli passavano solo uno stipendio. Da padrone che era, lo avevano retrocesso a dipendente. Non lo potevano buttare fuori, perché conosceva il mestiere, gli ingranaggi che facevano funzionare l'agenzia, che se no sarebbe fallita per davvero, e loro invece avevano l'interesse di farla girare bene, senza fare sbrasate. E pure per non dare troppo nell'occhio. Non si poteva mai sapere come avrebbe reagito.

Sanfilippo era stato il secondo rospo da fare ingoiare a Beltramini. Mancuso ne aveva imposto l'assunzione, sia per garantire uno stipendio a un suo uomo, sia per tenere sempre tutto sotto controllo. Spotorno l'aveva saputo dal nipote. Il quale aveva aggiunto il dettaglio dell'Attack che lo stesso Sanfilippo aveva usato per sigillare la serratura dell'agenzia, dopo l'esecuzione di Rosario e di Mancuso.

Il commissario aveva visto giusto, pensando a un depistaggio.

L'episodio dell'Attack serviva a dimostrare ai capifamiglia che l'aggressione veniva dall'esterno. Qualcuno aveva eliminato Mancuso e ora tentava di prendere il suo posto, cercando di scalzare Diego. Chi poteva pensare che Diego si volesse appropriare di qualcosa che aveva già in mano?

E Rosario, insistette Spotorno con la Dama Bianca, come mai non aveva tagliato con Mancuso ed era rimasto a lavorare con lui?

C'era stato un momento che se ne voleva andare, mi ha raccontato. Che non lo voleva vedere più, a mio cugino. Alla fine però ha capito che era meglio se restava in contatto con Gaspare. Per seguire la situazione. Vedere se c'era qualche via d'uscita. Non tanto per il cognato, ma nell'interesse della sorella e dei nipoti. Gliel'ha data Diego la via d'uscita. A lui e a Gaspare. E pure a Nunzia. Lo sa, commissario, ieri, dopo che sono uscita dai Rotoli, i fiori li ho portati pure a lei, a Sant'Orsola. Chi glielo doveva dire che sarebbe finita con la testa sfracellata a colpi di tubo di ferro, mischina?

Già, Nunzia. Un'altra vittima del soffio della valanga. Eliminato Rosario, per lei non c'era scampo. Era rimasta l'unica testimone degli amori clandestini della Dama Bianca. A parte la Dama Bianca stessa.

Per evitare un collegamento troppo sospetto con l'esecuzione di Rosario, Diego aveva lasciato trascorrere un paio di settimane, prima di passare alla fase due. Era improbabile che Nunzia avesse collegato la morte di Rosario con la relazione che lui intratteneva con la Dama Bianca. La donna però rimaneva una mina vagante. E

Diego non poteva permettersi che vagasse a lungo, col rischio che andasse a deflagrare nel posto sbagliato.

La notte che Nunzia morì, Diego si ritirò alle due e mezza passate, disse la Dama Bianca. Non era la prima volta che succedeva, però lui di solito non si ritirava tardi: massimo alle dieci era a casa. Si doveva alzare sempre di mattina presto. Perché tutto gli potevamo dire a Diego, tranne di essere uno che si annacava. Era un grande lavoratore.

L'orario coincideva. Il medico legale aveva collocato in un intorno delle due del mattino la morte di Nunzia. Da via Siccheria a via Nave, a quell'ora, sarebbero bastati cinque minuti di macchina. E altri dieci, al massimo, per tornare dalla casa di Nunzia fino al punto in cui Diego aveva probabilmente parcheggiato l'auto, per non farla notare vicino alla casa. Forse l'aveva lasciata sul grande spiazzo alla base della montagnola a forma di dinosauro, mimetizzata tra le macchine dei residenti.

Spotorno era convinto che Diego stavolta avesse fatto tutto da solo. Sarebbe stato poco prudente coinvolgere ancora Sanfilippo o qualcun altro. Come giustificare la richiesta di eliminare una donna di mezz'età, che campava facendo la lavorante in una camiceria artigianale che, guarda caso, apparteneva alla madre di Rosario Alamia? C'era il rischio che si chiudesse una partita e se ne aprisse un'altra ancora più pericolosa.

Le conclusioni della Scientifica non erano state univoche, però i rilievi compiuti nella casa di via Siccheria, sopra tutto all'esterno, davano forti indizi che l'effrazione era stata opera di un'unica persona estranea alla casa.

La Dama Bianca fissò gli occhi in quelli di Spotorno:

Ma lei, alla fine, commissario, l'ha capito bene perché è successo quello che è successo? O pensa che Diego si è voluto vendicare di Rosario perché... perché lui... io...

Io credo di saperlo. Però me lo dica lei, perché è successo.

È successo perché non era mio cugino Gaspare, quello che si voleva allargare, ma Diego.

Spotorno l'aveva capito. Diego Sala era deciso a tentare il grande salto di qualità. La scalata al mandamento. Poteva contare su un nucleo di fedelissimi e, sopra tutto, su se stesso. Sul proprio carisma e sulle proprie capacità nella gestione degli affari.

Poi gli era caduta quella tegola sulla testa. Un uomo di rispetto tradito dalla moglie finisce di essere un uomo di rispetto. Nessuno si fida di lui. Le relazioni extraconiugali, nel milieu, venivano tollerate, a patto che fossero discrete, non esibite, e che non coinvolgessero le donne di altri uomini di rispetto: mogli, sorelle, figlie.

Sopra tutto, erano riservate esclusivamente al maschio della specie mafiosa.

Figurarsi, poi, essere abbandonati dalla moglie, in fuga con un altro, dal quale sta per avere un figlio.

Un disastro. Una discesa senza fine negli Inferi e nel ridicolo. La chiusura di tutte le porte. *Quelle* porte.

Perché la Dama Bianca, quando lui l'aveva affrontata per chiederle conto a muso duro di certe sue lunghe assenze pomeridiane, gli aveva detto chiaro e tondo che lei intendeva mollarlo e andarsene con Rosario.

Era stato allora che lei aveva pensato a suo cugino Gaspare, come possibile fonte dei sospetti del marito. Ma lei era sicura che Diego non si era accontentato dei sospetti. Doveva averla seguita almeno una volta fino alla casa di Nunzia.

Diego, all'apparenza, non aveva fatto una piega. Neanche quando lei gli aveva detto di essere incinta di Rosario. Gli era solo diventata la faccia di pietra. Poi le aveva voltato le spalle e se ne era andato.

Da quella notte si era organizzato il letto in un'altra camera.

Il giorno dopo le aveva detto che sarebbe stato lui ad andarsene, lasciandole la casa. Gli desse solo il tempo di dare un'occhiata in giro per trovare una sistemazione decente. Una decina di giorni. Un paio di settimane al massimo.

Vittima di un ritorno di fiamma dell'antico carisma, lei gli aveva creduto.

Diego aveva impiegato quei giorni a organizzare l'eliminazione di Rosario.

Non poteva limitarsi a liquidare direttamente lui e nessun altro. Il suo assassinio non autorizzato avrebbe messo in moto un meccanismo di intelligence all'interno del mandamento, e prima o poi sarebbero arrivati al vero movente dell'omicidio.

Non restava che l'azione trasversale. Rosario vittima casuale di un agguato diretto contro un falso obbiettivo: Gaspare Mancuso.

Le indagini ordinate dai capifamiglia avrebbero trascurato Rosario, per scandagliare nella direzione di Gaspare. E su quel fronte Diego non aveva niente da temere. Almeno, quella era stata la conclusione alla quale doveva essere giunto.

Ma si era sbagliato.

La Dama Bianca non si era resa subito conto della strategia sottile che stava dietro l'agguato. Le era parso ovvio pensare che Gaspare fosse stato davvero l'obbiettivo designato fin dall'inizio.

C'era voluta la morte di Nunzia, per farle aprire gli occhi. Quella, e un nuovo modo che aveva Diego di guardare attraverso di lei, senza vederla. Una guardata che sembrava emanare da tutto un inverno artico, ma in qualche modo *attiva*.

Così si era convinta dell'ineluttabilità dell'aborto. Una convinzione provvisoria.

Sapessi, Mara, quante ore ho passato a pregare davanti al quadro della Madonna dell'Aspettazione, dopo che ho scoperto di essere incinta... Ogni volta che venivo a sapere che la cappella sarebbe stata aperta, mi facevo trovare lì, davanti la porta. La prima volta mi ha presentato una professoressa del Duca degli Abruzzi; era stata mia insegnante l'anno del diploma; era giovane, poi siamo diventate amiche. Ormai non ci facevano più caso, quando andavo in via Ponticello. L'ultima volta, il giorno prima di... della clinica, ho parlato pure con un padre gesuita che aveva finito di officiare un matrimonio. Quando gli ho confidato che intenzioni avevo me ne ha dette di tutti i colori. Ha minacciato pure di farmi scomunicare. È stato terribile. Lo sa, commissario, dopo che a Diego l'hanno ammazzato, sono tornata a trovarlo, a padre Cuttitta; si chiama così, quel prete. La pancia ormai si cominciava a vedere, e lui con tutto che era un prete, per poco non mi abbracciava e mi baciava davanti alle vecchiette della chiesa. Mi ha trovato pure un lavoro, per uno studio di commercialisti. Sono diplomata ragioniera, disse con una punta di orgoglio. Per ora posso lavorare a casa, poi, appena il bambino mi lascia un poco più libera, ci posso andare per una mezza giornata.

Mentre lei parlava, Spotorno fu colpito dal pensiero che la donna non fosse stata del tutto estranea alla soffiata che aveva consentito ai capifamiglia di risalire fino a Diego quale responsabile delle uccisioni di Rosario, di Mancuso e di Nunzia. Non ci sarebbe voluto molto. Qualche insinuazione sussurrata nelle orecchie delle sorelle di Gaspare, le sue cugine. Forse l'idea le era venuta proprio alla clinica. E forse era stata proprio quella la vera spinta risolutiva a tenersi il figlio di Rosario. La strategia della tigre messa all'angolo, in difesa della prole. Quella donna aveva conosciuto la paura e dopo averci convissuto a lungo, l'aveva vinta.

Quasi certamente non si sarebbe mai saputo come erano andate veramente le cose. A meno che prima o poi non saltasse fuori un pentito a dare la propria versione dei fatti. Il commissario avrebbe anche potuto chiedere direttamente alla donna, e lei forse avrebbe risposto. Ma era una parte di Verità della quale Spotorno non sentiva la mancanza.

Ora la donna guardava fuori, attraverso le finestre. C'era un cielo blu cobalto che invitava a pensieri lievi. Lei non sembrava più abbandonarsi al dolore come ad una anestesia generale. Il dolore si era trasfigurato in una mestizia vigile, controllata, interiore. Persino serena. Qualcosa di costruttivo e di vitale.

Spotorno provò una contentezza sobria.

Nota

Diceva Sciascia che la letteratura è la più assoluta forma che la verità possa assumere.

Si rassicuri il lettore: pur lusingato dall'idea che questo romanzo possa essere giudicato letteratura tout court, l'autore non ha inteso somministrare verità, né palesi né dissimulate.

Tuttavia, la storia non contiene – in senso lato – niente di casuale né di «inventato». Una semplice scorsa alle cronache dei quotidiani è sufficiente a documentare l'occorrenza di eventi simili a quelli descritti nel corso della narrazione. Nessuno di essi, però, ha costituito spunto o riferimento diretto per la elaborazione della trama. Non esiste, dunque, una relazione biunivoca tra i fatti e i personaggi della narrazione e persone e accadimenti reali.

Ogni coincidenza è da considerare, come si dice, fortuita e involontaria.

S. P.

Indice

Il soffio della valanga

Questo volume è stato stampato
su carta Grifo vergata
delle Cartiere Miliani di Fabriano
nel mese di novembre 2002
presso la Leva Arti Grafiche s.p.a. - Sesto S. Giovanni (MI)
e confezionato
presso I.G.F. s.r.l. - Aldeno (TN)

La memoria

1 Leonardo Sciascia. Dalle parti degli infedeli
2 Robert L. Stevenson. Il diamante del Rajà
3 Lidia Storoni Mazzolani. Il ragionamento del principe di Biscari a Madama N.N.
4 Anatole France. Il procuratore della Giudea
5 Voltaire. Memorie
6 Ivàn Turghèniev. Lo spadaccino
7 Il romanzo della volpe
8 Alberto Moravia. Cosma e i briganti
9 Napoleone Bonaparte. Clisson ed Eugénie
10 Leonardo Sciascia. Atti relativi alla morte di Raymond Roussel
11 Daniel Defoe. La vera storia di Jonathan Wild
12 Joseph S. Le Fanu. Carmilla
13 Héctor Bianciotti. La ricerca del giardino
14 Le avventure di Giuseppe Pignata fuggito dalle carceri dell'Inquisizione di Roma
15 Edmondo De Amicis. Il "Re delle bambole"
16 John M. Synge. Le isole Aran
17 Jean Giraudoux. Susanna e il Pacifico
18 Augusto Monterroso. La pecora nera e altre favole
19 André Gide. Il viaggio d'Urien
20 Madame de La Fayette. L'amor geloso
21 Rex Stout. Due rampe per l'abisso
22 Fiòdor Dostojevskij. Il villaggio di Stepàncikovo
23 Gesualdo Bufalino. Diceria dell'untore
24 Laurence Sterne. Per Eliza
25 Wolfgang Goethe. Incomincia la novella storia
26 Arrigo Boito. Il pugno chiuso
27 Alessandro Manzoni. Storia della Colonna Infame
28 Max Aub. Delitti esemplari
29 Irene Brin. Usi e costumi 1920-1940
30 Maria Messina. Casa paterna
31 Nikolàj Gògol. Il Vij
32 Andrzej Kuśniewicz. Il Re delle due Sicilie

33 Francisco Vásquez. La veridica istoria di Lope de Aguirre
34 Neera. L'indomani
35 Sofia Guglielmina margravia di Bareith. Il rosso e il rosa
36 Giuseppe Vannicola. Il veleno
37 Marco Ramperti. L'alfabeto delle stelle
38 Massimo Bontempelli. La scacchiera davanti allo specchio
39 Leonardo Sciascia. Kermesse
40 Gesualdo Bufalino. Museo d'ombre
41 Max Beerbohm. Storie fantastiche per uomini stanchi
42 Anonimo ateniese. La democrazia come violenza
43 Michele Amari. Racconto popolare del Vespro siciliano
44 Vernon Lee. Possessioni
45 Teresa d'Avila. Libro delle relazioni e delle grazie
46 Annie Messina (Gamîla Ghâli). Il mirto e la rosa
47 Narciso Feliciano Pelosini. Maestro Domenico
48 Sebastiano Addamo. Le abitudini e l'assenza
49 Crébillon fils. La notte e il momento
50 Alfredo Panzini. Grammatica italiana
51 Maria Messina. La casa nel vicolo
52 Lidia Storoni Mazzolani. Una moglie
53 Martín Luis Guzmán. ¡Que Viva Villa!
54 Joseph-Arthur de Gobineau. Mademoiselle Irnois
55 Henry James. Il patto col fantasma
56 Leonardo Sciascia. La sentenza memorabile
57 Cesare Greppi. I testimoni
58 Giovanni Verga. Le storie del castello di Trezza
59 Henryk Sienkiewicz. Quo vadis?
60 Benedetto Croce. Isabella di Morra e Diego Sandoval de Castro
61 Diodoro Siculo. La rivolta degli schiavi in Sicilia
62 George Meredith. La vicenda del generale Ople e di Lady Camper
63 Bernardino de Sahagún. Storia indiana della conquista di Messico
64 Andrzej Kuśniewicz. Lezione di lingua morta
65 Maria Luisa Aguirre D'Amico. Paesi lontani
66 Giuseppe Antonio Borgese. Le belle
67 Luisa Adorno. L'ultima provincia
68 Charles e Mary Lamb. Cinque racconti da Shakespeare
69 Prosper Mérimée. Lokis
70 Charles-Louis de Montesquieu. Storia vera
71 Antonio Tabucchi. Donna di Porto Pim
72 Luciano Canfora. Storie di oligarchi
73 Giani Stuparich. Donne nella vita di Stefano Premuda
74 Wladislaw Terlecki. In fondo alla strada
75 Antonio Fogazzaro. Eden Anto
76 Anonimo. Storia del bellissimo Giuseppe e della sua sposa Aseneth

77 Vanni e Gian Mario Beltrami. Una breve illusione
78 Giorgio Pecorini. Il milite noto
79 Giuseppe Bonaviri. L'incominciamento
80 Leonardo Sciascia. L'affaire Moro
81 Ivàn Turghèniev. Primo amore
82 Nikolàj Leskòv. L'artista del toupet
83 Aleksàndr Puškin. La solitaria casetta sull'isola di Vasilij
84 Michaìl Čulkòv. La cuoca avvenente
85 Anita Loos. I signori preferiscono le bionde
86 Anita Loos. Ma... i signori sposano le brune
87 Angelo Morino. La donna marina
88 Guglielmo Negri. Il risveglio
89 Héctor Bianciotti. L'amore non è amato
90 Joris-Karl Huysmans. Il pensionato signor Bougran
91 André Chénier. Gli altari della paura
92 Luciano Canfora. Il comunista senza partito
93 Antonio Tabucchi. Notturno indiano
94 Jules Verne. L'eterno Adamo
95 Manuel Vázquez Montalbán. Assassinio al Comitato Centrale
96 Julian Stryjkowski. Il sogno di Asril
97 Manuel Puig. Agonia di un decennio, New York '78
98 Victor Zaslavsky. Il dottor Petrov parapsicologo
99 Gesualdo Bufalino. Argo il cieco ovvero I sogni della memoria
100 Leonardo Sciascia. Cronachette
101 Enea Silvio Piccolomini. Storia di due amanti
102 Angelo Rinaldi. L'ultima festa dell'Empire
103 Luisa Adorno. Le dorate stanze
104 James M. Cain. Il bambino nella ghiacciaia
105 Enrico Job. La Palazzina di villeggiatura
106 Antonio Castelli. Passi a piedi passi a memoria
107 Wilkie Collins. Tre storie in giallo
108 Friedrich Glauser. Il grafico della febbre
109 Friedrich Glauser. Il tè delle tre vecchie signore
110 Mary Lavin. Eterna
111 Aldo Alberti. La Rotonda dei Massalongo
112 Senofonte. Le Tavole di Licurgo
113 Leonardo Sciascia. Per un ritratto dello scrittore da giovane
114 Mario Soldati. 24 ore in uno studio cinematografico
115 Denis Diderot. L'uccello bianco. Racconto blu
116 Joseph-Arthur de Gobineau. Adelaide
117 Jurij Tynjanov. Il sottotenente Summenzionato
118 Boris Hazanov. L'ora del re
119 Anatolij Mariengof. I cinici
120 I. Grekova. Parrucchiere per signora

121 Corrado Alvaro. L'Italia rinunzia?
122 Gian Gaspare Napolitano. In guerra con gli scozzesi
123 Giuseppe Antonio Borgese. La città sconosciuta
124 Antonio Aniante. La rosa di zolfo
125 Maria Luisa Aguirre D'Amico. Come si può
126 Sergio Atzeni. Apologo del giudice bandito
127 Domenico Campana. La stanza dello scirocco
128 Aldo Alberti. La Lega delle Dame per il trasferimento del Papato nelle Americhe
129 Friedrich Glauser. Il sergente Studer
130 Matthew Phipps Shiel. Il principe Zaleski
131 Ben Hecht. Delitto senza passione
132 Fernand Crommelynck. La martingala rovesciata
133 Rosa Chacel. Relazione di un architetto
134 Walter De la Mare. L'artigiano ideale
135 Ludwig Achim von Arnim. Passioni olandesi
136 Rudyard Kipling. L'uomo che volle essere Re
137 Senofonte. La tirannide
138 Plutarco. Sertorio
139 Cicerone. La repubblica luminosa
140 Luciano Canfora. La biblioteca scomparsa
141 Etiemble. Tre donne di razza
142 Marco Momigliano. Autobiografia di un Rabbino italiano
143 Irene Brin. Dizionario del successo dell'insuccesso e dei luoghi comuni
144 Giovanni Ruffini. Il dottor Antonio
145 Aleksej Tolstoj. Il conte di Cagliostro
146 Mary Lamb. La scuola della signora Leicester
147 Luigi Capuana. Tortura
148 Ljudmila Shtern. I Dodici Collegi
149 Diario di Esterina
150 Madame de Vandeul. Diderot, mio padre
151 Ortensia Mancini. I piaceri della stupidità
152 Maria Mancini. I dispiaceri del Cardinale
153 Francesco Algarotti. Saggio sopra l'Imperio degl'Incas
154 Alessandro Manzoni. Quell'innominato
155 Jerre Mangione. Ricerca nella notte
156 Friedrich Glauser. Krock & Co.
157 Cami. Le avventure di Lufock Holmes
158 Ivan Gončarov. La malattia malvagia
159 Fausto Pirandello. Piccole impertinenze
160 Vincenzo Consolo. Retablo
161 Piero Calamandrei. La burla di Primavera con altre fiabe, e prose sparse
162 Antonio Tabucchi. I volatili del Beato Angelico
163 Fazil' Iskander. La costellazione del caprotoro
164 Ramón Gómez de la Serna. Le Tre Grazie

209 Michele Perriera. A presto
210 Geoffrey Holiday Hall. La fine è nota
211 Teresa d'Avila. Meditazioni sul Cantico dei Cantici
212 Mary MacCarthy. Un'infanzia ottocento
213 Giuseppe Tornatore. Nuovo Cinema Paradiso
214 Adriano Sofri. Memoria
215 Carlo Lucarelli. Carta bianca
216 Ameng di Wu. La manica tagliata
217 Athos Bigongiali. Avvertimenti contro il mal di terra
218 Elvira Mancuso. Vecchia storia... inverosimile
219 Eduardo Rebulla. Carte celesti
220 Francesco Berti Arnoaldi. Viaggio con l'amico
221 Julien Benda. L'ordinazione
222 Voltaire. L'America
223 Saga di Eirik il rosso
224 Cristoforo Colombo. Lettere ai reali di Spagna
225 Bernardino de Sahagún. I colloqui dei Dodici
226 Sergio Atzeni. Il figlio di Bakunìn
227 Giuseppe Gangale. Revival
228 Alfredo Panzini. La cagna nera
229 Giovanni Boccaccio, Francesco Petrarca. Griselda
230 Adriano Sofri. L'ombra di Moro
231 Diego Novelli. Una vita sospesa
232 Ousmane Sembène. La Nera di...
233 Eugenio Battisti. Il ricordo d'un canto che non sento
234 Wilkie Collins. Il truffatore truffato
235 Carlo Lucarelli. L'estate torbida
236 Michail Kuzmin. La prodigiosa vita di Giuseppe Balsamo, conte di Cagliostro
237 Nelida Milani. Una valigia di cartone
238 David Herbert Lawrence. La volpe
239 Ghassan Kanafani. Uomini sotto il sole
240 Valentino Bompiani. La conchiglia all'orecchio
241 Franco Vegliani. Storie di animali
242 Irene Brin. Le visite
243 Jorge de Sena. La finestra d'angolo
244 Sergio Pitol. Valzer di Mefisto
245 Cesare De Marchi. Il bacio della maestra
246 Salvatore Nicosia. Il segno e la memoria
247 Ramón Pané. Relazione sulle antichità degli indiani
248 Gonzalo Fernández de Oviedo. Sommario della storia naturale delle Indie
249 Pero Vaz de Caminha. Lettera sulla scoperta del Brasile
250 Felipe Guamán Poma de Ayala. Conquista del Regno del Perù
251 Gabriel-François Coyer. Come il prospero Chinki s'immiserì per la ricchezza della nazione

296 Louise de Vilmorin. I gioielli di Madame de ***
297 Walter De la Mare. La tromba
298 Else Lasker-Schüler. La gatta rossa
299 Cesare De Marchi. La malattia del commissario
300
301 Zlatko Dizdarević. Giornale di guerra
302 Giuseppe Di Lello. Giudici
303 Andrea Camilleri. La forma dell'acqua
304 Andrea Camilleri. La stagione della caccia
305 Robert Louis Stevenson. Lettera al dottor Hyde
306 Robert Louis Stevenson. Weir di Hermiston
307 Dashiell Hammett. La ragazza dagli occhi d'argento
308 Carlo Bini. Manoscritto di un prigioniero
309 Vittorio Alfieri. Mirandomi in appannato specchio
310 Silvio d'Amico. Regina Coeli
311 Manuel Vázquez Montalbán. Il pianista
312 Ugo Pirro. Osteria dei pittori
313 Irene Brin. Cose viste 1938-1939
314 Enrique Vila-Matas. Suicidi esemplari
315 Sergio Pitol. La vita coniugale
316 Luis G. Martín. Gli oscuri
317 William Somerset Maugham. La villa sulla collina
318 James Barlow. Torno presto
319 Israel Zangwill. Il grande mistero di Bow
320 Pierluigi Celli. Il manager avveduto
321 Renato Serra. Esame di coscienza di un letterato
322 Sulayman Fayyad. Voci
323 Alessandro Defilippi. Una lunga consuetudine
324 Giuseppe Bonaviri. Il dottor Bilob
325 Antonio Tabucchi. Gli ultimi tre giorni di Fernando Pessoa
326 Denis Diderot. Il sogno di d'Alembert. Seguito da Il sogno di una rosa di Eugenio Scalfari
327 Marc Soriano. La settimana della cometa
328 Sebastiano Addamo. Non si fa mai giorno
329 Giovanni Ferrara. Il senso della notte
330 Eduardo Rebulla. Segni di fuoco
331 Andrea Camilleri. Il birraio di Preston
332 Isabelle, Véronique e Marc Soriano. Il Testamour o dei rimedi alla malinconia
333 Maurice Druon. Il bambino dai pollici verdi
334 George Meredith. Il racconto di Cloe
335 Sergio Marzorati. Ritorno a Zagabria
336 Enrico Job. Il pittore felice
337 Laura Pariani. Il pettine
338 Marco Ferrari. Alla rivoluzione sulla Due Cavalli

383 Ignazio Buttitta. La vera storia di Salvatore Giuliano
384 Giovanni di Alta Selva. Dolopato ovvero Il re e i sette sapienti
385 Andrea Camilleri. La bolla di componenda
386 Daphne du Maurier. Non voltarti
387 Daphne du Maurier. Gli uccelli
388 Daphne du Maurier. L'alibi
389 Julia Kristeva. Una donna decapitata
390 Alessandro Perissinotto. L'anno che uccisero Rosetta
391 Maurice Leblanc. Arsène Lupin contro la Mafia
392 Carolyn G. Hart. Morte in libreria
393 Fabrizio Canfora, Gotthold Ephraim Lessing. L'educazione del genere umano
394 Maria Messina. Ragazze siciliane
395 Maria Messina. Piccoli gorghi
396 Federico De Roberto. La sorte
397 Federico De Roberto. Processi verbali
398 Andrea Camilleri. La strage dimenticata
399 Andrea Camilleri. Il gioco della mosca
400
401 Andrea Camilleri. La voce del violino
402 Goliarda Sapienza. Lettera aperta
403 Marisa Fenoglio. Vivere altrove
404 Luigi Filippo d'Amico. Il cappellino
405 Irvine Welsh. La casa di John il Sordo
406 Giovanni Ferrara. La visione
407 Andrea Camilleri. La concessione del telefono
408 Antonio Tabucchi. La gastrite di Platone
409 Giuseppe Pitrè, Leonardo Sciascia. Urla senza suono. Graffiti e disegni dei prigionieri dell'Inquisizione
410 Tullio Pinelli. La casa di Robespierre
411 Mathilde Mauté. Moglie di Verlaine
412 Maria Messina. Personcine
413 Pierluigi Celli. Addio al padre
414 Santo Piazzese. La doppia vita di M. Laurent
415 Luciano Canfora. La lista di Andocide
416 D. J. Taylor. L'accordo inglese
417 Roberto Bolaño. La letteratura nazista in America
418 Rodolfo Walsh. Variazioni in rosso
419 Penelope Fitzgerald. Il fiore azzurro
420 Gaston Leroux. La poltrona maledetta
421 Maria Messina. Dopo l'inverno
422 Maria Cristina Faraoni. I giorni delle bisce nere
423 Andrea Camilleri. Il corso delle cose
424 Anthelme Brillat-Savarin. Fisiologia del gusto
425 Friedrich Christian Delius. La passeggiata da Rostock a Siracusa

426 Penelope Fitzgerald. La libreria
427 Boris Vian. Autunno a Pechino
428 Marco Ferrari. Ti ricordi Glauber
429 Salvatore Nicosia. Peppe Radar
430 Sergej Dovlatov. Straniera
431 Marco Ferrari. I sogni di Tristan
432 Ignazio Buttitta. La mia vita vorrei scriverla cantando
433 Sergio Atzeni. Raccontar fole
434 Leonardo Sciascia. Fatti diversi di storia letteraria e civile
435 Luisa Adorno. Sebben che siamo donne...
436 Philip K. Dick. Le tre stimmate di Palmer Eldritch
437 Philip K. Dick. Tempo fuori luogo
438 Adriano Sofri. Piccola posta
439 Jorge Ibargüengoitia. Due delitti
440 Rex Stout. Il guanto
441 Marco Denevi. Assassini dei giorni di festa
442 Margaret Doody. Aristotele detective
443 Noël Calef. Ascensore per il patibolo
444 Marie Belloc Lowndes. Il pensionante
445 Celia Dale. In veste di agnello
446 Ugo Pirro. Figli di ferroviere
447 Penelope Fitzgerald. L'inizio della primavera
448 Giuseppe Pitrè. Goethe in Palermo
449 Sergej Dovlatov. La valigia
450 Giulia Alberico. Madrigale
451 Eduardo Rebulla. Sogni d'acqua
452 Maria Attanasio. Di Concetta e le sue donne
453 Giovanni Verga. Felis-Mulier
454 Friedrich Glauser. La negromante di Endor
455 Ana María Matute. Cavaliere senza ritorno
456 Roberto Bolaño. Stella distante
457 Ugo Cornia. Sulla felicità a oltranza
458 Maurizio Barbato. Thomas Jefferson o della felicità
459 Il compito di latino. Nove racconti e una modesta proposta
460 Giuliana Saladino. Romanzo civile
461 Madame d'Aulnoy. La Bella dai capelli d'oro e altre fiabe
462 Andrea Camilleri. La gita a Tindari
463 Sergej Dovlatov. Compromesso
464 Thomas Hardy. Piccole ironie della vita
465 Luciano Canfora. Un mestiere pericoloso
466 Gian Carlo Fusco. Le rose del ventennio
467 Nathaniel Hawthorne. Lo studente
468 Alberto Vigevani. La febbre dei libri
469 Dezső Kosztolányi. Allodola

470 Joan Lindsay. Picnic a Hanging Rock
471 Manuel Puig. Una frase, un rigo appena
472 Penelope Fitzgerald. Il cancello degli angeli
473 Marcello Sorgi. La testa ci fa dire. Dialogo con Andrea Camilleri
474 Pablo De Santis. Lettere e filosofia
475 Alessandro Perissinotto. La canzone di Colombano
476 Marta Franceschini. La discesa della paura
477 Margaret Doody. Aristotele e il giavellotto fatale
478 Osman Lins. L'isola nello spazio
479 Alicia Giménez-Bartlett. Giorno da cani
480 Josephine Tey. La figlia del tempo
481 Manuel Puig. The Buenos Aires Affair
482 Silvina Ocampo. Autobiografia di Irene
483 Louise de Vilmorin. La lettera in un taxi
484 Marinette Pendola. La riva lontana
485 Camilo Castelo Branco. Amore di perdizione
486 Pier Antonio Quarantotti Gambini. L'onda dell'incrociatore
487 Sergej Dovlatov. Noialtri
488 Ugo Pirro. Le soldatesse
489 Berkeley, Dorcey, Healy, Jordan, MacLaverty, McCabe, McGahern, Montague, Morrissy, Ó Cadhain, Ó Dúill, Park, Redmond. Irlandesi
490 Di Giacomo, Dossi, Moretti, Neera, Negri, Pariani, Pirandello, Prosperi, Scerbanenco, Serao, Tozzi. Maestrine. Dieci racconti e un ritratto
491 Margaret Doody. Aristotele e la giustizia poetica
492 Theodore Dreiser. Un caso di coscienza
493 Roberto Bolaño. Chiamate telefoniche
494 Aganoor, Bernardini, Contessa Lara, Guglielminetti, Jolanda, Prosperi, Regina di Luanto, Serao, Térésah, Vertua Gentile. Tra letti e salotti
495 Antonio Pizzuto. Si riparano bambole
496 Paola Pitagora. Fiato d'artista
497 Vernon Lee. Dionea e altre storie fantastiche
498 Ugo Cornia. Quasi amore
499 Luigi Settembrini. I Neoplatonici
500
501 Alessandra Lavagnino. Una granita di caffè con panna
502 Prosper Mérimée. Lettere a una sconosciuta
503 Le storie di Giufà
504 Giuliana Saladino. Terra di rapina
505 Guido Gozzano. La signorina Felicita e le poesie dei «Colloqui»
506 Ackworth, Forsyth, Harrington, Holding, Melyan, Moyes, Rendell, Stoker, Vickers, Wells, Woolf, Zuroy. Il gatto di miss Paisley. Dodici racconti gialli con animali
507 Andrea Camilleri. L'odore della notte
508 Dashiell Hammett. Un matrimonio d'amore

509 Augusto De Angelis. Il mistero delle tre orchidee
510 Wilkie Collins. La follia dei Monkton
511 Pablo De Santis. La traduzione
512 Alicia Giménez-Bartlett. Messaggeri dell'oscurità
513 Elisabeth Sanxay Holding. Una barriera di vuoto
514 Gian Mauro Costa. Yesterday
515 Renzo Segre. Venti mesi
516 Alberto Vigevani. Estate al lago
517 Luisa Adorno, Daniele Pecorini-Manzoni. Foglia d'acero
518 Gian Carlo Fusco. Guerra d'Albania
519 Alejo Carpentier. Il secolo dei lumi
520 Andrea Camilleri. Il re di Girgenti
521 Tullio Kezich. Il campeggio di Duttogliano
522 Lorenzo Magalotti. Saggi di naturali esperienze
523 Angeli, Bazzero, Contessa Lara, De Amicis, De Marchi, Deledda, Di Giacomo, Fleres, Fogazzaro, Ghislanzoni, Marchesa Colombi, Molineri, Pascoli, Pirandello, Tarchetti. Notti di dicembre. Racconti di Natale dell'Ottocento
524 Lionello Massobrio. Dimenticati
525 Vittorio Gassman. Intervista sul teatro
526 Gabriella Badalamenti. Come l'oleandro
527 La seduzione nel Celeste Impero
528 Alicia Giménez-Bartlett. Morti di carta
529 Margaret Doody. Gli alchimisti
530 Daria Galateria. Entre nous
531 Alessandra Lavagnino. Le bibliotecarie di Alessandria
532 Jorge Ibargüengoitia. I lampi di agosto
533 Carola Prosperi. Eva contro Eva
534 Viktor Šklovskij. Zoo o lettere non d'amore
535 Sergej Dovlatov. Regime speciale
536 Chiusole, Eco, Hugo, Nerval, Musil, Ortega y Gasset. Libri e biblioteche
537 Rodolfo Walsh. Operazione massacro
538 Turi Vasile. La valigia di fibra
539 Augusto De Angelis. L'Albergo delle Tre Rose
540 Franco Enna. L'occhio lungo
541 Alicia Giménez-Bartlett. Riti di morte
542 Anton Čechov. Il fiammifero svedese
543 Penelope Fitzgerald. Il Fanciullo d'oro
544 Giorgio Scerbanenco. Uccidere per amore
545 Margaret Doody. Aristotele e il mistero della vita
546 Gianrico Carofiglio. Testimone inconsapevole
547 Gilbert Keith Chesterton. Come si scrive un giallo
548 Giulia Alberico. Il gioco della sorte
549 Angelo Morino. In viaggio con Junior
550 Dorothy Wordsworth. I diari di Grasmere

551 Giles Lytton Strachey. Ritratti in miniatura
552 Luciano Canfora. Il copista come autore
553 Giuseppe Prezzolini. Storia tascabile della letteratura italiana
554 Gian Carlo Fusco. L'Italia al dente
555 Marcella Cioni. La porta tra i delfini
556 Marisa Fenoglio. Mai senza una donna
557 Ernesto Ferrero. Elisa